Wolfgang Bader (Ed.)

novum #17

VOLUME 3

novum ✈ pro

© 2025 novum publishing gmbh
Rathausgasse 73, A-7311 Neckenmarkt
office@novumverlag.com

ISBN 978-3-7116-0702-7
Umschlagfoto:
Sara Winter | Dreamstime.com
Umschlaggestaltung, Layout & Satz:
novum Verlag
Innenabbildungen:
S. 21 © Brafford Tanja
S. 61 © Häcker Bruni
S. 98 © Klockenhoff Renate
S. 125, 126, 129 © Meier Andreas
S. 172 © Schwarz Mahvach
S. 207 © Wressnig Ingeborg

Die von den Autoren zur Verfügung
gestellten Abbildungen wurden in der
bestmöglichen Qualität gedruckt.

Gedruckt in der Europäischen Union
auf umweltfreundlichem, chlor- und
säurefrei gebleichtem Papier.

www.novumverlag.com

Bibliografische Information
der Deutschen Nationalbibliothek:

Die Deutsche Nationalbibliothek
verzeichnet diese Publikation in
der Deutschen Nationalbibliografie.
Detaillierte bibliografische Daten
sind im Internet über
http://www.d-nb.de abrufbar.

Druckprodukt mit finanziellem
Klimabeitrag
ClimatePartner.com/16547-2311-1001

Inhaltsverzeichnis

Baumgartner Herwig

Lebensinhalte

Nein, er würde es nicht mehr darauf ankommen lassen. Er war doch so klug, dass er das Feuer scheute, jenes, das in seinem Inneren aufflammte, wenn er sie sah. Die schlanke Blondine, Brünette oder Schwarze mit den großen Augen und sportlich-athletischen Beinen, mit ihren erotisierenden Bewegungen, wenn sie wie ein rassiges Raubtier durch die Gassen zog. Mochte ja sein, dass sie gerade auf ihn gewartet hatte, wenngleich dies jedoch kaum zu erwarten wäre. Wer weiß schon, was sich wirklich im Herzen eines fröhlichen Täubchens abspielt, das einem potenziellen Galan nicht abweisend gegenübersteht.

Reife, saturierte Männer, das lieben alle jene einfachen Mädel über dreißig, die nach mehreren nicht gerade beeindruckenden Beziehungsversuchen entdeckt haben, dass sie viele Prinzen küssen müssen, bis sich einer nicht in einen Frosch verwandelt. Außerdem bieten gerade die gereiften Herren Erfahrung und gelebte Toleranz, nicht zu schweigen von jenen Übungen zwischen den Laken, von denen ein junger Hengst in Sachen angewandter Kür kaum zu träumen vermag. Echte Perlen im Land der falschen Egos weisen in der Regel eben ein gesetzteres Alter auf. War er so weit, es drauf ankommen zu lassen? Sie war in seine Nähe geschlendert, suchte gerade im Schokoladenregal nach etwas eher Kalorienärmerem, wie es ihm zuerst schien. Der Blick in ihren Einkaufswagen bestätigte eindeutig, sie war eine Single, wie sie im Buche steht und vor allem keine ‚Zwei-Apfel-ein-Joghurt-Tante‘, die sich vegan ernährt und keine wahre Fleischeslust kennt. Da lächelte ein herzhaftes Steak aus der Plastiktüte des hauseigenen Fleischers, schien bestens abgehangen, mindestens vier Wochen lang. Begleitet von einem Netz mit großen Ofenkartoffeln, Crème double und frischen Kräutern aus der Gartenecke. Sie konnte also kochen und hatte sichtlich keine

Scheu vor Genuss ohne Reue, wenngleich nach ein paar Sekunden auf den Lippen alles großartig Mundende dann lebenslang die Hüften polstern könnte. Die waren übrigens zum Anbeißen und ganz schön üppig, boten einen wahren Halt für das Gourmet-Auge und ließen in ihrem Zentrum den Nadir männlicher Sehnsüchte im Geist des Eros ahnen. Das Heck schien kurvig und stabil trotz eleganter Formen, weshalb er es nicht aus den Augen verlieren wollte, als sie den Wagen vorbeischob. Keinen Fertigpudding oder sonst etwas an Industriezuckerwaren konnte er erblicken, sondern Beeren, Sahne und Nüsse, was darauf hindeutete, dass sie ihre Desserts hausgemacht liebte. Honig und Rohrzucker sammelten sich in einer Ecke. Ihm lief das Wasser im Mund zusammen, als er an diverse Rezepte und Möglichkeiten dachte.

Das Schrecklichste an seinen Gedanken war jedoch, dass er sich nicht wieder zum Bankomat-Onkel missbrauchen lassen wollte, der für ihre Kost und Logis fleißig spenden solle, während die Gute ihn an der langen Leine verhungern ließ und üblicherweise auf üppigeren Wiesen Hunger und Durst stillte, ihn darben hieß in seiner Anbetung. Das mit seinen Eheerfahrungen und seinem Blick für das Wesentliche! Warum betrachteten ihn die holden Maiden immer wie Leslie Caron einst Fred Astaire als ihren Daddy Long Legs, fühlten sich wie die Primaballerina und führten sich vor allem bald so auf, nachdem sie ihn in ihrem festen Griff vermuteten? Warum sollte er wieder im Gefühl leben, sie vor den bösen Verführern retten zu müssen, sie ehelichen und ihr ein trautes Heim bieten? Dabei hatten so viele, auch gute Freunde, ihm immer wieder erfolglos abgeraten. Was soll's, er liebte eben festliche Hochzeiten, die Trauungen und das ganze Drum und Dran. Noch besser wäre es gewesen, hätten nicht alle über seine Naivität gelästert, jetzt auch die neuen Schwiegereltern unterhalten zu dürfen, neben den Geschwistern der Braut. Was sollte er auch mit seinem schwer erarbeiteten Vermögen Besseres tun, als sich um seine engste Familie zu kümmern, ihnen ein geruhsames Leben zu ermöglichen?

Schließlich sollten die sich auch auf einem behaglichen Level fühlen, dauernd, damit sie nicht klagen müssten. Dazu zwangen ihn allein schon sein Ehrgefühl, sein Blick für soziale Rechte und seine erworbene Anständigkeit. Schließlich gab es kaum etwas Berauschenderes im Ehebett als die erklärte Zufriedenheit der ganzen Familie, die sich durchaus lohnte. Genau das bedeutete ihm sein Juwel: Der neue Glanz in seiner Hütte, die Befriedigung seiner elitären Wünsche. Doch, was machte er in diesem Billa-Markt und wozu starrte er der Kallipyge, dieser modernen Aphrodite im Minirock, auf die unübersehbaren Reize? Schwer seufzend schob er in manierlicher Distanz seinen Einkaufswagen hinter ihr her, folgte ihrem Pfad zu den Toilette-Artikeln und ergänzte seinen eigenen Bedarf an Windeln. Wieder starrte er nach vorne auf das geteilte Glück, da tippte ihm eine auf die Schulter: „Tagträume, Herr Baumeister? Na, wie geht's Ihnen heute?"

Sprachlos starrte Richard seiner Geschäftspartnerin in die schmunzelnden Augen.

Immer diese Entscheidungen! Noch dazu zwischen zwei Männern, jeder für sich ein Musterknabe im Verhalten, strikt nach Mamas Lehrbuch. Archie und Charlie, der Eine knackig und eher frisch, der Andere schon sehr reif und erfahren in seinen harmonischen Bestrebungen, wahren Kompositionen seines persönlichen Ausdrucks. Nannte er sie nicht Donna Lee und hatte ihr eine Melodie gewidmet? Der veritable Frischling hingegen hatte etwas Aufregendes an sich, das ihren Bauch zittern ließ, dort Regungen hervorrief, die sie nicht mehr gesittet unter Kontrolle halten konnte. Langsam bereitete sie das Abendessen zu, schnippelte Speck in kleine Würfel, dazu den Lauch und das restliche Gemüse. Beim Anblick der angeschwitzten Zwiebeln, glasig aus dem Topf schimmernd, überkam sie der Gedanke an das, was an diesem Abend vor ihr lag. Diese wichtige Entscheidung zur Begleitung zum festlichen Dinner. Das zusammengestellte Potpourri, gedünstet in Grenache Gris, einem üppigen, fruchtbetonten Wein mit Kirscharoma aus dem Roussillon, aus der Languedoc, füllte sie in die vorbereiteten Dinkel-Mehl-Palatschinken, die ihr so dünn wie Crêpes gelungen waren. Sie stopfte sie mit den Gaben der Natur, schichtete diese dünnen Röllchen in die vorgefettete rechteckige Backform aus Pyrex, einem Borsilikat-Glas. Obendrauf hobelte sie noch etwas Schweizer Gruyère, der ein zusätzliches, würziges Aroma garantieren sollte. Liebe geht durch den Magen, besonders bei reiferen Männern. Lohnte sich das Ganze überhaupt? Na gut, auch Jüngere haben heutzutage kaum jemanden, der ihnen selbstgekochtes und taugliches Futter hinstellt, statt Fertiggerichte von Pizzadienst, Dönerbude oder Mackie anzubieten. In der Hoffnung auf eine gleichwertige Belohnung wie für ein 5-Gänge-Menü im Steirereck.

„Männer!" Verächtlich schabte sie noch Flocken von der irischen Butter und streute sie mit gehacktem Schnittlauch auf die Käseschicht, um die heiße Pastete zu gratinieren, also knusprig zu überbacken. Echte Kerle wollen Cholesterinbomben als Nahrung, dann laufen sie zu Höchstleistungen auf, auch im gesetzteren Alter. Wer weiß das besser als ein reifer Engel über dreißig? Nicht dass sie es drauf anlegen würde, doch wozu ist man schon Frau? Jeder erwartet feminines Gebaren. Zierliche Teller mit veganem Fraß vertreiben echte Naturburschen von Tisch und Bett. Seufzend begann sie, sich selbst zu analysieren. Es war entlarvend, dass sie sich überhaupt solche Fragen stellte. Gleichzeitig bereitete sie alles vor, den Tisch rückte sie vor den Flat-Screen-TV, sodass man beim Essen darauf starren konnte. Die Lautsprecher der Stereoanlage waren bereits angeschlossen. Alles war bereit, bis auf die langsam fertig garenden Speisen. 20 Uhr nahte in Windeseile und sie stellte Sekunden vorher die aromatisch duftende Backform auf das Rechaud am Tisch. Das gute Service arrangierte sie und dazu das gravierte Silberbesteck. Schließlich soll man Feste feiern, wie sie fallen, und sie hatte normalerweise kaum Gelegenheit dazu. Auch eine Kerze durfte es sein, denn schließlich gönnt man sich ja sonst nichts. Flackernd im silbernen Kerzenhalter der Großmutter, den sie so liebte, weil er sie an die weißhaarige Dame erinnerte, die ihre

Meinung immer so resch und frank kundgetan hatte. Dann griff sie zur Backschaufel, hob eine großzügige Portion auf den Teller, die Fernbedienung in der Linken. Ein letztes Mal seufzte sie ob der Last der Wahl und entschied sich endgültig, grüßte ihn für sich gemeinsam mit dem Kommentator der Reprise: „Hi, Archie Shepp. Der Sax-Guru – live! Wer braucht heutzutage schon einen realen Mann im Haus?"

Leise verklangen die letzten Töne des Tenorsaxophons und der Jazzmusiker überließ dem Moderator wieder das Mikrofon. Aufseufzend rappelte sie sich hoch und stapfte verdrossen ins Arbeitszimmer, um ihr Werk fertigzustellen. Sie lag gut in der Zeit, aber das schwierigste Teil, die redaktionelle Vollendung, bereitete ihr Sorgen, bis ihr die erhoffte Eingebung endlich kam. Jetzt endlich gefiel ihr das Ganze und sie bereitete sich seelisch auf das Treffen am nächsten Morgen vor.

Brafford Tanja

Der König ohne Zepter

Epilog

... im Raum der Unendlichkeit existierte einst nur die Liebesenergie. Sie bestand je zur Hälfte aus männlicher und weiblicher
Energie und war die Allmacht, die Quelle. Und so wie es war, so
war es gut. Sie war die Vollkommenheit, sie war EINS. Die beiden
Energien unterschieden und ergänzten sich sogleich, lediglich durch
ihre sexuell bedingten Attribute. Sie waberten glückselig dahin.
Irgendwann jedoch, nachdem einige Äonen vergangen waren, er-
eignete sich etwas Sonderbares, die erste Emotion (hierzu berichte
ich euch kurz über den Begriffsursprung der Emotion, der besagt,
dass im 17. Jahrhundert aus dem französischen émotion „Erregung"
entlehnt wurde; doch das Wort geht letztlich auf lateinisch emove-
re „herausbewegen" zurück, einer Ableitung zu movere „bewegen"
auch emporwühlen, erregen) stieg aus ihr empor. Damit war die
Einheit in Aufruhr gekommen.

Die Quelle besaß kein Bewusstsein und doch war der ursprüngliche
Zustand verändert. Damit begann der Prozess der Expansion, die
Quelle hatte keine andere Wahl, als ihren einstigen Zustand der
Vollkommenheit, des Einsseins zu verlassen und entwickelte sich
weiter zum Ursprung. Dies kam folgendermaßen zustande. Angeregt durch die erste Emotion, begannen die Energien, sich stärker
und immer stärker in Bewegung zu setzen. Sie dehnten sich immer
weiter aus, doch bestand zwischen ihnen auch eine Anziehungskraft.
Die sexuelle Energie, die Vereinigung. Nachdem sie sich weit genug
voneinander entfernt hatte, versuchte sich die ursprüngliche Einheit wieder zusammenzufügen. Weil jedoch kein Bewusstsein und
keine Erfahrung vorhanden war, geschah dies ziemlich ungeschickt.

Die männliche und die weibliche Energie prallten mit solch einer Wucht aufeinander, dass eine Explosion entstand. Aus dieser ging der sogenannte göttliche Funke hervor. Der Zusammenschluss von männlicher und weiblicher Energie, der sich seither überall befindet und das gesamte Potenzial in sich trägt. Die Quelle war wieder vereint ... doch die Funken begaben sich auf die Reise. Sie besaßen eine besondere Gabe, die Entwicklung von Bewusstsein.

Jetzt sollt ihr noch wissen, dass die erste Emotion, die aus der Liebesenergie hervorging, „Explorationsfreude" hieß. Deshalb entstand aus den Funken mit dem Bewusstsein im weiteren Prozess die Seele, die den Wunsch hegte, alles in Erfahrung zu bringen, was lebendig und sinnfällig sein kann, um mit diesem Wissen zurück zur Quelle zu kehren. Es war der Anbeginn der Zeitrechnung. Aus diesem Ereignis also, der Geburt der ersten Emotion, entstand die Motivation, aus der alles, was „sein" kann, ihren existenziellen Lauf nahm. Unendliche Galaxien und Möglichkeiten.

Nun zurück zur eigentlichen Geschichte ... vor langer, langer Zeit auf einem Planeten namens Erde, welche entstand, um die Vielfalt der Emotionen noch besser in Erfahrung bringen zu können. Evolutionierte die Seele einen Körper, mit dem sie Emotionen leibhaftig spüren konnte. So entstand nun das, was wir als Realität wahrnehmen, aber dies ist eine andere Geschichte ... lebte einst ein junger, gut aussehender König. Dieser wusste allerdings nicht, dass er ein König war. Er wuchs in einer Familie auf, die ein Gasthaus bewirtschaftete. Dort gab es viel Arbeit und wenig Zeit, um sich über den Gemütszustand auszutauschen. Außerdem war es in damaligen Zeiten durch das Patriarchat verboten, über die Existenz der Seele zu sprechen. Deshalb geriet das Wissen davon über die Jahrhunderte in Vergessenheit. So auch das Wissen dieser Seele – die eigentlich mit den Aufgaben eines Königs betraut war. Der junge Bursche also, der eigentlich ein König war, verrichtete die alltäglichen Pflichten mit Bedacht und die ihm anvertrauten Aufgaben erfüllten ihn mit Zufriedenheit, so wie er es gelernt hatte. Bis er eines Tages beim Wasserholen am Brunnen einer attraktiven und faszinierenden Frau begegnete. Diese erweckte in ihm den Wunsch der Vereinigung, so wie er es noch bei keiner anderen Frau gefühlt hatte und vor allem das Verlangen, sie zu besitzen. Er konnte es sich selbst nicht erklären und kam darüber hinaus immer mehr ins Grübeln über den Sinn des Lebens. Dabei stellte er auch fest, dass ihm etwas äußerst Wichtiges fehlte. Er wusste jedoch nicht, was das sein sollte (es war das Zepter – jede Seele benötigt gewisse charakterliche Eigenschaften, um ihre Seelenaufgabe zu erfüllen, bei einem König geschah dies sinnbildlich mit einem Zepter). Für ihn stand all das in direktem Zusammenhang mit der Begegnung mit dieser unbekannten, mysteriösen Frau. Er musste mehr über sie erfahren.

Diese besondere Frau war eine Priesterin, die sich dessen auch bewusst war, was zur damaligen Weltzeit noch selten der Fall gewesen ist. Die meisten Menschen waren nur im Besitz ihrer irdischen Fähigkeiten, die sie direkt in Verbindung mit ihrem Körper nutzen konnten. Sie jedoch besaß die Fähigkeit, mit den Augen der Seele direkt ins Herz der Menschen zu blicken, denn dort wohnt im Körper der göttliche Funke und diesen sanft zu erwecken. Dadurch erkannten sie ihr ungelebtes Potenzial, durch das sie ihre Seelenaufgabe auf ihre eigene einmalige Art und Weise zum Ausdruck bringen und erfüllen, sprich zum Leben erwecken konnten. Geschah dies, konnte jeder fortan ein glückliches Dasein pflegen.

Eigentlich haben alle Menschen über den göttlichen Funken, sprich die Seele, in sich die Möglichkeit, sich mit allem anderen, das existiert, zu verbinden, die Einheit zu verspüren und die Explorationsfreude zum Ausdruck zu bringen. Doch die Räder der Sozialisation, welche die Menschen damals in die Gepflogenheiten dieses Zeitalters zwangen, haben diese Fähigkeit verkümmern lassen. Sich einer unsichtbaren Macht anzuvertrauen und sich von dieser leiten zu lassen, einfach geschehen zu lassen, sich lenken zu lassen, war vielen mit der Zeit fremd geworden. Die „Lenkung" der Menschheit war mittlerweile von der modernen hoheitlichen Staatsgewalt übernommen worden. Die Mehrheit vertraute nun der irdischen sichtbaren Macht, die greifbar und vorhersehbar war. Alles war vorgegeben und verlief in starren Strukturen und versprach bei Gehorsam das Lebensglück, nach dem jeder auf der Suche war. Die Menschheit war zu einer bequemen Konsumgesellschaft verkommen, die keine Ungewissheiten der Weiterentwicklung mehr kannte. Die schöne Priesterin war sich darüber bewusst und auch darüber, dass zum Leben auch Leid und Mut dazugehörten, dass alles vergänglich war und einer stetigen Veränderung unterlag. Der Weg zum wahren Selbst ist ein steiniger, dafür erwartet jeden, der ihn gegangen ist, das Paradies auf Erden.

Am Brunnen trafen sich nun ihre Blicke und aufgrund ihrer Fähigkeiten wusste sie ziemlich schnell, dass es sich um den König handelte, nach dem sie schon so lange gesucht hatte.

So begab es sich, dass die beiden sich verliebten (verliebt ist die irdische Variation von Liebe und hat mit der ursprünglichen Liebesenergie recht wenig zu tun – wie die Vorsilbe ver- schon aussagt, es ist eher eine Umkehrung dessen ... eine erlernte, idealisierte Vorstellung von Liebe, die geknüpft an Bedingungen und Erwartungen ist. Dann übernimmt die Gewohnheit und das System der Sozialisation die Kontrolle über die Emotionen. Davor ist selbst eine Priesterin, die weiß, dass sie eine ist, nicht gefeit). Sie heirateten also und bekamen Kinder. Dies lenkte ihn erst mal für einige Zeit von seinen Gedanken an den Sinn des Lebens und eine höhere Macht ab. Doch mit den Jahren entwickelte sich eine Unzufriedenheit. Er hegte eine plötzliche Unruhe, eine gereizte Nervosität in sich. Der junge König, der nicht wusste, dass er einer war, begann allmählich, seine Frau dafür verantwortlich zu machen. Er war des Suchens müde und gab die Verantwortung seines aussichtslosen Unterfangens an sie ab, weil er ahnte, dass sie die Lösung ohnehin schon kannte und ihn nur damit ärgern wollte, dass sie es ihm nicht verriet. Er begann, wütend auf sie zu werden, weil sie trotz der alltäglichen Herausforderungen immer irgendwie gelassen und in sich ruhend wirkte. Es war eine besonnene, unschuldige Art von Überlegenheit im Sinne von einer Ausstrahlung von Glückseligkeit, die jeder irgendwie spüren konnte, der sie kannte. Zu Anfang dachte er, dies wäre sein Verdienst. Denn dieses Strahlen zeigte sich besonders intensiv, nachdem sie sich sexuell vereinigt hatten. Er war schrecklich eifersüchtig, als er feststellte, dass sie das Strahlen auch hatte, wenn sie mit anderen Menschen zusammen war und diese bei ihrer Weiterentwicklung unterstützte. Ständig gab sie ihm viele Hinweise, die ihn zu seinem Zepter hätten führen können. Doch das brachte ihn noch mehr in Aufruhr und entfernte ihn gleichzeitig immer mehr aus seiner Mitte, in der seine Lösung verborgen war. Die beiden stritten immer häufiger und eine emotionale Annäherung, liebevolle Worte und Gesten und vor allem der Austausch von körperlichen Zärtlichkeiten verebbte immer mehr, was beide oft sehr traurig stimmte, und sie begannen darüber nachzudenken, künftig getrennte Wege zu gehen, weil sie sich wohl gegenseitig mehr schadeten als gut taten.

Darüber hinaus und aufgrund ihrer fortwährenden Enttäuschung von der Liebe vergaß die Priesterin oftmals das höchste universelle Prinzip der Freiwilligkeit. Auch sie begann, wütend zu werden, weil der junge König ihre Hinweise nicht verstand, wo sie sich doch so viel Mühe gab, ihm ihre Wünsche auf ihre gewohnte einfühlsame, vorsichtig umschreibende Weise näherzubringen. Vor allem irritierte sie, dass sie den göttlichen Funken ihres Geliebten nicht auffinden konnte. Einzig bei ihm war er für sie unauffindbar, denn das Zepter befand sich mit einer eisernen Kette direkt auf sein Herz gebunden und war begraben von falschem Stolz, weswegen sie auch nicht, wie sie es sonst gewohnt war, in sein Herz blicken konnte. Sie war frustriert und machte ihm immer häufiger Vorwürfe, was ihn noch weiter von ihr wegstieß. Es war wirklich schier zum Verzweifeln. Zumal doch beide tief in sich spürten, dass sie füreinander bestimmt waren. Doch die gemeinsame Vision kam noch nicht zum Vorschein. Zu viele alltägliche Verpflichtungen ließen ihnen einfach keinen gemeinsamen Raum dafür, diese zu entfalten.

Im damaligen Zeitalter betrug sich die Gegebenheit, dass unter den Menschen auch sogenannte Gestaltenverwandler verweilten. Dies waren Helferseelen, die mit der Aufgabe betraut gewesen waren, anderen Seelen in besonders schwierigen, ungewissen Zeiten auf deren Weg zur Erfüllung ihrer Seelenaufgabe zu helfen. Sie konnten neben der Form ihres menschlichen Körpers beispielsweise auch als Fee oder Schmetterling erscheinen und so einige zarte Hinweise bereitstellen. Gestaltenverwandler konnten die göttlichen Energien für andere Seelen, es sei denn, sie gaben ihr Einverständnis dazu, um Hilfe bitten, wenn diese gerade selbst nicht dazu in der Lage waren.

Diese Wesen unterlagen, was ihre Fähigkeiten anbelangte, dem ungeschriebenen Gesetz der Geheimhaltung und das ganz einfach zum Schutz ihrerseits, man denke an die Hexenverbrennungen. Doch manchmal, vielleicht aus einem Gefühl der Einsamkeit, es könnte auch Verzückung oder beides gewesen sein, ließen sie sich dazu verleiten, sich einer ihnen tief verbundenen Seele anzuvertrauen und hiermit einen Teil ihrer Identität preiszugeben. Die Priesterin ahnte schon lange, dass so etwas möglich sein musste. Sie wusste endlich um ihren seelischen Beistand. Deshalb hatte sie jetzt die eindeutige Gewissheit, dass ihr geliebter Gemahl auch solch eine Unterstützung an seiner Seite hatte. Aber diese zu erkennen war ihm mit der eisernen Kette ums Herz nicht möglich und er verachtete seine Helferseele deshalb sogar.

Es ist eine Tatsache und hierbei spielt es keine Rolle, in welchem Zeitalter und auf welcher (Erlebnis-)Welt sich das zuträgt … Eine Priesterin kann von niemandem besessen werden und ein König liebt das Gefühl, seine eigenen Entscheidungen zu treffen. Die Priesterin erinnerte sich an die universelle Wahrheit und handhabe es nun so, ihn erst einmal zu fragen, bevor sie ihm einen ihrer wohlgemeinten Vorschläge unterbreitete (ihre Intentionen waren allesamt gut, weil sie mit ihren Fähigkeiten und durch ihre Erfahrung oft genau wusste, was zu tun war und ihm nur helfen wollte). Für ihn waren es jedes Mal tatsächlich „Schläge" und deshalb konnte er sich auch nicht darauf einlassen. Sie behandelte den König trotz all der vorausgegangenen Ereignisse wie einen guten Freund und Gast. Mit viel Geduld und dem Adaptieren ihrer kommunikativen Gewohnheiten innerhalb der Ehe schaffte sie es, mit ihrem Feuer der Leidenschaft die eiserne Kette, die um das Herz des Königs lag, langsam zum Schmelzen zu bringen.

Daraufhin erkannte er endlich sein wahres Potenzial und seine Seelenaufgabe. Er war ein wunderbarer König. Respektvoll, besonnen und gütig zu sich selbst und anderen. Er hörte auf damit, seine Priesterin nach seinem überholten Rollenverständnis in eine „brave Ehefrau" verwandeln zu wollen, und liebte sie genauso, wie sie war. Genau für das, was sie war, weil er nun keine Angst mehr hatte, dass sie sein wahres Wesen, das er damals noch nicht kannte, erkennen würde. Die beiderseitige Unzufriedenheit legte sich allmählich. Es entstand wieder Nähe zwischen ihnen und dies auf allen Ebenen, den irdischen und den seelischen. Sie investierten täglich Arbeit und Mühe in die Beziehung zueinander und haben vor allem Freude daran gefunden, dem anderen mit ihren Fertigkeiten und Fähigkeiten dienlich zu sein, und wussten dies in Dankbarkeit zu schätzen. Beide haben verstanden, dass sie sich immer weiterentwickeln und verändern würden, jeder eigenständig und für sich. Ferner, dass sie von Bedingungen außerhalb ihrer Beziehung zueinander beeinflusst wurden und sie andere Gefühle und Schwingungen mit in ihren geschützten Rahmen der Ehe tragen würden. Deshalb war es wichtig, dass beide sich darüber bewusst wurden, dass sie ihre gemeinsame Vision ihres Lebens täglich neu aufeinander abstimmen und pflegen mussten. Dies war ein so schönes Ritual geworden, das sie von da an beibehielten, und sie lebten vergnügt bis ans Ende ihrer Tage, und wenn sie nicht gestorben sind, dann leben sie noch heute.

ENDE

Prolog

… die Seelen der Priesterin und des Königs sahen auf die Erde hinab und beobachteten vergnügt ihre Kinder und deren Kinder und Kindeskinder. Bis beide in einem besonders wundervollen Moment beschlossen, gemeinsam zur Quelle zurückzukehren. So schwebten sie zusammen durch Raum und Zeit bis zur Unendlichkeit und kehrten als göttliche Funken in die Allmacht, die bedingungslose Liebesenergie, zurück, um ihr Wissen und ihre Erfahrungen einzuspeisen und alles Existierende damit zu bereichern, alles Geschehene zu vergessen und, wenn sie sich bereit fühlten, irgendwann eine neue Reise zu beginnen.

BIOGRAFIE

Tanja Brafford wurde am 13. Oktober 1977 geboren und lebt in Erlangen.

Coltat-Gran Petra

Vielleicht das nächste Mal

„Was für eine seltsame Bergwiese", wundert sich die junge Frau. Während sie davor steht, späht sie in alle Richtungen und versucht dabei zu verstehen, an welchem Ort sie eigentlich angelangt ist. Sie hat sich verlaufen und kämpft gegen die in ihr aufsteigende Panik. Ohne zu wissen warum, kommt ihr dieser Ort bekannt vor. Eva überlegt nicht länger, betritt den weichen Blumenteppich und marschiert los. Ein Spiel von Licht und Schatten verleiht dieser malerischen Natur ständig wechselnde Farbtöne. Vergeblich sucht die Wanderin nach Blumen und Kräutern, die üblicherweise auf solchen Bergwiesen wachsen: Gänseblümchen, hohe Schlüsselblumen, Wiesenflocken-blumen, Alpen-Krokus, Bärwurz ... Doch Evas Augen blicken auf ein Meer von Klatschmohnblüten, deren Kronblätter in scharlach- bis purpurroter Farbe vom satten Grün der Wiese abstechen. „Merk-würdig!" „Klatschmohn wächst doch hauptsächlich an Wegen oder Ackerrändern", meint sie zu wissen. Außerdem erscheinen ihr diese Blumen ungewöhnlich hochgewachsen. Sie sind viel größer als die, die sie bisher gesehen hat, stellt sie erstaunt fest und beobachtet die langen, dünnen Stängel der Blumen, die sich leicht im Wind wiegen. Auch die schwarzen Flecken im unteren Bereich der Kronblätter wirken breiter als üblich und ähneln dunklen Augen. Ist es dieser fremdartige Anblick, der plötzlich eine überwältigende Müdigkeit in ihr auslöst? Oder die Angst, den Weg verloren zu haben? Jedenfalls kann Eva nicht anders, als sich auf dem Rücken in die Wiese zu legen, um sich zu entspannen. Der Wind ist angenehm, und sie beobachtet die Wolken am Himmel, die vom Ostwind vorangetrieben werden und skurrile Figuren bilden. Eine Altocumulus-Wolke direkt über ihrem Kopf gleicht einem Elefanten, der sich in Sekundenschnelle in ein Einhorn mit zwei Beinen verwandelt. Die Sonne zeigt sich immer häufiger und ein angenehmer Duft strömt von einem nahegelegenen

Wald herbei. „Das müssen Lärchen sein", überlegt sie und hebt den Kopf, um sie in der Ferne entdecken zu können. Nach einer Weile spürt Eva, dass es kühler geworden ist und knöpft ihre Jeansjacke zu. Der Himmel verfärbt sich rasch in ein bedrohliches Dunkelgrau, während der stärker gewordene Wind ihre blonden Haare zerzaust. Die junge Frau steht auf und sieht, wie jetzt die Blumen ihre Köpfe senken und sogar drohen abzubrechen. Als Eva sich umdreht, um den inzwischen unbehaglich gewordenen Ort zu verlassen, steht plötzlich eine uralte Frau in gebeugter Haltung vor ihr. Das schwarze Kleid der Greisin fällt bis zu ihren halbhohen, schwarzen Stiefeln. Ein graues Kopftuch verdeckt das Haar, und ein dunkelbrauner Holzstock dient ihr als Stütze. Eva erschrickt. Die unzähligen Falten und Warzen in dem alten Gesicht wirken abscheulich. Blassblaue Augen, von einem milchigen Schleier überzogen, liegen in den Höhlen des aschgrauen Antlitzes. Man könnte meinen, sie sei blind. „Wie ist diese Frau hierhergekommen?", fragt sich Eva verstört. Sie tritt einen Schritt zurück und sucht nach einer Richtung, in die sie fliehen könnte. „Warte, junges Mädchen, warte..." Eva bleibt wie angewurzelt stehen und wagt einen Blick auf die angsteinjagende Gestalt, die sich jetzt etwas aufrichtet.

„Dein Vater lebt noch!"

„Was?" Eva erschauert bei diesen Worten und zittert im kalten Wind.

„Dein Vater lebt noch. Deine Mutter hat dich angelogen."

„Wer sind Sie? Woher kommen Sie und was wollen Sie von mir?"

„Das ist unwichtig, mein Kind. Das Einzige, was du wissen musst, ist, dass dein Vater noch lebt."

„Das ist unmöglich. Er ist vor fünf Jahren an einem Herzinfarkt gestorben."

„Hast du ihn selbst tot gesehen?", fragt die unheimliche Person.

Eva überlegt und konzentriert sich, so gut es geht. Eigentlich nicht, muss sie sich eingestehen. Sie war aber bei der Beerdigung dabei und hat Sand und eine rote Rose auf den Sarg geworfen, als dieser in der Grube lag.

„Mein Vater lag im Krankenhaus und ist dort gestorben. Im Beerdigungsinstitut wurde seine Leiche aufgebahrt", erklärt Eva.

„Hat dir deine Mutter nicht gesagt: gehe nicht dorthin, behalte deinen Vater lebend in Erinnerung?"

Eva versucht sich zu erinnern.

„Doch", schoss es aus ihr heraus. „Sie meinte, ich würde den Anblick meines toten Vaters nicht verkraften können und das schreckliche Bild für immer in mir tragen müssen. Ich liebte meinen Vater abgöttisch und hatte ein enges Verhältnis zu ihm. Den Worten meiner Mutter folgte ich erleichtert. Aber ...

Woher wissen Sie das? Wer hat es Ihnen erzählt?"

„Deine Mutter hat dich angelogen. Dein Vater hat seinen Infarkt überlebt und hat euch danach verlassen. Es ist egal, woher ich das weiß."

„Nein! Sind Sie wahnsinnig? Das ist unmöglich! Sie erfinden hier eine unglaubliche Geschichte. Wer hätte denn damals im Sarg gelegen? Wer wäre an seiner Stelle beerdigt worden? Und warum hätte meine Mutter so etwas inszeniert? Sie war damals zutiefst erschüttert und hätte nie so etwas Ungeheuerliches erfinden können. Aus welchen Gründen hätte mein Vater uns verlassen? Ich frage Sie nochmals: Wer sind Sie?"

„Die Antwort auf deine Fragen muss ich dir verweigern", entgegnet die alte Frau mit zögernder, gebrochener Stimme. Dabei schaut sie Eva eindringlich in die Augen.

„Glaub mir nur", seufzt sie noch mit einem bestätigenden Kopfnicken. Eva spürt ihr Herz schneller und stärker schlagen. Sie hat das Gefühl, es poche ihr bis in den Hals. Angestrengt ringt sie nach Luft, um nicht ohnmächtig umzufallen. Wird sie ihren geliebten Vater wirklich wiedersehen?

„Geh ins Tal und begib dich in die Theodorstraße Nr. 5. Dort klingelst du und fragst nach deinem Vater. Beeil dich. Du hast nicht viel Zeit."

Mit krummem Zeigefinger und ausgestrecktem Arm zeigt sie die Richtung. Es sind die letzten Worte und Gesten der mysteriösen Alten, bevor sie sich umdreht und innerhalb weniger Sekunden verschwindet. Eva versucht vergeblich zu verstehen, was hier geschehen ist. Schlagartig bricht ein heftiger Regen los, der

Eva im Handumdrehen bis auf die Haut durchnässt. Ihre Beine und Füße sind schwer wie Blei und lähmen das Rennen über die Wiese hinunter ins Dorf. Im ersten Lebensmittelladen auf ihrem Weg fragt sie schnell nach der erwähnten Straße. „Sie müssen die Schulstraße hinauflaufen, oben die erste Straße rechts nehmen, diese bis zum Kreisel durchqueren, dann die dritte Ausfahrt rechts nehmen und ungefähr fünfhundert Meter weiterlaufen. Danach biegen Sie links in den Füller Weg ab. Am Ende dieses Weges liegt links die von Ihnen gesuchte Straße", erklärt die Person hinter der Theke mit düsterem Blick. Eva notiert die Anweisungen in ihrem Handy. Ihr Gehirn ist wie paralysiert. Sie kann nicht mehr klar denken und ist völlig verwirrt. „Danke", erwidert sie nur kurz und stolpert aus dem kleinen Geschäft. Trotz des Regens, der inzwischen zu einem Wolkenbruch geworden ist, macht sie sich auf den Weg und folgt der angegebenen Strecke. „Ich habe nur wenig Zeit", erinnert sich Eva und beschleunigt ihre Schritte. Am erwähnten Kreisel muss Eva einige Sekunden innehalten. Sie ist außer Atem und braucht eine Verschnaufpause. Danach stürmt sie weiter bis zur Theodorstraße Nummer 5. Vor dem alten, zweistöckigen Haus zögert sie kurz und drückt dann mehrmals heftig auf den Klingelknopf. Die Tür wird nach kurzer Zeit energisch von einem Mann mittleren Alters geöffnet, der auf Eva sehr abstoßend wirkt. Er hat Bartstoppeln im Gesicht und stinkt nach Schweiß und ungewaschener Kleidung.

„Ja?", fragt der Mann in schroffem Ton. Sein Blick ist durchbohrend und aggressiv. Er bittet Eva nicht herein. Der Regen prasselt weiter erbarmungslos auf sie herab. Zitternd wischt sie sich die Tropfen aus dem Gesicht und wendet sich an den Mann: „Entschuldigen Sie die Störung. Ich bin auf der Suche nach meinem Vater, Herrn Rechmann. Eine alte Dame hat mir gesagt, Sie wüssten, wo er wäre."

„Hm ..." Der Mann mustert Eva von Kopf bis Fuß und kratzt seine Bartstoppeln.

„Ja, ich weiß, wo er ist", antwortet er schließlich ohne weitere Erklärung.

Eva bricht vor Anspannung fast zusammen. Sie zwingt sich zu einem Lächeln.

„Bitte! Sagen Sie mir, wo ich ihn finden kann. Das wäre sehr nett von Ihnen."

„Hm … Das ist nicht so einfach."

„Was meinen Sie damit?" „Ihr Vater hat mich gebeten, niemandem zu verraten, wo er lebt."

„Bitte! Ich flehe Sie an! Ich bin doch seine Tochter. Ich glaube, mein Vater braucht Hilfe."

„Hm", bekommt Eva wieder zu hören. Der Mann steht wie versteinert vor ihr und sein Blick geht ins Leere.

„Bitte antworten Sie mir! Geben Sie mir die Adresse!"

Der Mann zögert immer noch. Es scheint Eva eine Ewigkeit, bis er endlich weiterspricht.

„Ich sage Ihnen aber gleich, dass Ihr Vater sehr krank ist. Das letzte Mal, als ich ihn sah, war er mehr tot als lebendig."

„Wann war das?"

„Hm … vor zwei Wochen, ungefähr."

„Was hat er?"

„Probleme mit dem Herz, glaube ich."

Bei diesen Worten sinkt Eva auf die Knie. Die Nässe und die Kälte spürt sie nicht mehr. Der brummige Mann schaut auf sie herab, sein Gesichtsausdruck verrät nicht die geringste Emotion. Dann zuckt er mit den Schultern und fährt fort:

„Nehmen Sie den Bus Nummer 56, der Sie ins nächste Dorf bringt. Die Haltestelle ist am Ende dieser Straße. Steigen Sie bei ‚Eltersloh' aus. Das ist ungefähr eine halbe Stunde Fahrt. Biegen Sie dann gleich links in die Furterer Allee ab. Nehmen Sie die zweite Straße rechts, die Fuchsgrube. Ihr Vater wohnt dort, Hausnummer 3. Aber verraten Sie nicht, von wem Sie diese Information haben."

Eva zieht ihr Handy aus der Hosentasche. Die Batterie ist leer. Verzweifelt wiederholt sie die Weganweisung, mit der Hoffnung, alles im Gehirn speichern zu können.

Der Mann wartet nicht länger und schlägt die Tür vor ihr zu. Eva rafft sich auf. Lebt ihr Vater tatsächlich noch? Hat er kürzlich wieder einen Herzinfarkt bekommen und ihn dieses Mal nicht überlebt? Weinend begibt sie sich zur Bushaltestelle. Der Abend bricht herein und der Regen hört endlich auf. Nach zwanzig Minuten kommt endlich der Bus, der sie bis ,Eltersloh' bringt. Während der Fahrt drängen sich die Fragen: „Warum hat mein Vater uns verlassen? Warum hat er all die Jahre nichts von sich hören lassen? Hat er eine neue Familie gegründet? Hat er uns vergessen? Wird er wütend sein, wenn er mich sieht?" Am Zielort angekommen, springt Eva aus dem Bus und verstaucht sich dabei den Knöchel. Sie schreit laut auf und muss sich kräftig massieren, damit sie weiterlaufen kann. Nach einigen Minuten kann sie humpelnd gehen. Sie kämpft gegen den Wind, der sie am Vorankommen hindert. Es dauert noch fast vierzig Minuten, bis sie vor dem Haus steht, in dem angeblich ihr Vater wohnt. Eva wischt sich die Tränen weg und schaut an sich herunter. Sie versucht, ihre nasse Jacke mit den Händen zu glätten und streift den Schlamm am unteren Hosenrand ab, um präsentabel zu sein. Auf der Klingel steht: „Familie Hesser". „Vielleicht die neue Familie", denkt Eva und drückt fest darauf. Es dauert eine Weile, bis jemand die Tür öffnet. Es erscheint eine ältere Frau, die ihr mit fragendem Blick entgegenschaut.

„Guten Abend. Mein Name ist Eva Rechmann. Ich bin auf der Suche nach meinem Vater. Angeblich soll er hier wohnen."

Bei diesen Worten erschrickt die Frau und schüttelt sofort den Kopf.

„Wer hat Ihnen so etwas erzählt?"

„Eine Person, die ich zufällig getroffen habe."

„Welche Person?"

„Leider kenne ich sie nicht."

„Tut mir leid", antwortet die Frau und macht Anstalten, die Tür zu schließen. Eva drückt schnell ihre Hand dagegen, um sie aufzuhalten.

„Lassen Sie mich rein, ich will rein!", schreit Eva.

Es gelingt ihr, in den Flur einzudringen. Ein langer, dunkler, enger Gang führt zu den Zimmern.

„Das letzte Zimmer links", flüstert die Frau, die jetzt resigniert dasteht. Eva kann kaum noch atmen. In wenigen Sekunden wird sie vor ihrem Vater stehen. Das Unglaubliche, das Unmögliche wird stattfinden. Ihr geliebter, so sehr vermisster Vater wird vor ihr stehen und sie wird sich in seine Arme stürzen und endlich weinen können, bis ihr Herz sich von dem Schmerz der langen Trennung erholt. Vorsichtig öffnet sie die Tür, ohne zu klopfen, und betritt den kleinen, düsteren Raum: ein winziges Schlafzimmer. Ein Mann liegt mit geschlossenen Augen regungslos auf einem schmalen Bett. Eine junge Frau sitzt bei ihm und hält zitternd seine Hand. Eva erkennt ihren Vater.

„Papa, Papa", ruft sie mit erstickter Stimme.

Eva schaut jetzt auf die junge Frau und zuckt auf. Sie sieht ihr so ähnlich, als wäre sie ihre Zwillingsschwester. Dann lässt die junge Frau die Hand ihres Vaters los und blickt zu ihr auf, wobei sich ihr Gesicht so verzerrt, dass es unkenntlich und furchterregend wird.

„Ihr Vater ist soeben verstorben", stammelt sie Eva in Zeitlupe zu und löst sich danach in Luft auf.

Schweißgebadet wacht Eva auf. Wieder hat sie es nicht geschafft, ihren Vater lebend anzutreffen. Vielleicht das nächste Mal, wenn der Traum wiederkommt. Sie muss dann schneller rennen und darf sich den Knöchel nicht verstauchen, um rechtzeitig ans Ziel zu gelangen und somit eine Chance zu haben, mit ihrem Vater zu reden, ihn zu umarmen und seine Wärme zu fühlen, wenn auch nur in einer Welt der Illusion.

Gassmann Helga

Über ein unsichtbares Notizheft zur Einübung in die Zeit

„In solcher Sein-Zeit ist jeder Schritt einerseits ein Fortgehen in der unumkehrbaren Zeitfolge; andererseits ist er auch das Zurückgehen in den Ursprung der Zeit."[1]

Vorwort

Als ich mit diesem Notizheft zur Zeitgeschichte begann, saß ich längst in der Falle: „Die kleine Kröte der Alltagserfahrung bläht sich auf zur Idee ... Die Beliebigkeit der kleinen menschlichen Sinnantworten, Geschenke an das Selbst". Der Hergang meiner Mühe sollte eine heitere Hoffnungslosigkeit in Aussicht stellen. Ich akzeptierte diese „psychisch-metaphysische Konstitution", um „zu hoffen und zu erwarten". Gregory Fuller[2] sagte überdies zu diesem konfusen Dilemma: Ich würde getrieben, meine kleine Sinngravur in das Weltgeschehen einzuritzen. Und er hatte recht. Würde ich von einem „Zeitmaßstab der planetarischen Zeitlichkeit" ausgehen, dann wäre ich nicht dazu gekommen, solches Notizheft auch nur zu wollen. Dieses Verhalten sei keine Seltenheit, so Fuller. Es existiere in einem großen Spannungsraum. Menschen wollten einen Fußabdruck in der Zeit machen, der

---

1 Elberfeld, 2002, S. 144: Zitiert nach Ohashi, Geschichte-Zeit und Geschichtskategorien – aus der Zeitlehre vom Zen-Meister Dogen*, in: ders., Zeitlichkeitsanalyse der Hegelschen Logik, Freiburg 1984, 247. *"Dogen Kigen (1200–1253) gilt nicht nur als einer der größten Zen-Meister, sondern auch als ein bedeutender Denker."

2 Fuller, 2017. Gregory Fuller (*1948), Schriftsteller.

sie in dem Glauben ließe, sie würden eine Weile überdauern. In dieser Falle seien auch Politiker der Zeitgeschichte.

Im extremsten Fall seien es Narzissten, die schwer aufzuhalten sind. Die Zeitgeschichte betätigt diese These.

Inzwischen ist die offene Frage um das Ende meiner Mühen gelöst: Ich befand mich in einem sehr kurzen Abschnitt der Spirale der Zeitgeschichte. Das ist ein Ort, der keine abschließenden Urteile zulässt. Bildlich gesprochen: Ich war Monate in einigen ihrer Kurven im Kreis gelaufen und in Sichtweite des einstigen Ausgangspunktes wieder angelangt. Die Fakten der Zeitgeschichte wurden immerhin zu variablen Deutungen meiner „Erfahrungszäsur". Die blanke Hoffnungslosigkeit blieb aus, obwohl ich meinte, ich hätte mich bewegt. Das barg schon eine gewisse Heiterkeit in sich. Professionelle Zeitreisende haben dafür diese Worte:

„Sollte [...] man über Geschichte schon schreiben, während sie noch qualmt?" Nach 1989/90 war der Satz in aller Munde, als die untergegangene DDR, aber auch die alte Bundesrepublik über Nacht zum scheinbar kaum kartierten Terrain der Geschichtswissenschaft geworden war. Zu Recht betonten Historikerinnen und Historiker damals das Risiko, dass historische Fragestellungen und Urteile durch allzu große Gegenwartsnähe eher verzerrt als geklärt werden. Andererseits war es damals wie heute evident, dass disruptive Ereignisse die Perspektive historischer Forschung und Interpretation nachhaltig verändern. Die „Sehpunkte" der zeithistorischen Forschung haben immer etwas mit der unmittelbaren Gegenwartserfahrung der Historikerinnen und Historiker zu tun. Es wird sich zeigen, welche Blickverschiebungen, Themenwechsel und Neuinterpretationen sich für die Geschichtswissenschaft aus der aktuellen Entwicklung, die ja bei Weitem noch nicht abgeschlossen ist, ergeben mögen. Wir werden sehen, ob aus der „Erfahrungszäsur" der Zeitgenossen auch tatsächlich eine substantielle zeithistorische „Deutungszäsur" werden wird.[3]

---

3 Böick, Goschler & Jessen, 2022, S. 8 f.

Diese Notizen zur Einübung in die Zeit sind wie ein Reisebericht durch ihre Unaufhaltsamkeit mit Stopps im Vergangenen und im Heutigen. Zeitgeschichte ist ein flüchtiges Medium. Indes bemühte ich mich in den Bewegungen ihrer Ereignisse, einige ihrer relativen Konstanten im Blick zu behalten: die Existenz unserer Spezies, die erreichte Nähe zu unserem Menschsein und „diese Frage, wie es gut ist zu leben".[4] Ich habe Sorge, dass wir falsch abbiegen, wenn wir meinen, wir könnten ein neues Zeitalter anstreben, in dem wir selbst Natur sein werden.[5] „Wir sind die Natur" ist moderne Metaphysik, ein neuer Totalitätsanspruch auf ungeteilte Macht wegen eines verbreiteten Unvermögens, der Erde und ihrer Natur keine Autonomie einräumen zu können. Es wäre an der Zeit zu verstehen, dass unsere Autonomie keinen Anspruch auf Unteilbarkeit hat. Das ist lediglich Ausdruck für die Beliebigkeit eines metaphysischen Maximalsinns (nach Fuller). Wir haben zu lernen, wie es ist, als Untertan der Erde zu leben.

Ein Nachwort über den Umweg vor dem Leben in der Moderne

Ich meinte, ich hätte in diesem Heft alle Notizen ablegen können wie die Bauern die Steine an ihren Feldrainen. Lose gestapelt, der Verzeitlichung übergeben, würden sie mich in Ruhe lassen. Es funktionierte bis auf eine Ausnahme. Die wollte kein Moos ansetzen zum Vergessen. Dieses Notizheft hat eine Vorgeschichte. Im Dezember 2020, mitten in pandemischer Zeit, begann ich eine Sammlung von Notizen zu meinem Leben. Ende April 2021 schloss ich damit ab. Ein Kapitel hieß: „Mein erstes Leben in einem

---

4 Tugendhat, 2010, S. 41 Ernst Tugendhat (1930–2023), Professor für Philosophie
5 Hauptgutachten Welt im Wandel. Gesellschaftsvertrag für eine Große Transformation, 2011, S. 98. „Man bedenke: In diesem neuen Zeitalter sind wir die Natur." (Zitiert nach: Crutzen und Schwägerl, 2010.)

anti-antikommunistischen Land." Das war ein Brocken, der nicht weichen wollte. Er rollte mit der Zeit bergauf und bergab. In der Spur, die er hinterließ, entstand dieses Notizheft. Darin werde ich es jetzt mit diesem unhandlichen Brocken begraben. Indes könnte ich noch bedenken, ob die Spur schon tief genug ist, damit in Ruhe dichtes Gras und Buschwerk darüber wachsen mögen. Meine Antwort endet mit Ungewissheit. Die Zeit wird es bringen. Ich könnte aber noch ein Zeitchen davor leben.

Eine griffigere Kontur bekam dieser Brocken, als mir Anfang April 2021 ein Tagungsband in die Hände fiel: „Ein Gespenst geht um in Europa ... Der Kommunismus im 20. Jahrhundert".[6]

Mich interessierte zunächst nur das Podiumsgespräch „Der Kommunismus und das ‚Ende der Geschichte'". (S. 123–145) Es war die Ambivalenz, mit der über den Kommunismus diskutiert wurde. Über Ambivalenzen des Antikommunismus las ich darin von Dominik Rigoll: „Ambivalenzen des Antikommunismus. Von der Zerschlagung der Pariser Kommune zum Vernichtungskrieg gegen den „jüdischen Bolschewismus". (S. 101–121) Er verband den Antikommunismus mit der Historie der Weimarer Republik und deren Verstrickung mit der Ideologie des Nazismus und des Antisemitismus. Es war dieser Satz: „Auch von Seiten der Wehrmacht (wurde) die eigene Beteiligung am Judenmord nicht als rassistischer Akt dargestellt, sondern als Form der antikommunistischen Selbstverteidigung".[7] Die Debatten um den Gaza-Krieg 2024 und ein allerorten aufkommender Antisemitismus und Rechtsextremismus waren der Grund, weshalb ich mich daran erinnerte.

---

6 Arndt, et al., 2017. Fachtagung der Landesbeauftragten für Mecklenburg-Vorpommern für die Stasi-Unterlagen, Schwerin, 16.11.2017. (Seitenangabe in Klammern)
7 Arndt, et al., 2017. Beitrag Rigoll, S. 116.
  (Weitere Seitenangaben in Klammern)

Rigoll spricht von einer „antikommunistischen Aufladung des Antisemitismus" (S. 115) während des NS-Regimes und dessen Krieg „gegen den jüdischen Bolschewismus". Dies war sein Beispiel für die Ambivalenz des Antikommunismus. Ein anderes war die Niederschlagung der Pariser Kommune 1871. Er hält fest, dass die Opfer dieses Krieges und die toten Kommunarden „nicht das Geringste zu tun hatten" mit den Opfern, „der Ersten Internationale um Karl Marx oder der Dritten Internationale Joseph Stalins". (S. 119) Und dieses Land DDR wäre somit ein seltenes defensives Projekt, eine *anti-antikommunistische Maßnahme, gewesen.*

Womöglich kann man die Gründung der DDR und die damit verbundene Selbsteinmauerung der deutschen Kommunisten auch als Wiederaufnahme jenes Traditionsstranges verstehen, der von der Abkapselung der Sozialisten im Kaiserreich und der Isolierung der Kommunisten in der Weimarer Republik bis hin zu ihrer massenhaften Verfolgung und Ermordung im Nationalsozialismus – und sogar in der UdSSR des Stalinismus – führt. Aus dieser Perspektive erscheint die DDR-Gründung als anti-antikommunistische Maßnahme, als ein defensives Projekt gegen eine ja durchaus zu Recht als feindlich wahrgenommene Umwelt. Dabei diente der realexistierende Antikommunismus dem realexistierenden Sozialismus nicht selten als Vorwand für Unterdrückung und Unrecht. (S. 120 f.)

Mein Leben in der DDR konnte kein Beispiel sein für liberale Demokratie, weil mit der traditionellen bürgerlichen Ordnung gebrochen wurde. Womit mein Umweg in die Moderne benannt ist: als ein halbes „Leben in einem anti-anti-kommunistischen Land".

Die Kontroverse um den verzeitlichten Kommunismus unter dem Vorzeichen von Ambivalenz zu führen, war neu für mich. Auch wie diese Ambivalenz anhand der deutschen und französischen Geschichte untersetzt wurde. Alle Argumente will ich an dieser Stelle nicht anführen. Nachtragen möchte ich, dass ich vor Jahren mit meinem Mann lange auf dem Pariser Friedhof Père-Lachaise war, um die Gräber berühmter Menschen aufzusuchen und wir zufällig den Gedenkort fanden für die erschossenen Kommunarden im Mai 1871. Wir suchten auf dem Friedhof von Montmartre das Grab von Heinrich Heine (1797–1856), um einen kleinen Stein vom Rheinufer dort abzulegen. Jetzt, da ich diese Erinnerungen hier notiere, muss ich an meine Schulzeit (1967/68) denken. Wir lasen Auszüge aus Heines Lutetia. Bis auf einen Begriff für Heines losen Spott, der ihn nicht in Deutschland bleiben ließ, ist die Erinnerung daran dahin. Es wird Zeit, Heines Aufzeichnungen aus den 1840er-Jahren zu lesen.

Zum Podiumsgespräch über den Kommunismus ein kurzes Stakkato:

Es ist nicht „bescheuert", darüber zu reden. (Rigoll, S. 130) Vom Stillstand der gesellschaftlichen Entwicklung kann niemand ausgehen. Es wird weitergehen. Aber wie? (Mothes, Arndt, S. 124 f.) Selbst wenn die Utopie des Kommunismus gecancelt wäre. Es ist inzwischen paradox: Wegen der ökologischen Probleme können wir ein Ende der Welt eher strukturieren als das Ende des Kapitalismus. (Rigoll, S. 130) Welche Alternative haben wir, den natürlichen Kollaps der Umweltbedingungen wegen unserer Existenzerhaltung zu verhindern? Der gesellschaftsfähige Liberalismus ist nicht davon befreit, Lösungen für die Verhinderung dieser Entwicklung anzubieten. „Es gibt noch eine soziale Frage". (Ganzenmüller, S. 127) Und damit auch die Frage der Gewalt. Aber: „Gewalt ist kein Monopol des Kommunismus gewesen. Wir kennen genug andere Formen von Gewalt. Das Problem ist, wenn Kommunisten oder auch andere politische Gruppierungen glauben, Gewalt als Instrument der Politik einsetzen zu können." (Beyrau, S. 141) Gewalt ist entstanden auf einem „Nährboden" von Gewalt, „inmitten von Erfahrungen brutalster Gewalt, Bezug: 1. Weltkrieg, Oktoberrevolution 1917. (Arndt, S. 143) Obsolet sind die theoretischen Ansätze von Marx aus dem 19. Jahrhundert deshalb nicht. (Arndt, S. 129) Wir haben nur noch keinen anderen Begriff oder eine andere Idee erfunden, als „Alternative zum Kapitalismus", die „nicht Kommunismus heißt, aber die in eine ähnliche Richtung weist". (Rigoll, S. 140 f.)

Es liegt an der Haltung, die Marx an den Tag gelegt hat, und an dem Versuch, den er repräsentiert [...] sich eine Alternative zum Kapitalismus zu denken, eine emanzipatorische Alternative und keine rassistische Alternative. [...] Es ist nur schade, dass der Kommunismus sich so derartig selber diskreditiert hat. Natürlich waren die realsozialistischen Staaten nicht der Kommunismus. Das haben sie selber gesagt, aber sie haben die kommunistische Utopie pervertiert. (Rigoll, S. 130)

Diese Utopie hat den Raum für Ambivalenz: „Kommunismus ist nicht gleich Kommunismus". (Mothes, S. 124) Die eine Seite kann besetzt werden durch das Ausloten seiner inspirativen Möglichkeiten: „Es muss produziert werden. Es müssen Sachen geregelt werden. Das ist überhaupt nicht utopisch." Sein „Problemhorizont" zwischen „Arbeit und Nicht-Arbeit". „Das Reich der Freiheit beginnt jenseits der Sphäre der Notwendigkeit und der Arbeitszeit". (Arndt, S. 133 f.)

Die andere Seite dieser Ambivalenz sind die bekannten Dogmatisierungen, die das ungelöste Verhältnis zur liberalen Demokratie betreffen und die natürliche Verzeitlichung von Marx, seine historische Bindung an das 19. Jahrhundert. Ein möglicher Ansatz bezüglich Demokratie und Freiheit könnte über Hegel kommen, den Marx zur Genüge überdachte. „Das heißt, wir brauchen rechtliche Freiräume. Recht ist Dasein der Freiheit. In vernünftigen rechtlichen Institutionen kann der Einzelne seine Freiheit ausleben und wir können zugleich Konflikte bewältigen." (Arndt, S. 134) Die Aneignung von Marx über Jahrhunderte erzeugt eine „gewisse Beliebigkeit". (Ganzenmüller, S. 128)

Die Umerziehung zum selbstlosen Menschen ist unrealistisch. Die „liberale Demokratie" hat eine bessere, eine pragmatische Antwort: „Interessen sind nicht schlecht, jeder darf seine Interessen vertreten.

Es geht darum, wie wir einen Ausgleich unterschiedlicher Interessen in einer Gesellschaft sinnvoll organisieren [...]." Wenn der Staat das übernimmt, dann werden die Menschen entmündigt. (Ganzenmüller, S. 134 f.)

„Schlagen Sie sich bitte das Ganze, was hier gesagt worden ist über eine Revitalisierung des Kommunismus, aus dem Kopf [...] meine Herren Professoren oder wer immer Sie sein mögen." (Publikum, S. 140) Das war ein gutes Fazit zur Ambivalenz des Kommunismus.

40 Jahre meines Lebens verbrachte ich in einem Ableger dieses gesellschaftlichen Experimentes. Es ging ebenso aus ungeheuren Widersprüchen der Zeitgeschichte hervor; aus den Folgen von zwei Weltkriegen und von gegensätzlichen Ideologien, die noch bis in die Gegenwart reichen. Ein dickes Buch über die Secondhand-Zeit meiner 40 Jahre ist noch nicht geschrieben. Aber einzelne Kapitel finden sich inzwischen in den Buchregalen. Das Paradox meiner Zeit: Die DDR mühte sich um eine bessere Kopie jener Secondhand-Zeit. Und nach dem Cut 1989 gerieten *deren Leute* in ein ähnliches Dilemma einer Secondhand-Zeit – nur wieder ganz anders als zuvor. Sie wurden als *Ossis* zu tragischen Gestalten der deutschen Zeitgeschichte, die sie nie sein wollten. Im Februar 2022 nannte Dirk Oschmann diese Zeit „Wie sich der Westen den Osten erfindet"[8,9] Er schrieb dieses Buch: „Der Osten: eine westdeutsche Erfindung".[10] Swetlana Alexijewitsch sagte über die Zeit davor: *„Es war Sozialismus, und es war einfach unser Leben."[11] Ich kann beiden folgen. Es ist wie ein alter Witz: Fragt einer: Was machst du zu Weihnachten? Sagt der Gefragte. Ich gehe da nicht hin.*

---

8 Oschmann, 2022. Dirk Oschmann (*1967), Professor für Neuere deutsche Literatur, Universität Leipzig.

9 Leserbriefe vom 10. Februar 2022, 2022. Hier erfährt man etwas zur Ambivalenz dieses „Ostens".

10 Oschmann, 2023.

11 Alexijewitsch, 2013, S. 10.

Welche utopischen Funken hat die Zeit für uns noch im Köcher? Wird sie überhaupt noch Funken sprühen? Oder versinken wir erst einmal in ein reaktionäres Zeitalter (Lilla), weil uns momentan keine Zukunftsvision über alle Grenzen hinweg verbindet? Meine Notizen ergaben indes gordisch verknotete Probleme, und zwar jeweils einzeln als auch miteinander:

(1) Für einen möglichen theoretischen Konsens sind wir bestens ausgestattet.

(2) Für das mögliche praktische Handeln ist kein alles umfassender Konsens in Sicht.

(3) Es fehlt eine pragmatische Philosophie zur Auflösung des gordischen Knotens zwischen den theoretischen Ansprüchen und der praktischen Unfähigkeit.

Nach einem alten Orakel soll Alexander von Mazedonien den unlösbaren gordischen Knoten seiner Zeit mit dem Schwert zerschlagen haben. Er besiegte die Perser und schuf als Alexander der Große ein eurasisches Reich (356 bis 323 v. Chr.). Dieses Orakel aus vorchristlicher Zeit wirkt bis in unsere Tage ... Die Schwerter zur Lösung unserer Probleme wollen wir noch nicht aus der Hand geben. „Nie wieder Krieg!" Die Zeitgeschichte ist für dieses Wagnis zu instabil. Selbst Deutschland hat seinen fast 80 Jahre alten Schwur zurückgenommen in die verbindliche Beliebigkeit eines „Nie wieder". Aber Zeitgeschichte ist noch nicht Geschichte. Wann ginge es denn endlich einmal ohne einsame Herrscher, deren Befehlskraft über schwierigkeitslösende Schwerter noch zu viele folgen?

Mein Notizheft ist eine zeitgeschichtliche Abrechnung nach vielen zufälligen Tagen von Dezember 2020 bis in den Monat Mai 2024. Sie erbrachte mir manch mittelbar Zwischenzeitliches. Ein Schlussstrich konnte nicht gezogen werden. Geschichte ist eine offene Rechnung.

BIOGRAFIE

Helga Gassmann ist jetzt 74 Jahre alt – viel Zeit zur Rückschau auf ein Leben in geteilter deutscher Zeitgeschichte nach 1945. Inzwischen verliert sich die enge Interpretation aller Lebenszeiten in Ost und West an ein tieferes Wissen für jenes Dasein in einer langen Ausnahmesituation gesellschaftlicher Umbruch- und Wendezeiten. Ihr Interesse an Geschichte und Literatur hat seine Ursache in diesen selbst erfahrenen Veränderungen.

Weihnachtsreise nach Schwarzenberg

Eine Reise in die Vergangenheit.

22.12. – 23.12.2016

Vorgeschichte

Es begann alles mit einer Vision, ausgelöst durch eine Sendung im Radio, in der ein Musikensemble interviewt wurde. Eine Musikerin erwähnte ein Konzert am 15. Dezember in der Dorfkirche von Schwarzenberg im Bregenzerwald. Da möchte ich hin, kam es wie eine Vision in meinen Kopf. Adventszeit in Schwarzenberg. Erinnerungen an Schnee, an den bäuerlichen Christbaum in dem alten Bauernhaus, in dem ich über viele Jahre von frühester Kindheit an meine „Sommerkindheit" verbracht hatte. Und auch so manche Weihnachts- und Osterferien! An die Düfte von getrocknetem Heu, an die Wärme des Kuhstalles, an die knarrenden Dielen ... Heuer würde es fast 70 Jahre her sein, dass mich die Metzlers aus Unterkaltberg nach dem Krieg aus Freundschaft – oder war es Hilfsbereitschaft – in den Sommermonaten bei sich aufnahmen. Meine Schwester Gundi kam ins Bauernhaus unterhalb des Weges, zu den Düringers. Die Bäuerinnen waren Schwestern. Meine Mutter hatte zu Kriegsende deren Bauernhaus im Sommer für einige Zeit mieten können, während die Familie auf die Vorsäß zog. Als dann der junge Bauer, Helmut, aus der Kriegsgefangenschaft von Jugoslawien nach Hause kam, änderten sich die Verhältnisse. Wir Mädchen aber durften bleiben und waren willkommene Hände zum Arbeiten und Helfen.

Meine Mutter hatte in der schweren Nachkriegszeit zumindest im Sommer zwei Kinder weniger zu versorgen. Meine Schwester bei der Familie Düringer unterhalb des Weges, ich bei der Familie oberhalb des Weges, die Familie Metzler.

Theres Zengerle, die ehemals junge Bäuerin vom oberen Bauern- haus, den Metzlers, war vor 2 Jahren im Altersheim gestorben. Ich habe sie sicher jedes Jahr besucht, vielleicht sogar zweimal. Ich durfte immer in dem alten Bauernhaus mit den niedrigen Decken und der dunklen Küche mit dem Eisenherd nächtigen. Dort lebte Walter, der mittlere der drei Buben, früher mit seinen Eltern, nach dem Tod des Vaters Gebhard, mit seiner Mutter. Als diese dann ins Altersheim kam, allein. Walter litt an einer fortschreitenden Muskelerkrankung. Letztes Jahr starb er überraschend, kurz bevor er in das „Betreute Wohnen" im Altersheim wechseln wollte. Es war ihm nicht mehr vergönnt. Die Bauernarbeit war schon lange aufgegeben und verpachtet. Das Haus und der Grund den Söhnen seines jüngeren Bruders Franz vermacht.

Ich durfte bei beiden Beerdigungen in der wunderschönen Kirche, die Angelika Kauffmann ausgemalt hatte, die Lesung vortragen. Ich hatte nicht wenig Stolz und Genugtuung dabei, weil die alte Frau Marie Metzler – das Ähle – damit Schwierigkeiten hatte, dass ich eine „Lutherische" war. Sie nahm mich „arme Sünderin" oft mit in die Messe. Noch heute bin ich als Protestantin von der Spirituali- tät des „Dominus Vobiscum", von dem Klingeln der Glöckchen bei der Wandlung und von den Wohlgerüchen des Weihrauchs beeinflusst und beeindruckt.

Die Information beim Tourismusbüro klärte mich dann über meinen Irrtum bezüglich des Konzertes auf. Es gab ein ländliches Konzert im Gasthof Ochsen am 17.12., das aber schon ausverkauft war, und ein Kammerkonzert am 22.12. in der Kirche. Das ist es, sagte ich und rief Elisabeth, die Frau von Franz, an, zu deren Familie ich schon freundschaftliche Beziehungen aufgebaut hatte. Nach den

Beerdigungen konnte ich dort immer übernachten. Nach dem Ähle ist es die dritte Generation also. Die Familie des jüngsten Enkels.

Ich war herzlich eingeladen zu kommen. Man wolle mir auch eine Konzertkarte besorgen.

Zugsfahrt

Nun habe ich doch den früheren Zug genommen! Ich möchte vom „Bödele" bei Dornbirn zu Fuß nach Schwarzenberg ins Dorf hinunterwandern, was ich eigentlich bei meinen früheren Ausflügen auch immer gemacht habe. Dreimal bin ich schon zu Fuß zur „Schubertiade" gewandert. Die „Schubertiade" ist das bekannte Musikfestival in dieser bezaubernden Gegend des Bregenzerwaldes. Einmal war es von Lech am Arlberg über zwei Tage durch den hinteren Bregenzerwald. Als ich eine Konzertkarte kaufte, meinte die junge Frau an der Kasse nur, als sie mich in meiner Wanderausrüstung sah, mit Bergschuhen könne ich nicht ins Konzert. Da habe ich mir von Theres ein Paar schwarze Schuhe ausgeborgt. Das ging. Im darauffolgenden Jahr war ich schon als „Schubertiadewanderin" bekannt und wurde herzlich aufgenommen und bekam auch unverzüglich eine Konzertkarte.

Diesmal war ich die alte Bahntrasse entlang nach Egg gewandert. Ich erinnerte mich genau an die verschiedenen Brücken und Tunnels, durch die jetzt ein Radweg geführt wird. Welche Zeit ist entschwunden, als meine Schwester und ich mit diesem Zug nach Schwarzenberg gefahren sind. Die Waggons waren mit Holzbänken ausgestattet. Der Zug fuhr damals noch mit Dampf und Ruß pfeifend und schnaufend durch das enge Tal entlang der rauschenden Bregenzerwälder Ache bis Bezau.

Meine Gedanken schweifen ab. Ich bin erst in Innsbruck angekommen und möchte umsteigen. Ein paar Minuten Zeit habe ich noch bis zur Abfahrt des Railjets nach Dornbirn. Unten in der Halle sind Informationstafeln zum Thema einer Ausstellung

„Klo – WC" angebracht. Die Entwicklung des „Stillen Örtchens" von den Römern bis jetzt. Eine äußerst interessante Zusammenstellung. Da spricht mich ein junger Mann an:

„Haben Sie nicht ein paar Münzen für mich", fragt er. „Würde mir gerne einen Kaffee kaufen". Er deutet zur Bäckerei Ruetz.

„Ich bin obdachlos!" fügt er hinzu.

„Ja, ja", sage ich, „ist ja egal, für was du es verwendest, da nimm!" Ich krame ein paar größere Münzen aus der Tasche meiner Jacke.

„Ich wohne in Innsbruck und bin aus Innsbruck", fährt der Mann fort. Auf die Frage nach seinem deutschen Akzent meint er, das mache das Waisenhaus, in dem er in Deutschland aufgewachsen sei.

„Möchtest du einen Apfel?" Seine Augen leuchten. Vielleicht hat er wirklich Hunger. Dankbar nimmt er den Apfel und den Papiersack mit dem halben Butterbrot, das ich mir vorhin gekauft habe.

Gesetzt den Fall, ich wäre in dieser Situation? Was dann? Oder eines meiner Kinder? Welches Lügennetz muss so jemand aufbauen, damit er es selber glaubt? Untergrabe ich mit meiner Spende den Willen und die Energie zur Selbsthilfe?

Im Railjet setzt sich eine Frau zu mir, nachdem sie die sich ständig wiederholende Frage gestellt hat: „Ist hier noch frei?" Am liebsten hätte ich geantwortet – oder habe ich es vielleicht sogar laut ausgesprochen –

„Gehen Sie doch nach hinten weiter. Da ist mehr Platz". Mir war nach Meditation zumute.

„Es wird sonst so voll"!

Es stellt sich dann heraus, dass es eine bemerkenswerte Frau ist, deren Mutter eine eher bekannte lokale Künstlerin aus dem Oberland ist. Wir haben uns bestens unterhalten. Hatten dieselbe Einstellung, was Schicksal oder Fügung oder Inspiration betrifft. Das ist eben Zugfahren, wenn wir aufeinander zugehen. Einander begegnen!

Das Bödele

Von Dornbirn aus bringt mich der Autobus über die kurvenreiche Straße hinauf aufs Bödele. Wir durchbrechen die Nebelzone, der Bodensee liegt unter uns. Immer wieder fällt mein Blick auf die Reste der alten Bödelestraße. Wie gut erinnere ich mich an eine „Schitour" mit meiner Mutter und meinen Geschwistern hinauf aufs Bödele! Es schneite. Ich glaube, wir benutzten zum Teil die unteren Wiesen. Vielleicht haben wir auch eine Strecke mit dem Bus zurückgelegt. Wir kamen ja aus Bregenz! Es schneite. Ich hatte eine selbstgearbeitete Schildkappe aus Wolle. Der Pappendeckel des Schildes wurde nass und hing in meine Stirn. Ich heulte. Am Schianzug hingen die gefrorenen Schneeklumpen. Dass ich den Schitouren nach diesem Erlebnis treu geblieben bin, grenzt an ein Wunder.

Der Bus ist voll mit wanderlustigen und sonnenhungrigen Menschen, die oben in dieser Almgegend Ruhe und Bewegung suchen. Die Terrasse des Berghotels Fetz bietet Tische und Stühle in der Mittagssonne. Auch ich wandere nicht gleich hinunter nach Schwarzenberg, sondern genieße wie die anderen Touristen meinen Apfelstrudel mit Schlag. Den Kaffee hatte ich schon im Zug getrunken. Dann geht es hinunter über ein Stück Straße und weiter über den mir wohlbekannten Wanderweg, der sich zum Teil auf dem alten Fußweg aufs Bödele befindet. Am Weiler Heuberg stürzen sich wieder die zwei großen Terrierhunde auf mich. Der wild ausschauende Wolfshundmischling kommt ebenfalls in gewaltigen Sprüngen angerannt. Da ich mich durch die Erfahrungen mit unserem Filou mit Hunden ein wenig auskenne und keine Angst mehr habe, bleibe ich ruhig stehen und lasse die Hunde an mir schnuppern. Bald schon verlieren sie ihr Interesse an mir und widmen sich wieder ihren Spielsachen. Ein gut aussehender älterer Mann kommt aus dem umzäunten Garten herauf und wollte nachsehen, warum die Hunde so gebellt haben. Er erkennt mich wieder. Hat sich doch im letzten Sommer, als ich zu Walters Beerdigung ins Dorf hinunterging, die gleiche Szene hier abgespielt.

Auch die Hunde müssen mich erkannt haben. Der Mann erzählt unter anderem, dass seine Mutter eine gebürtige Wälderin sei. Er selbst sei aus Oberösterreich, wohne aber in Vorarlberg. Sie habe mit 84 Jahren ihre Lebenserinnerungen geschrieben mit dem Titel: „84 Jahre jung". Das habe sich gut verkauft. Ich hatte ihm nämlich erzählt, dass ich hier in Schwarzenberg meine Sommerkindheit nach dem Krieg verbracht habe und darüber geschrieben habe. Der Mann ist mir sympathisch. Franz erzählt mir später, dass der nette Mann leider eine sehr nette Frau habe. Also keine Aussichten auf einen Partner mit einem Haus zwischen Bödele und Schwarzenberg. Mein Mann war 2013 gestorben.

Nun führt mich meine Wanderung mit prächtiger Aussicht auf die Kanisfluh und die schon mit Schnee bedeckten Berge des Arlbergs über den Weiler Oberkaltberg nach Unterkaltberg. Erinnerungen an den Gemüsegarten, dort vor dem Dornengestrüpp, in dem wir nach Himbeeren suchten. Wie oft musste ich hier und beim Gärtchen neben dem Haus die Raupen von den Kohlstauden klauben. Manchmal habe ich eine übersehen, die schwamm dann als „Beilage" in der Kohlsuppe. Nun fällt mein Blick auf das Areal des alten Bauernhauses. Ich wusste, dass es nach dem Tode von Walter bereits abgerissen wurde. Es hat ja schon nach der Beerdigung von Walter voriges Jahr wie tot gewirkt. Müde, am Ende! Seit Jahrzehnten vernachlässigt. Nun stehen zwei moderne Häuser dort, im neuen Wälderstil. Walter hatte schon zu Lebzeiten den Grund seinen zwei Neffen, den Buben von Franz, vermacht. Er wollte ins Betreute Wohnen ziehen. Aber dazu kam es eben nicht mehr.

Ich klingele beim hinteren Haus, das schon voriges Jahr stand. Es gehört Stefanie und Andreas Zengerle, einem der Söhne von Franz, dem Jüngsten von Gebhard und Theres Zengerle. Auf dem Schild bei der Klingel stehen drei Namen. Da ist also ein kleiner Paul angekommen! So geht ein altes Leben in ein neues über. Stefanie macht auf, mit eben diesem Neuankömmling am Arm. Pausbäckig und mich scharf musternd. Soll er weinen oder lachen? Stolz führt mich die junge Frau hinauf. Der Kleine ist von meiner großen roten Brille fasziniert und vergisst seine Scheu. Ein Foto zur Dokumentation, ein kleiner Austausch von familiären Neuigkeiten. Dann möchte ich weiter auf meiner Wanderung in die Vergangenheit. Obwohl die junge Frau mit ihrem Kind Gegenwart und Zukunft vereint.

Im unteren Haus, das in meiner Kindheit den Düringers gehört hatte, der Katharina und dem Benedikt, rührt sich nichts. Claudia, die betagte Schwiegertochter der ehemaligen Bauersleute und Frau vom Helmut, der aus der Kriegsgefangenschaft damals heimgekehrt war, ist heuer im Sommer gestorben. Es wohnt hier nur Christine mit ihrem Freund, ohne Nachwuchs. Leider gibt es wieder Unstimmigkeiten zwischen dem Bauernhaus oberhalb der Straße und dem unterhalb. Wie in meiner Kindheit, als die beiden Familien im Streit waren. Neid, Eifersucht auf das Schicksal des anderen, Geldangelegenheiten … oder doch ein Fluch, wie Christine bei meinem letzten Besuch vor einem Jahr meinte?

Also gehe ich wieder ein Haus weiter. Im ersten Haus an der Klausbergstraße wohnen auch Düringers, Herbert und Marianne. Der Vater von Herbert, der alte „Irg", wie er mit dem Vulgonamen hieß, war ein Vetter von Benedikt Düringer, der Mann von Katharina, die wieder eine Schwester der alten Bäuerin Marie Metzler im oberen Bauernhaus war. Dort, wo ich meine Sommerkindheit verbracht hatte. Das Aufzählen aller Feinheiten und Zusammenhänge dieser weitläufigen Verwandtschaft würde zu weit führen.

Herbert ist im vorigen Jahr gestorben, fast 90-jährig. Unglaublich, dass diese Menschen hier so alt werden. Sie hatten doch keine so gute ärztliche Versorgung in ihrem Leben wie wir. Sie lebten genügsam. Ihr Leben war von Arbeit geprägt. Auch Marianne ist 92! Sie erkennt mich gleich, als ich zur Türe hereinkomme. Dieses Bauernhaus ist immer instand gehalten worden. Die Bauernwirtschaft ist natürlich schon seit etlichen Jahren verpachtet. Die Küche ähnelt der im Bauernhaus der anderen Düringers. Ein recht heller, freundlicher Raum, den man vom traditionellen „Schopf" aus betritt. Marianne ist seit ihrem Oberschenkelbruch im vorigen Jahr etwas gehbehindert. Sie behilft sich mit einem Rollator. Ins Freie jedoch kommt sie allein nicht. Die zwei Töchter, die im Ort wohnen, versorgen sie mit dem warmen Essen.

„Magscht an Kaffee?" war ihre Frage. Ich will ihr natürlich keine Umstände machen.

„Nei, das isch glie! Da druck i nur ufn Knopf bedr Kaffeemaschin!"

Der Dialekt hier ist umwerfend anheimelnd. Er bedeutet mir Heimat. War meine erste Fremdsprache.

Während wir Kaffee trinken und von einem etwas harten Schmalzgebäck knabbern, erzählt mir Marianne mit blitzenden Augen und manchmal scharfer Zunge den neuesten Klatsch aus Familie und Dorfgeschehen. Es macht mich nur ein wenig traurig, wie unversöhnlich manche dieser Menschen leben, auch innerhalb der Familie. Alte Muster werden nicht aufgebrochen, sondern tradiert. Vorurteile dem Fremden gegenüber, Neid und Eifersucht in der eigenen Familie, was sich über Generationen verfestigt hat. Macht das die Enge der Dorfgemeinschaft? Das enge Zusammenleben der Großfamilie?

Von Marianne weiß ich eine heitere Anekdote, die ich hier nochmals kurz erwähnen möchte. Herbert fuhr einmal auf Kur nach Hofgastein. Marianne benützte die Gelegenheit seiner dreiwöchigen Abwesenheit, um all seine Hemden aus dem Kasten zu räumen, frisch zu waschen und zu bügeln. Das entsprach eben ihrem Ordnungssinn. Wie enttäuscht war sie, als Herbert nach drei Tagen unerwartet wieder nach Hause kam, weil er es bei der Kur vor Heimweh und Überforderung mit den Therapien nicht ausgehalten hatte. Da hat er sich lieber aufs „Kanapé", sein Sofa, gelegt und über seine Wiesen geschaut.

Mein weiterer Weg führt mich die steile „Schlossergasse" hinunter ins Dorf, wo ich mir im Käseladen meinen Ziegenkäse kaufe und im Blumengeschäft und beim angrenzenden Sparmarkt Kerzen und Blumen für die zwei Gräber auf dem Friedhof. Marianne bat mich, auch auf das Grab ihres Mannes eine Kerze zu stellen. Die Zeit ist auch hier in Schwarzenberg nicht stehen geblieben. Es gibt diesen Supermarkt von Spar und ein wunderschönes geschmackvolles Blumengeschäft. Daneben natürlich noch die Bäckerei und den „Vögele", das Gemischtwarengeschäft von früher. Noch ein Blick in die Kirche, ein paar Fotos. Eine Frau, der ich mein Zündhölzer borge, zeigt mir das Grab von Herbert Düringer. Auch dort stelle ich eine Kerze auf.

Fremden gegenüber sind die Leute noch immer neugierig eingestellt. Als kleines Mädchen wurde ich immer wieder gefragt:

„Weam köscht? Wia hoscht?" Theres sagt immer, ich solle antworten: dem Vater und der Mutter!

Nun habe ich alle Pflichten erfüllt und wandere hinunter in den Weiler Au, „d' Ou", wie man hier sagt. Dort wohnen die „Zengerles". Weit schweift der Blick hinüber zur „Schetteregg", der Berg, der sich markant an der anderen Talseite des weiten Kessels erhebt. Der weihnachtliche Schnee lässt auf sich warten. Rosa Wolken durchweben den abendlichen Himmel. Im Haus werde ich freundlich empfangen. Wir sitzen in der Küche und trinken Tee, essen ein wenig. Ich genieße die Einfachheit. Oben im Gästezimmer ist es sehr kalt, weil das obere Stockwerk nicht beheizt wird. Maria, die jüngste Tochter, übernachtet heute bei einer Freundin.

Das Konzert, Schuberts Oktett, findet wegen der Kälte leider nicht in der Kirche statt. Die Instrumente lassen sich unter diesen Verhältnissen – 6 Grad – einfach nicht stimmen. Wir ziehen, Musiker und Zuhörer, in den kleinen Dorfsaal, der in seiner hölzernen Schlichtheit ein passendes Ambiente bietet. Und vor allem warm ist. Die Musik ist ein Genuss. Die Musiker sind alle aus Vorarlberg oder zumindest hier beschäftigt. Leider nicke ich manchmal ein, weil ich einfach von der Fahrt und vom zeitigen Aufstehen müde bin.

Zu Hause gibt es noch einen kleinen Umtrunk. Geplauder und Erinnerungen an frühere Zeiten.

Abschied

Trüb, neblig. Heimreise. Einer der vielen Abschiede in meinem Leben. Nach einem guten Frühstück mit Elisabeth und Franz und den dazugehörigen Gesprächen wandere ich zurück ins Dorf zum Autobus nach Dornbirn. Ein Stück lasse ich mich von einem jungen Mann mitnehmen, der in seinem Kombi das steile Wegstück zu den ersten Häusern im Dorf hinauffährt. Er war stehen geblieben und fragte mich, ob ich mitfahren möchte. Ich hatte plötzlich Angst, ich könnte den Bus versäumen. Eine Urangst, die von den Zugfahrten, meist allein nach Schwarzenberg als Kind, herrühren mag. Noch ein Gang in die Kirche, zu den Gräbern. Dann die Busfahrt hinauf aufs Bödele und hinunter in die weite Ebene des Rheintales. Der Bodensee rechterhand, die Schweizer Berge im Hintergrund. Erinnerungen tauchen auf, Nostalgie, Wehmut, Unerfülltes, Unbewältigtes, Versäumtes – Heimat, verlorene? Jahre habe ich in Bregenz gewohnt, im evangelischen Pfarrhaus unseres Großvaters Helmurt Pommer – damals nach Kriegsende. Und vom 9. bis zu meinem 18. Lebensjahr die Jahre danach in Bludenz, wo sich mein Vater eine Arztpraxis aufbauen konnte.

Ich werde zurückkehren in das Tal meiner Sommerkindheit. Einen neuen Lebenskreis werde ich dort betreten, das bin ich sicher. Die Gastfreundschaft der jüngeren Generation dankbar annehmen. Aber das, was früher war, die Bilder, die Gerüche und Geräusche, das ist tief begraben und bewahrt, um in manchen Augenblicken ans Tageslicht zu stoßen und die Wirklichkeit mit Farbe zu versehen.

H. Aemmerli

Gedichte

Am Anfang war das Wort. (Joh. 1,1)

Früheste Zeit:
Das wurde dann
zu Sätzen, zu Phrasen.
Die Sprache entstand.
Der ‚Homo sapiens' begann
zu kommunizieren, zu plaudern.
Die nächste Stufe der Evolution:
Die Höhlenbewohner zaubern
Striche, Zeichen und Formen
an die Wände ihrer Behausung.
Die Schrift wurde geboren.
Ein Geschenk für die Menschheit.
Eine Gabe von ganz oben

Frühzeit:
Sumer, Babylonier, Syrer
konnten es schon.
In den Pyramiden zu finden
sind Hieroglyphen des Pharao
Die in Stein Gesetzen
zehn Gebote Gottes,
wurden kaum gelesen,
kläglich zerbrochen.
Auf die Steine der Gruften
es die Kelten meißelten.
Was Griechen und Römer schufen,
uns noch heute begeistert.

Frühes Mittelalter:
Schriftgelehrte und Pharisäer
kannten die Kunst der Schrift.
Bei den alten Mitteleuropäern
lief eher nichts,
Doch, auf Leder aus Kuhhaut
wurden von Mönchen
Buchstaben ‚gebaut'.
Die waren Könner.
Die Bibel wird immer
und wieder, flüssig, flott,
niedergeschrieben.
Mit dem Segen von Gott.
Die Pergament-Papiere brachten
den nächsten Schritt
zum Buchstaben ‚malen'.
Der Bundesbrief wurde ein Hit.
Besiegelt wurde die ‚Sache',
von Arnold von Melchtal, Walter Fürst
und Werner Stauffacher.
Ehre, wem Ehre gebührt!
Etwas auf das Papier zu brüten,
für immer und ewig,
wird mit den schwarzen Brühen,
genannt Tinte, weniger schwierig.

Mittelalter:
Noch Besseres kam dann
was die Weltordnung
in Europa über den Haufen rannte
Martin Luther, war nicht dumm,
sondern sehr klug,
er übersetzte das biblische Buch. Schmiss in der Wut
an den, der ihn versuchte
das Tintenfass in den Schädel.

Luther, Calvin, Zwingli
waren mutig, waren fähig
zu brechen, die Allmacht der Kirche

In Mainz gab es einen Mann:
Johannes Gutenberg, mit Namen,
der, sehr clever, erfand
ein revolutionäres Verfahren.
In Blei gegossene Buchstaben
sind es, die das Kopieren
der Schriften übernahmen.
Der Bibeln gibt's deren viele
In jedem Haus ist eine solche.
Der Buchdruck lanciert
eine neue Epoche.
Mal sehen, was aus der wird.

Neuzeit:
Jetzt begann die Denker und Dichter
der großen Poeten und Schreiber
Goethe, Shakespeare, Tolstoi, Schiller
Rilke, Hülshoff, Mörike und so weiter.
Dann die ‚Artisten‘ der vielen Silben
Dostojewski, Mann, May und Konsorten
Die Literaten der neueren Zeit:
Die haben ihre eigenen Worte
Hemingway, Dürrenmatt, Frisch
und andere derselben Sorte.
Und es gibt querdenkende Dichter: Twain, Brecht, Kästner, Tucholsky. (Ich?).

Neueste Zeit:
Die Druckerpresse presst noch etwas
anderes als schöne Literatur
Die druckt auch jetzt das

was täglich die Welt überflutet
Die Zeitungen. Blätter, Magazine
Die werden gelesen wie wild
Sei es NZZ, Herald Tribune,
Tagblatt, Weltwoche, Blick oder Bild.
New York Times, Prawda.
Leider prasseln
jeden Tag Reklamen
im Briefkasten.

Noch neuere Zeit:
Dann kam die technische Revolution
Elektronik übernimmt das Zepter
Rundfunk, Kino, Television,
bringen die Welt aus alten Konzepten
Bücher sind ‚out'
Live Shots, online Fotos, Videoclips,
ist das, was heut ‚haut'.
‚Gechattet', ‚gedealt', ‚gechased', Hit,
wird auf Angelsächsisch
selbst in den Medien verwendet.
Deutsch wird überflüssig.
Wie wird das enden?

Verstärkt wird diese Tendenz
durch das, was kam: das Web.
Das weltweite, frei zugängige Netz
veränderte unsere Welt
wie wohl nie etwas zuvor.
Du glaubst dies nicht?
Dann bist du auf dem Mond.
Und bleibe wohl besser dort.
Dann bleibst du verschont
von Apple, Android, Microsoft,
Facebook, Google und so on.

Wie wär's jetzt, nach dieser langen Ballade,
sich zu setzen, sich zu erholen?
Diese Verse haben dir den Atem verschlagen.
Für etwas später wird empfohlen
Ein Buch zu lesen.
Von welchem Phantasten?
Über welche Thesen?
Das wird dir überlassen.
Aus dem Wort, das zuerst da war
wurde es zu einem ‚Bericht'.
(Ich bitte um einen Kommentar
zu diesem Gedicht).

H. Aemmerli

Das waren noch Zeiten, als:

Emaille ein Material zum Überziehen von Metallen,
Googel als Vorsilbe einer Schweizer Kuchensorte verwendet,
Apple eine Frucht, die oft vom Baum gefallen,
Windows viereckige Öffnungen in den Zimmerwänden,
Mac ein Restaurant war, das man zum Essen besucht,
Keyboard ein Brett, an dem die Schlüssel hingen,
Escape-Taste das Gaspedal der Autofahrer auf Fahrerflucht,
Parity Errors die Beziehungen, die auseinander gingen,
Software eine weiche Ware wie Bettdecken und Kissen,
User ein Druckfehler für einen Bewohner eines Bergtales,
Bit ein Schweizer Mundartausdruck für ‚wenig', ein ‚bisschen',
Byte ein Biss eines Tieres in fortgeschrittener Rage,
Bus ein öffentliches Verkehrsmittel,
Blogger ein ekliger Plagegeist im Berner Dialekt,
Bug ein mieses Insektentierchen,
Maus ein kleines Nagetier, ein ganz freches,

Web eine Fliegenfalle der Spinnen,
File ein Werkzeug zum **Feilen**,
Page ein uniformierter Hoteldiener,
App ein Bewerbungsschreiben,
war.
Und **Error 404**,noch nicht existierte.
Da hatte man noch Zeit zu sinnieren und dichten.

(1) Gugelhupf
(2) Dem Ursenertal.

H. Aemmerli.

Invalidität als Chance.

Als Invalider hast du ausgedient als Arbeitsbiene.
Du bist nicht mehr ein Rad
in der Bruttosozialproduktion-Förderung-Maschine.
Du belastest den Staat.
In den ÖVs verursachst du, weil du an den Rollstuhl
gebunden, jeweils ein Gedränge.
Als an Krücken Gehender bringst du
auf den Fußgängerübergängen
die Autopendler ins Fluchen.
Da deine Beweglichkeit gestört,
bist du immer am Geldbeutel suchen.
Darum bist du an den Ladenkassen verpönt.

Als Handikapierter bist du für die Gesellschaft
ein hinderlicher Ballast.
Für dich gibt es keinen Bedarf.
Du giltst meist als dumm.
Doch Invalidität, wenn akzeptiert,

kann gewaltige Kräfte befreien.
Du hast jetzt Zeit, du kreierst,
zeichnest, malst, hast Zeit zum Schreiben.
Du hast die Chance, Großes zu schaffen,
wenn du deine Energien sublimierst.
Lass deine Fantasien spielen, tanzen,
wenn du die noch vorhandene Kraft gezielt
anbringst, dann wirst du es schaffen.

Dein Gebrechen wird zum Segen,
um den dich Gesunde beneiden.
Du hast dein Leben,
statt zu verzweifeln,
in eine andere Bahn gelenkt.
Du hast jetzt verstanden,
dass das Schicksal ein Geschenk,
das, wenn richtig behandelt,
sich als DIE Chance erweist,
die Prioritäten im Leben neu zu gewichten.
Und hier ist der Beweis:
Du kommst ins Dichten.

H. Aemmerli

Häcker Bruni

Gedichte

Favelas in Brasilien

Musik

Blechhüttenbau – in Ecken Kakerlaken,
große Augen aus Fensterlöchern,
verfilzte Sitzmatten.

Menschen im Sud der Realität
körperliche und seelische Gewalt.
Arglosigkeit neben Agonie,
Wasserläufe durch die Hütte,
wenn es regnet.

Hoffnungslosigkeit,
Frauen, die unentwegt gebären,
Alte, die vertrocknen,
Männer, die kaum da sind.

Und doch Hoffnung,
das Kind – der Junge,
der in eine Musikgruppe gerät,
über den Analphabetismus steigt,
Töne, Sequenzen hört,
erkennt, lernt und übt.

Die kleine geliehene Geige bespielt
und wie eine Schwester liebt.

Menschen aus anderen Favelas
kleben am Blech der Hütte.
Lauschen.

Viele trüb gewordene Augen leuchten für Minuten.
Das Kind im Glück
bringt der Mutter Segen,
spielt an vielen Orten.
Alle lächeln, winken,
wenn er zu seiner Mutter zurückkehrt.

Ein Geiger meldet sich zum Militär

In den Tarnfarben seiner Uniform,
dem Helm auf dem Kopf,
mit den Stiefeln im Morast,
spielt er Geige.

Unerschütterlich steht er an verschiedensten Orten,
an denen niemandem die Sprache bleibt.

In all dem
schmierigen und blutigen Elend,
ist er eine Zündholzflamme,
kurz,
aber sichtbar und hörbar.

Man sieht es nicht in den verkrusteten
Gesichtern,
ein Funken Hoffnung schaut aus müden Augen.

Nach einem Bericht im TV vom 22.02.2023

Der Schrank

Ich öffne ihn – er ist leer.
Feine Spinnweben wehen in den Ecken.
Das „blaue Gold" Lavendel – ist noch im Holz.

Darin waren meine Babykleidchen,
ganz wenig, die akkurat gewaschen und gebügelt fein säuberlich
in Schubfächer gelegt wurden.

Dazu die schönen Kleider meiner Mutter für besondere Tage,
zwei an der Zahl. Ebenso Vaters guten Anzug.
Später hingen meine Kleidchen darin und in den Schubfächern
Aussteuerware für mich.

Ich begriff es damals nicht wirklich,
warum meine Mutter feines Tuch und Bettwäsche hortete.
Noch heute liegen spitzenbedeckt,
perfekte Bettüberzüge in Originalverpackung bei mir zu Hause.
Niemand wollte sie.

In der Sturm- und Drang-Zeit,
dem Nestbau, die flauschigen poppigen Überzüge auf den Markt
kamen,
die pflegeleicht den Alltag bunt machten.

Von zu Hause weggezogen,
interessierte mich der Schrank kaum noch.
Er stand da so rum.
Man ließ ihn, auch wenn er überhaupt nicht zum Rest des
Mobiliars passte.
Zusammengepresste Erinnerungen darin.

Robust war er.
Jetzt, da er abgebaut wurde,
schluchzte das Holz,
knarzte er, als er von Füßen zusammengetreten wurde.

Ich weinte bitterlich,
wie ich den hellen Fleck auf dem Parkett sah.
Seine Lebensgeschichte nahm er mit,

und ich,
der ich ein Teil davon war,
spürte meine Endlichkeit.

Das Licht ist aus

Wabernde Gerüche schweben zur Tür,
Fußgetrappel verhallend.

Räuspern, weit weg.
Tuscheln aus.
Applaus weggespült,
gähnende Leere.

Flügeltüre sperrangelweit auf.
Klack, klack, klack mit schweren Ledersohlengeräuschen,
dazu das Klappern eines uralten Schlüsselbundes.

Der Schalter
der den Neonröhren
Leben einhaucht, wird gedrückt.
Die Röhren sprechen, wispern, knacken,
ehe sie ihr „Licht-Tschüss" sagen.

Endgültig – Schließgeräusche der Flügeltüren.
Ich lehne am Garderobenständer.

Der Ledersohlenmensch mit Schiebermütze
herrscht mich an: „Und Sie"?
und deutet auf mich. „Ich"?
„Ja Sie?" tönt es blechern.

Ich schaue mich um,
wie wenn viele Menschen um mich stünden
und erwidere: „Aha – ja", und
nehme die Treppe zum Ausgang.

Gedankenlos

Manchmal zeichnet das Leben blaue Augen
oder malt Muster in Gesichter.
Manchmal stehen Bäume Kopf
und das warme Licht
gibt den Anschein
von Wärme und Kraft.

Mit weit aufgerissenen Augen
verharren wir gedankenlos,
bis der Wolkenvorhang sich aufrollt
und uns den neuen Tag
voller Hoffnung frei gibt.

BIOGRAFIE

Bruni Häcker ist 75 Jahre. Sie schreibt schon immer. Ihr Genre: heiter-ironische Betrachtungen aus dem Alltag, Nachdenkliches und Gedichte. Im novum Verlag findet man ihre Geschichten in Anthologien 2013–2018 von ihr. 2014 erschien ihr erstes Kinderbuch im Net-Verlag.

Ein Leben lang

Es war Freitagabend und das dreitägige Fest im Bezirkshauptort hatte begonnen. In der Geschichte des Dorffests war es das erste Mal, dass im Keller vom Kasino ein Beatschuppen, später Disco genannt, eingerichtet wurde. Dafür zuständig war der Fußballverein, in dem auch Louis, 18 Jahre alt, als A-Junior spielte. Er hatte sich schon lange auf das Fest gefreut; insbesondere auf die Musik, die ihn aus den Fängen eines ruralen Milieus befreien sollte. Und so tanzte Louis alleine, ganz versunken zu heißen Beat-Rhythmen. Nach einiger Zeit trat – unaufgefordert – eine junge Frau hinzu. Er hatte sie noch nie gesehen oder wenn, dann als Doppelgängerin einer Schönheit, die auf einer Titelseite der Zeitschrift „Bravo" abgebildet worden war. Beatles, Stones, Hendrix, Cocker, Who, Kinks, CCR, Yardbirds, Cream zählten Anfang der 1970er-Jahre zur Crème de la Crème der Rockmusik. Sie waren auf Langspielplatten verewigt, die von einem DJ, wohl einem Musikfreak der ersten Stunde, auf den Plattenteller gelegt wurden. Der Mann war in seinem Element. Er schüttelte im Zehnsekundentakt seine weit über die Schultern reichende Mähne, wie wenn ein Heer von winzigen Tierchen Flausen im Kopf gehabt hätte. Der Langhaarige hantierte am Disco-Mischpult so gekonnt mit Knöpfen und Reglern, als sei ein ständiges Auf und Ab sein Leben gewesen. Die junge Frau sagte, sie heiße Sabine. Sie legte kurz die rechte Hand auf eine von Louis' Schultern, lächelte und aus ihren Augen blitzte der Schalk. Louis kam aus dem Staunen nicht heraus, zeigte sich zögerlich, bevor er zurücklächelte. Er spürte eine leichte Verspannung seiner Gesichtsmuskulatur und bekam feuchte Hände; ein Zeichen dafür, dass er keine Erfahrungen mit dem anderen Geschlecht hatte und in keiner Weise eroberungserprobt war.

Beim Song „San Francisco" von Scott McKenzie bewegten sich beide aufeinander zu und berührten einander mit den Fingern an der oberen Rückenpartie. Sabine und Louis tanzten pausenlos und redeten nur ein paar Worte miteinander. Er war froh, dass die Musik laut genug war und das Geschehen bestimmte. Dass er nicht mit männlichen Eroberungs- und Besitzritualen vertraut war, bewahrte ihn davor, über die Stränge zu schlagen, was Sabine als reizvoll empfunden haben dürfte. Louis' Tanzschritte waren keine Augenweide, aber dank der Musik, die alles andere als blutleer war, gewannen seine Bewegungen an Rhythmusgefühl und Geschmeidigkeit. Sabine war eine blendende Tänzerin, spielte alle äußerlichen Vorzüge aus und lief zur Höchstform auf, als sie mit ihrem elektrisierten, von den Rhythmen getragenen Körper ein wahres Feuerwerk an Figuren auf das Parkett zauberte; einmal waren ihre Schritte und Drehungen graziös, dann wieder furios, wie ein eruptiver Vulkan, und wenn ihre blonden, wehenden Haare vom Licht der rotierenden Discolampen angeleuchtet wurden und so golden schimmerten wie jene von Rapunzel, war Louis gelinde gesagt überwältigt. Ebenso fühlte er sich gebauchpinselt und sein Herz schlug eine Kadenz an, die darauf hinwies, solange wie möglich in Sabines Nähe verweilen zu wollen. Nichts war stabiler, als zu tanzen, zu lächeln und, was ihm nicht schwerfiel, sich dezent zurückzuhalten.

Louis himmelte Sabine, nach außen hin, nicht an und er stand kaum im Mittelpunkt, aber nicht weit daneben, als sie eine Vielzahl von einladenden, anmachenden Blicken erntete, die junge Männer säten. Sabine tanzte, lachte, amüsierte sich, schwitzte, sodass einzelne Strähnen an den Wangen und der Stirn klebten. Sabine roch nach einem Parfüm namens Fleur Folle, das Louis nicht kannte, jedoch zu einem späteren Zeitpunkt davon in Kenntnis gesetzt werden sollte, und sie, Sabine, war vom Duft eines Lebens umhüllt, dem ein Hauch Ekstase innewohnte und über das sie sich keine Gedanken zu machen brauchte, wenn sein Duft am Ende der Nacht nicht mehr ganz so blumig riechen würde. Es gab Momente, in denen Louis sich seines Glücks gewahr wurde und sein Kopf sich daranmachte, es festhalten zu wollen; bevor es sich verflüchtigt hätte, übermannte Louis das Gefühl, ein Glückspilz zu sein. Im Laufe der Nacht, in der Louis sich wie in Trance versetzt fühlte, bekamen Sabine und Louis Durst – nicht auf Selbiges, was sie nicht davon abhielt, nach draußen zu gehen, frische Luft zu schnappen, ein Bier zusammen zu trinken, eine Zigarette zu rauchen und ein paar Worte zu wechseln.

„Mein Vater ist im Vorstand des Fußballvereins. Ich habe dich schon mehrmals spielen gesehen. Ich sitze jeweils auf einer kleinen Erhebung, etwas abseits des Spielfeldes, um eine bessere Übersicht zu haben. Du spielst gut, wenn du mit Herz dabei bist", sagte Sabine.

Louis zuckte zusammen und spürte, dass er nach diesem Volltreffer mit jedem Wort danebenzielen konnte und so fand er sich damit ab, Farbe bekommen zu haben. Drinnen kreisten die Spotlampen über jene, die sich nicht farbig genug zur Schau stellen konnten, jedoch in der Überzahl waren und deshalb farblos blieben. Wenige Male tanzte Sabine mit einem Mann, der mit Sicherheit älter war als Louis, und der gut gebaut war, dunkelbraune, gelockte Haare hatte und enge Jeans trug. Er umgarnte Sabine, wollte sie umarmen und hätte sie vermutlich so lange an sich gedrückt, bis sie etwas gespürt hätte und ihr Atem schwerer geworden wäre. Sabine machte weder einladende Gesten noch schöne Augen, sondern ging auf Distanz und sagte zum Mann ein paar Worte, die für Louis unverständlich blieben, drehte sich um und zeigte dem Mann die ungeschminkte Wahrheit. Louis war von mittlerer Statur, hatte blaue Augen und keinen gestählten Oberkörper. Er hätte noch einige Biere mehr trinken können und dennoch nicht den Mut gehabt, das zu sagen oder gar zu tun, was manchmal in seinem Kopf herumlungerte. Weit nach Mitternacht, als die Dämmerung nicht mehr fern war, sagte Louis, es sei schon spät, er fahre jetzt mit dem Fahrrad nach Hause. Der Abend sei sehr schön gewesen.

„Und was mache ich mit dem Rest der Nacht? Etwa mit einem anderen Mann tanzen und darauf wetten, dass er zudringlich wird? Für einen tiefen Schlaf ist es zu spät und für den Sonnenaufgang noch zu früh", entgegnete Sabine.

Louis war perplex, sagte kein Wort und ging eilends zum Fahrradständer. Sabine kam hinterhergelaufen. Louis schaute sich verwundert um, ging hin und her, traute seinen Augen nicht, sah sich jedes Fahrrad genau an, aber seines blieb verschwunden.

„Pech gehabt", stellte Sabine fest. „Vielleicht hat ein Verehrer seine Liebste ins Paradies gefahren."

Louis war zu vertrauensselig gewesen, als er sein Fahrrad nicht mit einem Schloss gesichert hatte.

„Komm, ich fahre dich nach Hause", sagte Sabine leicht säuerlich.

„Mein Moped steht da, wo Diebe in der Regel nicht haltmachen."

Sie gingen ein paar hundert Meter und hinter einer Hausecke stand, gut versteckt, das Moped.

„Setz dich auf den Gepäckträger und leg deine Hände um meinen Bauch. So kann dir nichts passieren", sagte Sabine.

Sie fragte, wo er wohnte, und fuhr los. Louis musste sich an den unbequemen Sitz gewöhnen. Er spürte, wie das Gestänge des Gepäckträgers am Gesäß Spuren hinterließ und es leicht schmerzte, wenn sie durch kleinere Schlaglöcher fuhren. Louis hielt sich krampfhaft am Gestänge fest, bevor er Mut schöpfte und seine Hände um den Bauch von Sabine legte. Als ihm in den Sinn kam, dass eine Polizeistreife sie anhalten und büßen könnte, lief es ihm kalt den Rücken runter, und er umschlang Sabines Bauch fester. Sie schien sich keine Sorgen zu machen und pfiff den Song „All You Need Is Love" von den Beatles. Einmal wanderten Louis' Hände hinauf, Richtung Herz, wo er nahe dran war, ein erstes Mal das zu ertasten, was ein junger Mann begehrte, wenn er nachts alleine im Bett lag und sich um den Schlaf brachte. Draufgängertum war nicht sein Ding. Louis sagte Sabine, welchen Weg sie einschlagen musste. Hinter ihnen lagen knapp sechs Kilometer, als sie auf dem Hof ankamen.

„Ganz schön einsam hier. Ein gutes Versteck für einen Jüngling, der schüchtern ist; ein schlechter Ort, wenn er erwachsen werden will", sagte Sabine.

Louis musste sich nicht fragen, ob er Sabine gewachsen war. Im Umgang mit dem anderen Geschlecht war sie viel geübter, redegewandter als er, und sie war mit Bestimmtheit körperkontakterprobter, weil er sich bislang nur selbst befriedigt hatte oder einmal durch seinen besten Freund, Bruno, befriedigt worden war. Louis kam ins Grübeln, weil er nicht wusste, weshalb Sabine sich einen Grünschnabel ausgesucht hatte und was sie mit ihm noch anstellen wollte.

Auf einmal brannte eine nackte Glühbirne auf der Holzveranda. Emil, ein Bruder von Louis' Mutter Berta, öffnete die Haustür, fluchte und wankte aufs Plumpsklo, das in alten Bauernhäusern keine Seltenheit war. Louis gab Sabine einen Schubs und zog sie an einem Ärmel in den Schuppen hinein, der an das Wohnhaus angrenzte. Sie hörten, dass Emil einen Hustenanfall hatte, als hätte seine Lunge den Geist aufgegeben, dann den Schleim auswerfen wollte, daran zu ersticken drohte, sich erbrach und Laute von sich gab, die sich anhörten, als wenn ein verwundetes Tier noch kein Versteck zum Verenden gefunden hätte. Sabine und Louis sagten nichts. Minutenlang. Dann schlug Emil die Haustür hinter sich zu, vergaß das Licht zu löschen, schleppte sich die schmale Holztreppe hoch, die knarrte und ächzte und ähnlich morsch war wie sein Zustand.

„Siehst du, er war auch einmal jung, bevor er geblieben ist", sagte Sabine. Sie konnte auch austeilen.

„Emil ist ein armer Teufel, der nirgends mehr hinkann, weil er dem Trinken verfallen ist. Die Familie gibt ihm ein Dach über dem Kopf. Drinnen wird nicht übers Elend gesprochen. Es kommt mir vor, als würde Emil konsequent auf sein Ende hinleben", sagte Louis.

„Für ein Schicksal, das dir nicht selbst widerfährt, aber nahegeht, findest du Worte, die mitten ins Herz treffen", meinte Sabine und wechselte das Thema: „Die Nacht ist lau, die Sterne klar, der Kopf fast voll, komm, wir gehen ein paar Schritte".

Sie gingen auf einer schmalen Kiesstraße und bogen dann in einen Weg ein, der am Waldrand entlangführte. Vor einer Bank blieben sie eine Weile wortlos stehen, bevor sie sich setzten, in den Nachthimmel schauten, wo der Mond sein Reich nur zur Hälfte ins Licht setzte und Sterne blinzelten, als wollten sie gerade mal so viel

Aufheben machen, dass Herzen nicht vom Weg abkamen. Sabine reichte Louis eine Hand, die er sanft in seinen Schoß legte, bevor sie mit ihrem linken Oberschenkel Louis' rechten Oberschenkel berührte und ihren Kopf an seiner Schulter anlehnte. Er roch das Parfüm wieder, das er nicht kannte; wobei er ohnehin keine Ahnung übers künstlich Gutriechen hatte, weil niemand in der Familie sich dafürhielt, dem Eigengeruch die Strenge zu nehmen. Walter hatte einmal gesagt, dass künstliche Duftstoffe wie gemacht seien für Leute, die Geld hätten, das zum Himmel stänke oder zumindest einen bitteren Nachgeschmack hätte. Es gab Duftstoffe, die Louis gerne roch, wie jener eines Rasierschaums, den Großvater Karl und sein Sohn Walter, jeweils sonntags, ins Gesicht schmierten, bevor sie mit einem Messer die Barthaare entfernten.

Louis stand kurz davor, sich seine Barthaare auch abschneiden zu müssen. Großmutter Amalia kaufte den Rasierschaum und die Rasierklingen bei einem Hausierer, der zu Fuß und mit einem über die Schultern gehängten Koffer viermal im Jahr vorbeikam. Ein anderer Duft, den Louis gerne roch, hing dann in der Luft, wenn die Küchentür wieder offenstand, nachdem die Frauen in der Familie sich am Sonntagmorgen – vor dem Kirchgang – mit einer Körperseife gewaschen hatten. Ein Boiler für die Warmwasseraufbereitung wäre Luxus gewesen und so mussten die Frauen auf einem Kochherd mit Holzfeuerung Wasser heiß machen.

Emil trug einen ungepflegten, über Jahre gewachsenen Vollbart, der vor sich hin wucherte und die Gesichtsfarbe verbarg.

Sabine duftete nach einem Gemisch aus exotischem Parfüm und eingetrocknetem Schweiß. Louis hatte auch geschwitzt und war froh, dass Sabines Duft in seiner Nase hängenblieb und nicht sein Körpergeruch, der durch ein Parfüm an Strenge verloren hätte. Manchmal kitzelten Sabines lange Haare Louis' Wange und Nase.

„Leute wie Emil sterben öfters viel zu früh, ohne dass andere Leute darüber erschrecken würden", sagte Sabine und fuhr fort:

„Meine Mutter ist das beste Beispiel. Sie hat nicht selten mehr Alkohol im Blut als nüchterne Gedanken im Kopf. Meistens dann, wenn mein Vater von zu Hause wegbleibt. Mittlerweile kommt dies häufiger vor, als dass er im Ehebett um den Schlaf gebracht wird. Als Bauunternehmer ist er ein vielbeschäftigter Mann; allerdings hat er Zeit gefunden, die Leitung für den Bau eines Hauses mit drei Stockwerken zu übernehmen. Raum genug für Frau und Kind. Es wird trotzdem eng, wenn ich Mutter über den Weg laufe. Ich weiß Bescheid, wieso stets aufs Neue leere Flaschen herumstehen. Der Bodensatz in einem Glas oder einer Flasche ist schnell trocken – der Trinker nicht. Die Folgen können einem den Boden unter den Füßen wegziehen, was ich mir in lichten Momenten eingestehe. Von einem solchen war ich weit entfernt, als eines Morgens ein Freund von mir in der Diele stand und meiner Mutter in die Arme lief. Ich hörte sie fragen, ob er frühstücken wolle. Sie hätte schon lange nicht mehr einen hübschen, gut gebauten Mann, der Gesellschaft möge, bewirtet. Die Avance dürfte dem Schönling die Augen verdreht haben, sodass er sich bereits als zukünftiger Schwiegersohn gesehen haben dürfte. Bevor ein Dreiecksverhältnis für Verwirrung gesorgt hätte, sagte ich zum Freund, er solle zu Mama gehen und sich kalten Kaffee einschenken lassen. Ich habe ihm wohl Unrecht getan. Er war zur falschen Zeit am falschen Ort.

Als du in der Disco alleine getanzt hast, habe ich gedacht, dass du den richtigen Ort gefunden hast, so wie du nicht auffallen wolltest. Gerade deshalb warst du nicht zu übersehen. Du hast mich neugierig gemacht."

„Vielleicht bin ich schon zu lange alleine durchs Leben gestolpert und habe bestenfalls als Solotänzer ein paar flotte Drehungen hingekriegt, was nur mit Musik, die unter die Haut geht, möglich ist", erwiderte Louis mit leiser, leicht gebrochener Stimme.

„Meine Mutter ist an Krebs gestorben. Den Namen meines Vaters hat sie mit ins Grab genommen. Sie muss ihn gehasst haben", stammelte Louis.

Sabine hob den Kopf und sah ihn mit großen Augen an. Ohne ein Wort zu sagen, fuhr sie mit einer Hand über seine braunen, länglichen Haare. Eine Liebkosung, die sie noch ein paar Mal wiederholte. Louis spürte, wie Wärme durch seinen Körper floss und sein

Herz pochte, als hätte er in diesen Momenten einen Liebesbeweis bekommen, der ihm bislang verwehrt geblieben war.

„Ich habe gespürt, dass es eine besondere Verbindung zwischen uns gibt", sagte Sabine.

Ihre Stimme tönte leicht zittrig, wie wenn etwas in ihr aufbegehrt hätte, was bislang zu besänftigen gewesen war.

„Ich mag dich, Louis, obwohl ich einige Jahre älter bin als du. Eine Frau fühlt sich zu einem Mann hingezogen oder umgekehrt. Ein erster, langer, tiefer Blick. Du hast ihn nicht gesehen. Ich bin eine Weile enttäuscht gewesen. Ich hätte mir gewünscht, dass du meinen Blick erwidert hättest. Wenn dem so gewesen wäre, wären wir uns beim Lied „Sunshine Of Your Love" in die Arme gefallen, hätten unsere Körper aneinandergeschmiegt und uns treiben lassen von den Gefühlen, so lange, bis das Verlangen mit uns Katz und Maus gespielt hätte. Oder länger. Ein erster, inniger Kuss. Alles an Gefühlen und Lust ist im Fluss, schwillt an, ufert zu einem Strom voller Leidenschaft aus. Zwei Menschen lieben sich, als gäbe es kein Danach. Später wird einem bewusst, dass die bedingungslose Hingabe zu einem Menschen mit vollkommener Entblößung einhergeht. Vielleicht treibt einen die Frage um, ob der Geschlechtsverkehr die innigste Liebe sei oder nicht. Vielleicht ist die höchste Liebe freier, körperlich ungebundener, sinnlicher, erfüllter und dauerhafter. Vielleicht ist der erste, tiefe Blick, wenn er erwidert wird, im Augenblick stark genug, die große Liebe zu sehen und sie im Herzen aufzubewahren. Louis, ich kann dir nicht alles erklären und schon gar nicht die Liebe beibringen. Vielleicht geht ein Mensch, der liebt, wie auf Schienen durchs Leben und staunt, wieso er nicht entgleist."

Louis hörte fasziniert zu. Sabines Worte brachten ihm eine Liebe näher, die er überhaupt nicht kannte. Die Familie kannte sie auch nicht oder, wenn ein Familienmitglied eine Ahnung davon hatte, sicher nicht in dieser gefühlsbetonten und sprachlichen Virtuosität. Louis wusste von einer Zweisamkeit, die mit gesellschaftlichen Normen und ehelichen Pflichten zu tun hatte. Keines der Familienmitglieder hatte jemals das Wort Liebe in den Mund genommen, geschweige denn gesagt, wie schön und herzergreifend sie sein könne oder mehr noch: eigentlich unverzichtbar wäre, wenn man sich davor in Acht nehmen wollte, kein Verzagender zu werden.

„In zwei Monaten beginne ich ein Psychologiestudium. Dann ziehe ich in die Stadt und suche mir ein Zimmer in einer Wohngemeinschaft", sagte Sabine.

In ihren Worten war nichts von Verunsicherung zu spüren.

„Mein Vater kommt auch ohne mich zurecht und meine Mutter braucht einen Augenzeugen, der ihr bestätigt, dass es in der Ehe so nicht weitergehen kann. Ich muss da raus, bevor das Leben an mir vorbeirauscht. Gut möglich, dass die Liebe dann länger als nur auf einen Sprung vorbeikommt. Vielleicht willst du auch raus? Vielleicht treffen wir uns an einem Ort wieder, wo wir uns beim Lied „Sunshine Of Your Love" in die Arme fallen und uns nicht mehr loslassen – zumindest für einen Augenblick oder länger. Ich schreibe dir meine Adresse mit Telefonnummer auf. Ruf mich an, wenn sich bei dir etwas getan hat; aber mehr als nur auf den ersten Blick."

„Wir haben kein Telefon", sagte Louis. Für die Familie nicht zwingend. Wer uns besuchen will, kann kommen, wie es ihm passt, hatte Großmutter Amalia gesagt. Wenn jemand in der Familie krank war und einen Arzt benötigte, fuhr ein Familienmitglied mit dem Fahrrad zum Arzt und bat ihn, auf Visite zu kommen. Für Louis hatte das fehlende Telefon schon Auswirkungen gehabt, weil er am Sonntagmorgen ein paar Mal vergebens zum Fußballplatz geradelt war und nur Tristesse und keine Leute vorfand; denn des Regens zufolge war das Spiel abgesagt worden, ohne dass Louis darüber Bescheid gegeben werden konnte.

„Wie erreiche ich dich, wenn du von zu Hause ausgezogen bist?", fragte Louis.

„Vielleicht sitze ich auf der kleinen Erhebung abseits des Spielfeldes und schaue genau hin, ob es dir drum ist, mit Herz zu spielen", entgegnete Sabine.

Die Morgendämmerung hatte Fahrt aufgenommen. Mond und Sterne stellten sich langsam darauf ein, Feierabend zu machen. Das heraufziehende Rot am Horizont wies auf einen Tag hin, dem es leichtfiel, sich ins rechte Licht zu rücken. Sabine legte eine Hand auf Louis' Schulter, strich mit dem Zeigefinger der anderen Hand über seine Wangen, küsste sie zart, fuhr mit ihren Lippen ganz sachte über seine Lippen, bevor die Münder sich einen Spalt breit öffneten. Louis' Herz schlug wie nach einem Lauf über das ganze Fußballfeld. Er streichelte mit den Händen Sabines Haar, fuhr mit zwei Fingern an einem Ohrläppchen entlang, über eine Wange, den Hals hinunter, berührte kurz eine Brust, kuschelte sich ganz nah an Sabine, drückte seinen leicht geöffneten Mund fest an ihren Mund, als hätte er zeigen wollen, dass er sich ihre Worte zu Herzen genommen hatte und sich viel mehr zutraute als vor Stunden, wo er nicht einmal in den kühnsten Gedanken darauf gewettet hätte, einer Frau so nahezukommen. Louis wurde von einer Liebesbedürftigkeit überwältigt, derer er sich nicht zu erwehren wusste, als hätte es in seinem Inneren gebrodelt wie in einem Dampfkochtopf, dem es jederzeit den Deckel lupfen konnte. Sabine schob den rechten Zeigefinger zwischen Louis' Lippen, worauf er einen kurzen, heftigen Laut von sich gab und Sabines Oberkörper mit beiden Händen ganz fest an sich drückte.

„Mein lieber Mann! Du lernst schnell. Es tagt. Zeit aufzubrechen", sagte Sabine.

Louis fiel erst jetzt auf, dass die Vögel gehörig zwitscherten, wie wenn sie ihrem Frohsinn über den hereinbrechenden Tag freien Lauf gelassen hätten. Vielleicht machten einige Schnabelträger mit ihrem Gesang darauf aufmerksam, dass sie sich noch nicht gepaart hatten und zeigten durchnächtigten Geistern, wo die Musik spielte. Sabine und Louis machten sich auf den Weg, sprachen wenig und kamen zehn Minuten später auf dem Hof an. Großvater Karl und sein Sohn Walter trotteten mit gesenkten Köpfen über den Kiesplatz Richtung Stall. Sie mussten die Kühe melken. Sabine zückte ein Büchlein aus der Jackentasche, riss ein Blatt heraus, schrieb Name, Adresse und Telefonnummer darauf und übergab das Papier Louis. Dann hatte Sabine es eilig. Sie stieg aufs Moped, startete den Motor, hatte ein schmales Lächeln auf den Lippen, sagte „Tschau" und fuhr davon. Louis war wie weggetreten. Er verspürte bereits Wehmut, die ihm aufs Gemüt schlug. Es schwankte zwischen Abschied und Aufbruch, und es kam ihm vor, wie wenn seine Gefühlslage Schatten und Ereignisse vorausgeworfen hätte, die dereinst prägend sein würden. Louis erschrak darüber. Jedoch nicht über Karl, der schon eine Weile auf dem Kiesplatz gestanden haben musste, als er sich bemerkbar machte.

„Bub, suche dir eine Frau, die morgens parat ist und zupacken kann und dir zuerst die Haare schneidet. Das Fräulein von vorhin hat wohl mit all dem nichts am Hut", frotzelte er.

Der Großvater war kein ausgeprägter Morgenmuffel; wobei es Louis schwerfiel, herauszufinden, ob Karl nun ein Morgen-, Mittags- oder Abendmuffel war. Louis musste ihm zugutehalten, dass er ihn noch nicht vom Hof gejagt hatte – entgegen der Drohung vor einigen Monaten. Karls Bauernpredigt in aller Herrgottsfrühe konnte Louis nichts anhaben oder ihn aus der Reserve locken. Er hatte anderes im Kopf, schwieg, kramte den Zettel aus der Hosentasche hervor und versuchte, Name, Adresse und Telefonnummer im Kopf zu verewigen. Nach ein paar Minuten setzte Louis der papierenen Liebesbezeugung die Krone auf und küsste den Zettel so lange, wie nie zuvor ein Gegenüber aus Fleisch und Blut – auch nicht im Traum. Danach faltete er den Zettel fein säuberlich wieder zusammen und steckte ihn in die Hosentasche.

Nach einigen Tagen empfand Louis die Liebesgefühle gegenüber Sabine nicht mehr als überschwänglich, weil sie vom Alltag eingeholt worden waren; aber sie waren noch da. Louis ging seiner Arbeit mit mehr Freude nach als bis anhin. Dies hatte Auswirkungen auf die Nächstenliebe und somit auf Huber, Inhaber eines Fahrradgeschäfts und Lehrlingschef von Louis, der nun befähigt schien, aus Huber einen umgänglichen Menschen zu machen. Eine Mission, die es in sich hatte, wie auch das Lieblingslied von Sabine, das Louis zuweilen vor sich hin pfiff oder summte. Die Melodie setzte Huber zu. Er nörgelte und fluchte weniger, und er starrte auf die Werkbank, wo er Schrauben ausgelegt hatte, deren Muttern er in seinen Händen umdrehte, wie wenn sie nicht zueinander gepasst hätten. Es schien, als wären in Hubers Welt alle Schrauben locker gewesen.

In jeder Mittagspause nahm Louis ein Wurst- oder Käsebrot oder eine Käseschnitte oder eine Fotzelschnitte aus seiner Ledertasche. Großmutter Amalia hatte die Verpflegung zubereitet. Bei schönem Wetter aß Louis nicht, wie bis anhin, in der Werkstatt, sondern ging ins Freie, runter an den Fluss oder ins Dorfzentrum, wo er sich auf eine Bank setzte. Mittags war der Dorfladen geschlossen. Es herrschte wenig Betrieb, und Louis konnte die Leute, die an ihm vorbeigingen, an einer Hand abzählen. Den Zettel mit Sabines Angaben trug Louis immer auf sich. Wenn die Luft rein war, nahm er ihn aus der Hosentasche, faltete ihn auseinander, hielt ihn fest, oft mit beiden Händen, und fuhr mit einem Finger ganz sachte über die Schrift, prägte sich Name, Adresse und Telefonnummer ein, obwohl er die Angaben längstens im Kopf gespeichert hatte. Das Geschenk seines Lebens wollte er hegen und pflegen, was allen Bemühungen zum Trotz nicht vollständig gelang, weil an den Enden kleine Eselsohren entstanden waren. Louis schwebte immer noch auf einer Wolke, die in seinem Hosensack Platz hatte. Keiner schaffte es, Louis auf den Boden der Tatsachen zurückzuholen; auch Karl nicht, obwohl sie für ihn unweigerlich gegeben waren.

Zwei Wochen nach der Begegnung mit Sabine war Louis' Vorfreude groß, als er am Sonntagmorgen zum Fußballplatz radelte. Er fuhr auf einem Auslaufmodell, das er von Huber zum Preis von fünf Franken erstanden hatte.

Louis spielte gut, war motiviert und mit Herz dabei. In flauen Spielphasen blickte er zu der Erhebung hinüber und sah eine Grasnarbe, die mehr braun als grün war, ansonsten gab es nichts zu sehen. In der Pause sagte der Trainer zu Louis, er könne mit mehr Zug nach vorne spielen. Er beherzigte den Rat und spielte offensiver. Mitte der zweiten Halbzeit hatte er einen Energieanfall, stürmte am Flügel davon, dribbelte alle aus, die sich ihm in den Weg stellten, lief bis zur Eckfahne, schaute, ob ein Mitspieler vor dem Tor stand, schaute nochmals hin und sah, wie wenn sein Blick magisch angezogen worden wäre, etwas Unvorstellbares, sodass er eine völlig verunglückte Flanke hinters Tor schlug.

Louis starrte ungläubig dorthin, wo das Spiel in vollem Gange war. Sabine saß auf der Erhebung und dicht neben ihr streckte ein gutaussehender Mann alle Viere von sich. Er hatte schulterlange, blonde Haare und einen gebräunten Teint. Louis bildete sich ein, den Mann lachen gehört zu haben, als hätte er sich lustig darüber gemacht, was es mit den Ambitionen des Bauernbuben auf sich hatte. Wie angewurzelt stand Louis da und hatte bleierne Beine. Aus der Ferne hörte er Rufe, jemand schrie seinen Namen, vermutlich der Trainer, aber keine Stimme dieser Welt konnte ihn in diesem Moment in die Spur zurückbringen. Louis sah verschwommene Gesichter und eine Fee, die hämisch grinste. Das Unfassbare bekam ein Gesicht, sodass Louis zornig wurde, geradezu ausrastete, und er sich genötigt fühlte, alles, was er an Fairness gelernt und beherzigt hatte, sausen zu lassen. Louis sprintete eine Linie entlang, schäumte vor Wut, holte tief Atem, nahm Anlauf, flog förmlich über den Boden und grätschte mit beiden Beinen in die Füße eines gegnerischen Spielers, der zusammensackte und vor Schmerz laut schrie. Noch unter Schock rappelte sich der junge Mann auf, humpelte auf einem Bein umher, vergaß die katholische Erziehung und fluchte: „Porca miseria! Porco dio!" Der Italiener hatte sich übernommen, sackte erneut zusammen, begann zu wimmern, war leichenblass, erbrach den Pausentee, worauf es Louis fast den Magen umdrehte.

Ein Mann mittleren Alters und von gedrungener Statur rannte auf Louis zu, fluchte ebenfalls südländisch, fuchtelte mit den Armen, blieb knapp vor ihm stehen, holte mit geballter Faust zum Schlag aus, der über Louis hinweg ins Leere ging, weil Louis sich blitzartig geduckt hatte, worauf der Mann reflexartig mit der linken Hand über seine geprüfte Schulter fuhr, sie abtastete, um sicherzugehen, dass sie keinen Schaden genommen hatte. Der Mann fluchte und tobte weiter, während sein Sohn, von zwei Betreuern gestützt, vom Platz humpelte. Der Schiedsrichter machte kein Federlesen und zeigte Louis die rote Karte. Er trottete mit hängendem Kopf vom Spielfeld zur Umkleidekabine, blieb vor deren Türe stehen, konnte nicht davonlassen, hinüberzublicken, wo der lange Blonde sich keinen Deut um den Aufruhr scherte, weil ihm eine andere Erregung um einiges besser gefallen haben dürfte. Er lag mit nacktem Oberkörper auf dem Bauch und ließ sich von Sabine den Rücken eincremen.

Ein eiligst telefonisch herbeigerufener Sanitäter wagte eine erste Diagnose. Der Verletzte habe vermutlich nichts gebrochen, wobei nur eine Röntgenaufnahme über die Schwere der Verletzung Klarheit schaffen könne. Der Sanitäter sagte, er fahre den Verletzten für Abklärungen ins Spital. Sein Vater hatte mehrmals geschrien: „Mamma mia, Marco!" Louis zeigte Reue, ging noch einmal zu Marco hin, entschuldigte sich bei ihm und gab ihm einen aufmunternden Klaps auf die rechte Schulter. Marco stöhnte „Grazie" und schaute leidend, aber auch leicht verschämt drein, wie wenn er sich für seinen Vater hätte entschuldigen wollen. Das linke Sprunggelenk von Marco war stark angeschwollen, sodass vom Knöchel kaum noch etwas zu sehen war. Louis war aufgewühlt und schämte sich. Er musste nichts wie weg, ging in die Umkleidekabine und zog sich, ohne zu duschen, um. Dann trat er in die Pedale, als hätte er den Atem des rasenden Vaters von Marco im Nacken gespürt. Louis bog von der Hauptstraße ab, in einen Wald- und Wiesenweg ein, an Wiesen und Äckern vorbei, wo Bauern fuhrwerkten und dem Herrgott bewiesen, dass sie auch an einem heiligen Sonntag parat waren, den Karren aus dem Dreck zu ziehen. Louis fuhr in den Wald hinein, über Stock und Stein, wurde durchgeschüttelt, hatte Glück, dass er nicht zu Fall kam. Nichts hielt ihn auf. Er steuerte auf eine Lichtung zu, wo sich das zugetragen hatte, was sein bestbehütetes Geheimnis bleiben sollte. Er schmiss das Fahrrad hin und nahm den Zettel aus der Hosentasche, zog Hose und Unterhose herunter und legte sich an der Stelle hin, die ihm vertraut war. In der linken Hand hielt er den Zettel, starrte ihn an, und mit der rechten Hand beschäftigte er sich mit seinem Glied. Louis schloss die Augen. Bruno tauchte auf, sein bester Freund, der mit der Zunge über seine Lippen gefahren war, als er ihm, Louis, zum ersten Orgasmus verholfen hatte und die eigene Lust hochgekocht hatte und bei sich selbst Hand angelegt hatte. Es flimmerten wahllos Bilder vorüber. Sabine drehte Pirouetten, tanzte mit wehendem Haar und ihre Bewegungen waren ein Freudenfest für erotische Phantasien.

In der Nacht davor war es jedenfalls so gewesen. Louis hatte auch jetzt noch die betörenden Blicke von Sabine vor Augen, denen ein keuscher Jüngling ausgeliefert war, nachdem er die Angst vor dem Ungewissen und allfälligem Versagen gebändigt hatte, weil er sich nichts sehnlicher wünschte, als das geschenkt zu bekommen, was an feingeistigem, gefühlsbetonten und körperlichen Bedürfnissen nicht zu zähmen war. Es half alles nichts. Das Glied wurde nicht richtig steif. Bilder von triebhafter Machart hatten einen gleich geringen Erektionserfolg wie das Bild von kopulierenden Hühnern, welches Louis durch den Kopf schoss. Er stellte die Selbstbefriedigungsbemühungen ein. Ein Abschied ohne zügellose Gefühle. Ob sie herzzerreißend waren, spürte Louis nicht. Er kramte ein Schächtelchen aus der Sporttasche hervor, zündete ein Streichholz an und steckte den Zettel in Brand. Als das Papier zu Asche geworden war, pustete Louis sie in alle Windrichtungen. Dann zündete er sich eine Zigarette der Marke „Mary Long" an und legte sich auf den weichen Moosboden. Louis schaute zum Himmel hoch, wo keiner der Wipfel vom Leben berauscht zu sein schien. Louis blies den Rauch ganz sachte aus, sodass sich feine Rauchkringel bildeten, die für Sekunden in der Luft stehen blieben, bevor sie von einem Lichtstrahl geschluckt wurden.

Einige Jahre später war Louis in die Stadt Zürich gezogen, wo er in einer Wohngemeinschaft ein Zimmer bezogen hatte. Das Haus war in einem Quartier gelegen, wo nebst einigen Handwerksbetrieben auch viele Bars und Restaurants zum Verweilen einluden und das horizontale Gewerbe Lust für den Moment oder ein bisschen länger feilbot. Louis hatte sich bei einer reifen, körpererfahrenen Dame über sexuelle Lustgewinne des schwachen Geschlechts kundig gemacht und war von ihr in die schönste Nebensache der Welt eingeführt worden, sodass er fortan im Bilde war, wo bei einer Frau die erogenen Zonen waren und es ihm leichter fiel, die erotischen Bedürfnisse einer Liebsten zu befriedigen. Es ergab sich, dass Louis ab und an mit einer Frau eine Liebesnacht verbrachte. Darüber hinaus war er zweimal mit der jeweiligen Liebsten ein paar Wochen liiert gewesen, ohne dass sich daraus eine ernsthafte Zweierbeziehung ergeben hätte. Louis war zu freiheitsliebend, als dass er sich in jungen Jahren darauf einlassen wollte, sein Leben mit Frau und Kind zu verplanen.

Das unverhoffte und abrupte Ende mit Sabine hatte Louis länger zu schaffen gemacht, als er seinerzeit, wo er halbnackt auf dem weichen Moosboden gelegen hatte, geglaubt hatte. Noch Monate danach trauerte er einer Geschichte nach, die gar nie richtig in die Gänge gekommen war, obwohl ihr Anfang eine Nacht lang sternenumwoben gewesen war.

Das Leben auf dem Hof, mit stets gleichen Arbeits-, Feierabend- und Zusammengehörigkeitsabläufen sowie Familienmitgliedern, deren Rollen in Blei gegossen waren, hatte Louis zugesetzt. Genauso wie Huber, sein ehemaliger Chef und Inhaber eines Fahrradgeschäfts, dem die Nächstenliebe nach wenigen Wochen an die Nieren gegangen war, und er drauflosgepoltert hatte, wie zu Zeiten, als ihm die Flüche im Minutentakt über die Lippen gekommen waren. Huber war wieder ganz der Alte gewesen.

So war Louis nicht umhingekommen, auszuziehen, sich zu befreien von einer familiär geprägten, äußerst kargen Denk- und Lebensweise, die es ihm schwer gemacht hatte, den eigenen Lebensstil zu finden und seine Persönlichkeit zu entwickeln. Die seinerzeitigen Worte von Sabine, als sie ihm nahegelegt hatte, eine andere Bleibe zu suchen, waren immer mal wieder eine Erinnerung wert gewesen. Louis arbeitete vier Tage in der Woche als Fahrradmechaniker in einem Zweimannbetrieb, und er lernte im Fernstudium den Stoff für die Matura. Sein Leben war ausgefüllt, was ihm half, darüber hinwegzusehen, dass er in der WG auch wieder ein Außenseiter war. Denn die anderen sechs Mitbewohner studierten an der Universität und kamen aus gutem Hause. Ein Umstand, der Louis zu spüren bekam; wobei er mittlerweile so weit gereift war, dass er sich dadurch nicht ins Bockshorn jagen ließ und eifrig mitdiskutierte, wenn abends um den großen Küchentisch herum eine Reihe von Leuten saßen, die sich dazu berufen fühlten, nichts weniger als die Welt aus den Angeln zu heben. Die Welt, so wie sie war, zu ertragen, war mit Kiffen und Alkohol leichter als ohne Stimulanzen. Es wurden die großen Entwürfe geschmiedet, denen Louis durchaus gewogen war. Fast alle Bewohner der WG oder Leute, die zu Besuch kamen, hatten ein Herz für linke Politik und ihre Anliegen, was Louis nicht verwunderte, weil ihre bürgerlich geprägten, gutsituierten Eltern für die Lebensunterhaltskosten aufkamen. Louis verdiente sein Geld selber. Sein Beruf als Fahrradmechaniker kam bei den Mitbewohnern gut an, weil Anfang der siebziger Jahre Studenten die Ökologiebewegung und die Anti-Atomkraft-Bewegung ins Leben riefen. Das Fahrrad, als leises und umweltschonendes Fortbewegungsmittel, war für einige Studenten ein Anfang für die Abkehr von einem überbordenden, motorisierten, individualbedürfnisorientierten Verkehr.

Eines Tages, als die Bewohner in der Küche zusammenhockten, sagte Marta, die gerade ihr Psychologiestudium abgeschlossen hatte, dass sie in eine andere Stadt, nach Bern, umziehen würde. Sie habe dort eine herausfordernde und gut bezahlte Anstellung gefunden. In den nächsten Tagen käme eine Frau vorbei, die sich für das freiwerdende Zimmer interessiere. Louis nahm die Mitteilung zur Kenntnis, ohne sich darüber Gedanken zu machen.

Vier Tage später, abends, traute Louis seinen Augen nicht. Im Flur stand Sabine, die von Marta in Empfang genommen worden war. Louis spürte, dass ihm das Blut in den Kopf schoss, der hochrot angelaufen sein musste, und ihm, Louis, heiß wurde und er feuchte Hände bekam und das Herz so heftig schlug, als sei die alte Geschichte wieder zuoberst auf der Agenda und er am ganzen Leib zu zittern begann, bevor er stammelte: „Du hier ..., das gibt's doch nicht!"

Er sah, dass auch Sabine verdattert dastand und ihr Gesicht Farbe angenommen hatte. Sie sagte mit brüchiger Stimme: „Ich glaube es nicht."

Nachdem sich ein Schwall der Fassungslosigkeit gelegt hatte, begrüßten sie einander herzlich und gaben sich gegenseitig Küsschen auf beide Wangenseiten. Natürlich gefiel Sabine das Zimmer. Und es gefiel ihr auch, dass Louis am zweiten Tag nach ihrem Einzug fragte, ob sie im „Hongkong", dem ersten chinesischen Restaurant in der Stadt, essen gehen wollten. Das Essen mundete und sie kamen aus dem Erzählen nicht heraus, weil in den fünf Jahren, in denen sie sich nicht gesehen hatten, sich beidseitig viel ereignet hatte.

„Meine Mutter hat eines Abends in rauen Mengen Alkohol und Tabletten geschluckt und ist dann nicht mehr aufgewacht. Mein Vater war, wie üblich, nicht zu Hause. Ich bin in einem Meer von Tränen ertrunken; nicht aus Liebe, aber aus Schuldgefühlen. Bis ich mich mit mir und dann auch mit meiner Mutter versöhnt habe, hat es gedauert", erzählte Sabine.

„Ich habe auch geweint. Ein paar Mal. Ich fühlte mich von allen verlassen. Von Anfang an vom Vater. Von meiner Mutter auch. Sie muss Vater gleich nach dem Zeugungsakt verlassen haben", sagte Louis.

„Ich habe keinen festen Freund. Eine Beziehung hat sich nicht ergeben. Fleischliches Begehren, ohne Herz, geht früher oder später in die Hose. Vielleicht bin ich auch deinetwegen noch nicht vergeben?", sagte Sabine.

Louis entgegnete: „Ich war nie in festen Händen. Es haben mich welche verführt und verwöhnt und ich habe dazugelernt. Ein guter Anfang."

An diesem Abend tranken Sabine und Louis eine Flasche schönen Wein. Sie waren in einer Stimmung, die durch die Decke ging. Zu lange hatten sich ihre Herzen in Zurückhaltung geübt. Gegen Mitternacht gingen sie in die Wohnung zurück und Sabine in Louis' Zimmer. Er legte eine Langspielplatte auf den Plattenteller. „Sunshine Of Your Love" von Cream, ein Lied, das ihnen, nebst den Augen, alle Sinne öffnete. Sie fielen sich in die Arme, umklammerten sich, ließen einander nicht mehr los. Sie liebten sich, holten alles nach, was sie in den Jahren zuvor versäumt hatten. Sie taumelten in Erregungszuständen und Sinnlichkeitsexplosionen durch die Nacht; hörten nicht auf und je mehr sie sich verloren, desto inniger waren sie miteinander verbunden und schmiegten ihre Körper aneinander und küssten sich und leckten sich gegenseitig die Münder und schmeckten sie ab und wurden im Zungenspiel eins und vereinten sich und tauschten Säfte aus und klebten aneinander und ihre Leiber erkalteten nicht, bevor der Morgen herannahte und sie ohne Worte wussten: Die Liebe ist unser Leben.

Das Leben nahm seinen Lauf, aber keinen gewohnten; zu sehr waren Sabine und Louis ineinander verliebt. Louis hatte manchmal das Gefühl, dass er bei jedem Schritt abhob, getragen von einer Leichtigkeit, mit der er jeden Stolperstein aus dem Weg räumte. In den obligaten Diskussionsrunden der WG-Bewohner war Louis geistig und seelisch abwesend, weil es ihm in der herbeigeredeten kaputten Welt so gut ging wie nie zuvor. Sabine war auch nicht darauf erpicht, sich mit schlechten Nachrichten und zermürbenden Gesellschaftsanalysen herumschlagen zu müssen. Sie arbeitete als Psychologin in einer Suchtberatungsstelle und war ihrer Klienten zufolge über Gebühr mit Lebensproblemen aller Art konfrontiert.

Sabine und Louis hatten sich tief im Innern gefunden und liebten sich so oft, wie ihnen die Leichtigkeit des Seins Zeit und Raum schenkte. Wenige Male gab es Meinungsverschiedenheiten, die sich jeweils in einem konstruktiven Gespräch lösen ließen.

Die Sommerferien standen vor der Tür, und Sabine und Louis kamen überein, in die Region Auvergne-Rhône-Alpes nach Pont d'Arc an der Ardèche zu reisen. Sabine fuhr voraus und Louis wollte nach drei Tagen nachkommen, weil er, infolge Ferienabwesenheit des Geschäftsführers, noch in der Fahrradwerkstätte arbeiten musste. An einem Mittwoch fuhr Sabine mit einem befreundeten Paar per Auto los.

Am Abend rief sie an und teilte Louis mit, dass sie am Ferienort gut angekommen seien und sie ihn schon vermisse, und sie sich darauf freue, mit ihm die ersten gemeinsamen Ferien zu verbringen. Als Louis ihre Stimme hörte, kam bei ihm Vorfreude auf und das Verlangen, sie in die Arme zu schließen. Am Tag darauf rief Sabine abends wieder an und schwärmte von der Gegend, den Sehenswürdigkeiten und dem Fluss, auf dem sie morgen eine Wildwasserbootsfahrt machen würden.

Am Tag danach wartete Louis um sieben Uhr abends auf den Telefonanruf. Doch er kam nicht. Louis wurde unruhig, ging im Zimmer auf und ab, hatte keinen Hunger, und in der Magengegend machte sich ein flaues Gefühl bemerkbar. Um neun Uhr abends kam der Anruf, jedoch von Peter, einem mit Sabine befreundeten Mann. Er sprach leise, mit schmerzerfüllter Stimme und sagte, dass Sabine im Fluss ertrunken sei. Ein plötzlich aufkommendes Gewitter habe den Fluss zu einem reißenden Strom anschwellen lassen.

Das Boot sei an einem Felsen gekentert und Sabine sei über Bord geworfen und von einer Stromschnelle erfasst worden und sei vermutlich durch einen Schlag auf den Kopf bewusstlos geworden und in den Fluten ertrunken. Rettungsleute hätten Sabine geborgen, als sich das Gewitter verzogen hatte. Alle Leute seien zutiefst betroffen und es tue ihm, Peter, unendlich leid, diese Schreckensnachricht überbringen zu müssen. Dann stockte Peter, weil er die Tränen nicht mehr zurückhalten konnte.

Louis war am Boden zerstört. Er legte den Telefonhörer auf, ohne noch ein Wort zu Peter gesagt zu haben. Louis hätte keines gefunden. Er sackte in sich zusammen und spürte eine Leere, die kein einziges Türchen offenließ. Er war nicht in der Lage, in die Küche zu gehen und die WG-Bewohner über das Unglück zu informieren. Er konnte gar nichts mehr, saß nur regungslos da, unfähig, das Geschehene in seiner Dimension zu erfassen. Louis stand unter Schock, der ihm derart zusetzte, dass er eine Woche lang kaum etwas aß, nicht nach draußen ging und, nachdem er die anderen am Tag darauf informiert hatte, mit keinem von ihnen reden wollte. Louis musste allein sein mit seinem Schmerz, sich ihm stellen, ausliefern, ohne Wenn und Aber, ihn auszuhalten versuchen, auch wenn er, Louis, daran fast zugrunde ging. Einen Monat lang blieb er der Arbeitsstelle fern, weil er sich außerstande fühlte, auf Kunden und ihre, seiner Ansicht nach, belanglosen Anliegen einzugehen.

Nachdem Louis äußerst mühsam und manchmal mit kaum auszuhaltender Apathie, die auf eine Depression schließen ließ, durchs Leben gesiecht war, fand er Monate später ein Stück weit zur Normalität zurück. Die Trauer nahm ihm einiges vom Leben, aber sie war es ihm wert.

Was Louis wieder in die Spur zurückbrachte, war die Einsicht, eine Liebe im Herzen zu tragen, die, von der Angst befreit, nicht dauerhaft zu sein, bis zum letzten Atemzug Bestand haben würde. Mehr, fand Louis, ging nicht.

BIOGRAFIE

Christian Hofstetter, geboren 1952, ist im Zürcher Säuliamt aufgewachsen. Seit 2014 ist er pensioniert und widmet sich seinem literarischen Schaffen. Seine bisherigen Veröffentlichungen umfassen Gedichte in der Literaturzeitschrift „Einspruch" sowie Gedichte und Kurzgeschichten in verschiedenen Anthologien, etwa des Frankfurter Literaturverlags. Der Gedicht- und Erzählband „Splitter" ist Hofstetters erstes Buch, erschienen im Weiss Verlag. www.splitterbook.ch

Horbaschk Gottfried

Pfingstgrüße aus Griechenland

Liebe Freunde und Verwandte!

In Griechenland wird heute **Pfingsten** gefeiert.

Nach dem julianischen Kalender, der von den orthodoxen Kirchen – zumindest in religiösen Belangen – nach wie vor beibehalten wird, fällt das Fest auf den heutigen Tag, in diesem Jahr 5 Wochen später als nach dem gregorianischen Kalender. Ich möchte das zum Anlass nehmen, über uns und über unser Tun und Lassen hier ein bisschen zu fabulieren, vielleicht euch auch ein bisschen zu unterhalten und einen kleinen Einblick in unsere griechischen Tage zu vermitteln (wenn's denn interessiert). Dabei werden auch einige von unseren Gewohnheiten abweichende Verhaltensweisen der Griechen durchschimmern.

Schon frühmorgens lädt uns das schon warme Wasser des tief unter unserem Dorf gelegenen Golfes von Kalamata zu einem Bad ein. Um diese frühe Stunde sind das städtische und das Strandleben noch kaum erwacht. Aus unserem Fenster schauen wir auf das Meer und sehen das Wasser in seinem hellblauen Schimmer so glatt unter uns liegen, dass sich die Häuser und Bäume darin spiegeln. Die Griechen nennen das λάδι (Öl). Da noch kaum Badegäste anzutreffen sind, können wir völlig ungestört über dem sauberen Feinkiesgrund im glasklaren Wasser unsere Bahn ziehen.

Nach dem Frühstück im schattigen Garten überfällt uns dann doch die derzeitige Hitzewelle, über die in allen Medien berichtet wird. Die Temperaturen steigen nachmittags bis auf 42 Grad und fallen nachts kaum unter 30 Grad. Eine Weile halte ich es noch im

Garten aus, dann begebe ich mich in den gekühlten σαλόνι (Salon –
so nennt man hier das Wohnzimmer) und bin in der Stimmung,
allen Freunden und Verwandten diesen kleinen Bericht in meinen
Worten zu übermitteln, denn die Bilder kennen ja die meisten von
euch, wobei einige ja auch schon das griechische Leben hier in Kato
Verga mit uns geteilt haben.

Ja, es ist wirklich derzeit über alle Maßen heiß und das schon seit
mehr als einer Woche. Wenn man das kühle Zimmer verlässt, empfindet man die Luft wie eine heiße Wand, gegen die man ankommen
muss. Aber sorgt euch nicht, nach ein, zwei Stündchen im Salon
(mit Klimaanlage) ist man auch selbst wieder heruntergekühlt und
es geht wieder. Hin und wieder müssen wir ja allerdings auch tagsüber aus dem Haus gehen, einkaufen, Hannelore ist für die Lebens-
mittel zuständig und ich übernehme den Bäcker (und Konditor!).

Bevor die Hitzewelle kam, hatten wir noch Zeit, eine 10-tägige
Wohnmobil-Reise zu einigen mit einer Fähre vom Peloponnes
(Githeon) aus zu erreichenden Inseln zu unternehmen. Wie früher
schon sollte es **Kithira** sein, das wir schon lange wegen seiner Ur-
sprünglichkeit und der Kontraste lieben. Zwischen kahlen, felsigen
Bergen, auf denen strahlend weiß getünchte Kirchen und Klöster
in jahrhundertelanger Einsamkeit ruhen, findet man grüne Täler
und sogar noch Pinienwälder. Und überall ist das Meer nicht weit.
Die herrlichen, leeren, nicht durch Hotelblöcke verbauten Strände
erscheinen wie für Camper geschaffen, aber selbst diese trifft man
hier kaum an. Dagegen gibt es noch schattige Plätze unter Tama-
risken und jede Menge intakte Natur mit Olivenhainen, durch die
meist ein kräftiger Wind geht. Wenn auch manche Dörfer teilweise
verlassen sind, findet man noch die eine oder andere Taverne, v. a.
natürlich in den kleinen Küstenorten, deren wohlgepflegte Häuser eine für die Insel typische Architektur aufweisen: harmonisch
gegliederte blockartige Ensembles mit flachem Dach und blauen
Fenstern, die – anders als sonst im Land – noch von einem gelben
Gewand eingerahmt werden, was einen reizvollen Farbkontrast ergibt.

Zweimal hat das alte Fährschiff – es „Seelenverkäufer" zu nennen, wäre doch etwas übertrieben und auch der Erfolg rechtfertigt eine solche böse Nachrede nicht – auf der Fahrt nach Kreta und zurück ohne Taue zu befestigen im engen Naturhafen zwischen scharfkantigen, rauen Felsen der kleineren Schwesterinsel **Antikithira** zentimetergenau gedreht und schließlich „angelegt". Ein solches Manöver zu erleben ist ein Spektakel, insbesondere in den Momenten, in denen die wenigen Menschen und Autos die Rampe passieren. Wegen der Dünung hat man den Eindruck, als ob sie hinüber auf das Land oder hinauf auf das Schiff springen. Wir haben es jedenfalls nicht gewagt, mit unserem Wohnmobil auf dieser abgelegenen Insel an Land zu gehen. Wir hören, sie hat noch ca. 69 ständige Bewohner und die wenigen Fremden sollen vorwiegend „Aussteiger" sein. Es gibt zwar einen kleinen Laden in Kombination mit einer Taverne, die Ordnungsmacht ist allerdings fern, Bürgermeister und Polizist haben ihren Sitz auf der drei Bootsstunden entfernten Hauptinsel (Kithira). Wir beschlossen, dass uns die Schönheit und Exotik der Insel unter solchen Umständen das bestehende Risiko doch nicht wert sind. Wir blieben also auf dem Schiff und landeten auf Kreta. Der kleine Hafen am westlichen Ende der Insel heißt Kissamos. Diese landschaftlich imposante Ecke mit den Λέυκα Όρη (Weißen Bergen) im Hintergrund und der Balos-Lagune (Naturpark) zwischen felsigen Landzungen ist touristisch noch nicht überlaufen, den Tourismus erlebt man dann erst in Χάνια (Chania) mit seiner berühmten Altstadt und dem gut erhaltenen venezianischen Hafen (mit Moschee), wofür wir uns ausführlich Zeit ließen und – nicht zuletzt zu unserer Rekultivierung – eine Nacht auf dem Campingplatz zubrachten. Das kostet heutzutage auch in Griechenland 30 bis 50 Euro und man hat noch nichts gegessen und es wundert niemanden, wenn die Wohnmobilisten schon aus diesem Grunde das „wilde Camping" bevorzugen. Dieses ist zwar im ganzen Land offiziell verboten, wird aber – wohl wegen der hohen Wertigkeit der traditionellen Gastfreundschaft – fast überall toleriert. Und wenn der Camper dann abends in die Taverne kommt, ist er auch ein gerne gesehener Gast.

Wieder zurück in Kato Verga. In der benachbarten Dorfkirche leitet der Pope mit kurzen, kräftigen Zügen am langen Seil der Glocke mit ihren schrillen Klängen die Pfingstfeier ein. Von lautem Hundegebell begleitet ertönt die kurze, schnelle Tonfolge über den ganzen Ort und auch über die unteren, sich bis zum Meer hinziehenden Ortsteile, woraufhin sich sofort Hunderte von Griechinnen und Griechen auf den Weg zur Kirche machen, natürlich mit dem Auto, und die ca. 6 bis 8 offiziellen Parkplätze im alten Ort reichen keineswegs für einen derartigen Ansturm aus, und es wird die enge Straße im und zum Dorf von den Massen der Autos gegen alle Regeln der Ordnung und der Rücksicht zugeparkt, sodass es für zwei Stunden kein Durchkommen mehr gibt. Wie sich das Ganze in der halben Stunde nach der Kirche wieder auflöst, insbesondere muss ja jedes Fahrzeug irgendwo wenden, ist ein zirkusreifes Stück, das natürlich mit viel „ἔλα, ἔλα" (komm) oder „γαμόττο" (Fluch) einhergeht, und ein paar Kratzer (auch an unserem Yaris) sind natürlich schon mal drin, was aber keinen groß stört. Dann ist der ganze Spuk vorbei und die übliche Ruhe wiederhergestellt. Der große Rummel setzt sich dann am Abend in der ganzen Stadt sowie in den Dörfern fort. Zusammen mit Kind und Kegel, Freunden und Verwandten, die scharenweise aus Athen eingetroffen sind, wird das Fest in einer Taverne bis spät in die Nacht hinein gefeiert. Und man lernt, warum es so viele Tavernen gibt und insbesondere, weshalb normalerweise so viele ungenutzte Stühle dort herumstehen: Heute – genauso wie an Ostern und zu Weihnachten – sind sie alle vollständig besetzt, sodass man besser zu Hause bleibt. In der ganzen Stadt preisen aus ihren mit Plastikstühlen hoch beladenen LKWs heraus fliegende Händler (Szinti) ihre Ware mittels lauter Mikrofone an. Mit fünf Euro pro Stuhl werden Privatleute und v.a. Gastwirte gelockt, ihre Möglichkeiten der Bewirtung zu erweitern. So werden hier Feste gefeiert: viel „κόσμος" (Volk, Menschenmassen) und viel (laute) „παρέα" (Geselligkeit). Dabei geht das Ganze schon seit ein paar Tagen und wird so lange dauern, bis die Athener abgereist sind. Die Ruhe wird anhalten, bis die Feriensaison beginnt. Jeder zweite Grieche lebt mittlerweile im Großraum Athen und fast ein jeder macht sich während der Ferien an das Meer oder in einen in der Nähe des Meeres gelegenen Ort auf, möglicherweise zu Verwandten, oft wird auch noch der Oma ihr mühsam instand gehaltenes Häuschen als Ferienwohnung genutzt. Darüber hinaus haben solche, die es sich leisten können, ein eigenes – mehr oder weniger schönes und komfortables – Ferienhaus. Gerade auf der Halbinsel Mani ist dabei der traditionelle Baustil beliebt, was gar nicht so selten zu bemerkenswerten architektonischen Ergebnissen führt, so entstehen wundersame Burgen, die mit Erkern, Türmen und Zinnen ausgestattet sind, Steinhäuser, an denen nur die Platten des Belages aus Stein sind, der Rest ist Beton. Auch barocke Formen mit geschwungenen Bögen und Säulen sind gängige Motive („Düsseldorfer Barock").

Ansonsten haben wir in dieser Woche mehrere – mehr oder weniger – unterhaltsame Abende in der Apotheke des Ortes zwecks Bezahlung eines sehr teuren Medikaments zugebracht. Eigentlich hatte mir der Apotheker dieses schnell besorgt, sogar ausgehändigt, aber die Bezahlung! Wir haben uns dazu insgesamt dreimal verabredet und trotz dreier möglicher Kreditkarten ging nichts. Ich musste das Geld erst von einem auf das andere (nämlich griechische) Konto übertragen, die Kartenbezahlung funktionierte wegen Limits jedoch auch dort nicht usw. Zum nächsten verabredeten Treffen kam der κύριος gar nicht selbst, sein Vertreter schaffte es – trotz einiger zeitaufwendiger Rückrufe – auch nicht. Gestern gegen 20 Uhr gingen wir dann wieder in die Apotheke (sie hat von morgens bis spät in die Nacht durchgehend geöffnet) und trafen den Chef selbst an und … nach knapp zwei Stunden Internet-Banking und mit viel Probieren, ID, Pin und schließlich langen Telefonaten (mit wem eigentlich?) zeichnete sich dann doch eine mögliche Lösung des Problems ab.

Eine ganz neue Erfahrung: Zwei Stunden in einer viel besuchten griechischen Apotheke, wobei wir ja nur Bruchteile der regen Konversation verstanden, es wurden häufig Drogerie-Artikel verlangt und verkauft, aber insgesamt ist das Hauptgeschäft wohl die

Babynahrung, für deren Vertrieb allein die Apotheken lizenziert sind. Einen Stuhl und einen Hocker hat man für uns irgendwann auch gefunden und vier (kleine) Flaschen Wasser sowie ein Schoko-Eis gab's umsonst. Schließlich kam die Sache dann doch voran und als Epilog gab es noch viele wohlgemeinte Erklärungen, die wir am Ende aber nicht verstanden haben. Einer der Gründe für die Verzögerungen war aber sicher, dass dem Apotheker die Provision der Bank (ursprünglich) zu hoch war, auch ist mein Kartenlimit seither – ohne mein Zutun – deutlich höher und mein Passwort bei der Nationalbank werde ich wohl besser wechseln, keinesfalls aus Misstrauen gegenüber dem Apotheker, aber schließlich war mein Internet-Banking ja stundenlang geöffnet.

Der Nutzen der ganzen Prozedur liegt bei meiner deutschen Krankenkasse, die 1000 Euro des teuren Medikamentes eingespart hat, denn genau um diesen Betrag ist das gleiche Medikament (gleicher Hersteller, gleicher Name) hier billiger!

Damit sind wir beim Ausblick auf das Ende der 10 schönen Wochen, die wir auf Reisen in unserem τροχόσπιτο (Wohnmobil) und in unserem „σπίτι" (Häuschen) verbracht haben.

Am Schluss eines derartigen Schreibens wäre es üblich, euch fröhliche Pfingstfeiertage zu wünschen, geht aber leider nicht. (Weshalb? Der aufmerksame Leser des Briefes wird es wissen).

Euer Gottfried und Hannelore

Kamehl Günter Mag.

Verfehlungen der modernen Zeit

Schnappen die Politiker jetzt völlig über?

In der Endphase der Gestaltung meiner Bücher „NIEDERÖSTER-
REICH IM BANNE DER AHNUNGSLOSIGKEIT" bzw.
„FLIESSENDE GRENZEN – NUR DIE ANGST BLEIBT!"
erreichte mich eine Nachricht, welche ich vorerst nicht zu glauben
wagte. Am 12.06.2024, also knapp drei Tage nach der als „Denk-
zettel" bezeichneten EU-Wahl, setzte der österreichische Nationalrat – die angebliche Vertretung des Volkes – einen merkwürdigen
Schritt. „DIE PRESSE", gewiss eines der renommiertesten Blätter
Österreichs, meldete:

**„Berufsverbrecher", „asoziale" und „kriminelle" KZ-Häftlinge
werden als NS-Opfer anerkannt. Das hat der Nationalrat am
Mittwoch einstimmig beschlossen. Allerdings geht es nur um
eine symbolische Geste, da es vermutlich keine Überlebenden
mehr gibt. Als „Berufsverbrecher" galten meist Personen, die
Eigentumsdelikte begangen hatten.**

Nun kann kein Zweifel mehr bestehen: Unsere Politiker drehen
durch. Solche mentalen Entgleisungen entspringen niemals den
Gehirnen normaler Menschen. Das ist der Anfang vom Ende! Warum? Vorrangig erweist sich als absurd, dass die PPs (Polit-Popanze)
angesichts massiver Probleme, nämlich:

» Eines furchtbaren und ständig näher rückenden Krieges in
Osteuropa,
» des blutigen Massakers im Nahen Osten samt drohender Hass-
Tiraden von Moslem-Horden,

» der existenzbedrohenden Teuerung bei Waren des täglichen Bedarfes und

» der klimabedingten Katastrophen in aller Welt, keine anderen Sorgen haben, als in der Vergangenheit zu wühlen.

Tatsächlich stammt die Bezeichnung „Berufsverbrecher" aus den 20er-Jahren des vorigen Jahrhunderts und wurde von Kriminalisten für „Wiederholungstäter" verwendet. Dass mehrfach Straffällige aufgrund der erkennbar schädlichen Neigung und des kriminellen Lebenswandels eine Gefahr für die menschliche Gesellschaft darstellen, war schon vor der Machtergreifung durch das NS-Regime im Jahre 1933 hinreichend bekannt. Begrifflich wurden deshalb auch in der NS-Zeit Wiederholungstäter konsequent in Haft gehalten. Daran hat sich bis in die Gegenwart nicht viel geändert.

Unter dem Begriff „asozial" wird eigentlich „unsozial" verstanden. Gemeint wird damit ein von Recht oder Sitte abweichendes Verhalten durch ein Individuum. Geächtet wird also die Schädigung des Gemeinschaftsgeistes sowie der Gemeinschaftsinteressen. Maßnahmen gegen Asoziale gab es schon vor der NS-Zeit und danach beispielsweise auch in der DDR, in Großbritannien und in vielen anderen funktionierenden Staaten.

Gleichwohl während der NS-Zeit wesentlich rascher inhaftiert wurde als in der Gegenwart, war auch damals ein gewisses Fehlverhalten dafür Voraussetzung. Den National-Sozialisten kann eine ganze Menge von Untaten vorgeworfen werden. Das Wegsperren gefährlicher oder störender Elemente aufgrund geltender Gesetze gehört zweifelsfrei nicht dazu. Was wollten unsere eifrigen „Volksvertreter" mit dieser Entscheidung bewirken? Was glaubten sie, damit erreichen zu können?

Um als Asozialer oder Berufsverbrecher eingestuft zu werden, bedurfte es auch in der NS-Zeit eines entsprechenden Lebensalters. Deshalb kamen nur Erwachsene oder ältere Jugendliche in Betracht. Angesichts des Beginns der NS-Zeit im Jahre 1933 mussten in Frage kommende Personen dem Geburtsjahrgang 1917 angehören oder älter sein. Daraus folgt, dass die Jüngsten der betroffenen Personen im Jahre 2024 weit über hundert Jahre alt sein dürften. Wie viele Betroffene werden – bei vorsichtiger Schätzung – derzeit wohl noch am Leben sein?

Objektiv ist für die Bürger unschwer zu erkennen, womit diese post-demokratische Demokrötur sich beschäftigt. Statt die Interessen der Bevölkerung zu wahren, werden Ressourcen dafür verschwendet, sensationsgeil längst vergangene Zeiten zu beanstanden. Die Mittel der Steuerzahler werden für Abstimmungsverfahren vergeudet, welche keinerlei Wirkung für die Zukunft entfalten können.

Spott, Hohn und Schande! Einige dieser Politiker sind möglicherweise zu dumm, um die Sinnlosigkeit ihres Verhaltens zu erfassen. Andere glauben eventuell, dem politischen Gegner damit schaden zu können. Viele werden gedankenlos mitstimmen, weil ihnen das Denken zu mühsam ist. Manche fürchten gewiss die Schelte der Medien. Die weitaus meisten aber werden positiv votieren, weil viele Kollegen es auch tun. Mit Courage und Vernunft gegen den Strom zu schwimmen, wäre viel zu gefährlich. Wer solches wagen würde, kommt gewiss nicht ins Parlament. So zeigt sich, wie in dieser „Quatsch-Bude" Mehrheiten zustande kommen. **Das Ergebnis sehen wir täglich ringsum.** Wer kann diesen Debattier-Klub noch ernst nehmen? Hoch lebe die Demokratie und **Götz zum Gruße!**

In mehreren meiner Bücher übe ich heftige Kritik an den modernen Systemen westlicher Prägung. Alles wirkt krampfhaft-gekünstelt und die Bevölkerung wird zunehmend unzufrieden. Überdies wird das staatliche Handeln vom rechtsstaatlichen Prinzip gefesselt. Rasche Reaktionen auf Ereignisse werden leichtfertig verhindert. Manchen Menschen mag meine Haltung unverständlich erscheinen. Daher möchte ich versuchen, meine Motive zu erläutern.

Aus einigen meiner bildhaften Ausdrücke könnte der Eindruck von empfundenem Hass entstehen. Der Philosoph und Publizist Konrad Paul Liessmann (Professor an der Universität Wien) betrachtet Hass als starke Emotion, welche Destruktions- und Vernichtungswillen entfaltet. Auch sei Hass mit Gefühlen von Hilflosigkeit verbunden. Dieser Ansicht kann meinerseits voll beigepflichtet werden.

Der Hass als intensives Gefühl liegt dicht bei der Liebe. Diese jedoch vermag ich für die Politik und deren Organe unter keinen Umständen zu empfinden. Um derart heftige Emotionen zu wecken, sind mir die Akteure in Staat und Gesellschaft bei Weitem nicht wichtig genug. Hass empfinde ich deshalb eher nicht. Nach „Meyers Enzyklopädie" von 1905 ist Verachtung das Gefühl, welches der Annahme persönlichen Unwertes entstammt. Verachtung ist also eine starke Geringschätzung von Personen oder Institutionen. **Verachtung, jawoll!** Das ist die zutreffende Bezeichnung!

Diese Haltung kommt nicht von ungefähr. Als junger Mann habe ich mein Land geliebt und wäre bereit gewesen, mein Leben dafür einzusetzen. Die Liebe zu Volk und Heimat ist mir unversehrt erhalten geblieben. Im Verlaufe mehrerer Jahrzehnte Staatsdienst – dazu rechne ich auch einige Jahre in der Politik – vermochte ich allerdings umfangreiche Erfahrungen hinsichtlich Unehrlichkeit, Verrat, Niedertracht und Dummheit zu gewinnen. Vieles davon habe ich in meinen anderen Büchern aufgearbeitet. Eine Wiederholung scheint hier nicht erforderlich. Deshalb habe ich mich aus den o.a. Bereichen entschlossen zurückgezogen und bereue diesen Schritt in keiner Weise.

Die österreichischen Menschen tragen – unabhängig von deren Gesinnung – keine Schuld an dem demokrötischen Dilemma. Das wunderbare Land, die Berge, Wälder, Flüsse und Seen können sich gleichfalls nicht wehren. Alleinverantwortlich ist ein System, welches jeden Sinn für Ordnung bzw. Gerechtigkeit verloren hat und nur noch dem Diktat unangemessener Normen – viele davon ausländischen Ursprungs – folgt. Das ist Verrat an der Bevölkerung.

Welche Empfindung verdient ein Staat, der zwar für sich das Gewalt-Monopol beansprucht, dieses jedoch nicht anwendet? Loyalität ist keine Einbahnstraße. Verehrung bedarf einer gewissen Würdigkeit. Beim Vorliegen von Uneinsichtigkeit kommt nicht einmal Mitleid in Betracht. **Leider – es bleibt nur die Verachtung!**

Wenn ich beispielsweise das mediale Gesülze – europaweit zu vernehmen – betreffend die Abschiebung krimineller Elemente nach Syrien oder Afghanistan verfolge, dann wird mir so richtig übel. Haben die anständigen Bürger etwa keine Menschenrechte? Gelten diese nur für das fremdländische Pack? Wer Gewalt gegen seine Gastgeber ausübt, der hat nach Meinung geistig normaler Menschen keine Rechte mehr und ist zum Schutz der Bevölkerung raschestmöglich zu eliminieren. Völlig gleichgültig, wie borniert Juristen oder linke Phantasten darüber denken mögen. Müssen wir Österreicher etwa mit Gefährdern leben, nur weil sie keiner zurückhaben will? Im Verlaufe der Weltgeschichte hat noch jedes funktionierende System Mittel und Wege gefunden, um gefährliche Elemente spurlos verschwinden zu lassen!

Diese Zeilen verfasse ich unter dem Eindruck einer völlig entgleisten Medienwelt. Ende Mai 2024 haben einige Jugendliche unter Alkohol-Einfluss vor einer Bar auf Sylt zur Melodie des alten Party-Songs „L'amour toujours" von Gigi D'Agostino den Text **„Deutschland den Deutschen, Ausländer raus"** gegrölt. Eine unglaublich übersteigerte Empörung schwappte wie ein Tsunami über Deutschland und Mitteleuropa. Es scheint, als habe diese Wohlstandsgesellschaft keine echten Probleme mehr.

Dazu meine persönliche Meinung:

Den Text selbst finde ich geschmacklos und dumm. Denn wer alle Ausländer hinauswirft, der unterscheidet nicht zwischen den Begriffen „nutzbringend" (Pflegekräfte, Reinigungspersonal, Gastronomiekräfte, etc.) und „schädlich" (Islamisten, Vergewaltiger, Suchtgiftdealer, Gewalttäter, etc.). Die Unterscheidung zwischen diesen beiden Gruppen scheint mir jedenfalls wichtig zu sein! Noch wesentlich dümmer als die Geschmacklosigkeit einer kleinen Gruppe Betrunkener finde ich aber die Art und Weise, wie ein ganzes Land die Nerven wegwirft und gleichsam mit dem Kopf gegen die Wand rennt.

In weiten Teilen Süd-Europas (Spanien, Italien, Malta, Griechenland) demonstrieren Einheimische gegen die Belastungen durch die Touristen-Flut. Dies, obgleich gerade diese Demonstranten augenscheinlich vom Tourismus existenziell abhängen. Aber wehe, wenn Deutsch-Sprechende gleichartige Ansagen tätigen! Politiker, die jedes von Asylanten verübte Gewaltverbrechen zu beschönigen trachten, erdreisten sich, die im Suff erfolgte Entgleisung junger Menschen zu verurteilen?

Blut-Taten unerwünschter Gäste – das sind Asylanten, denn niemand hat sie gerufen und sie leben hier auf Kosten der Bürger – finden stets im Schutze der Unschuldsvermutung statt. Die Öffentlichkeit darf nicht informiert werden! Wenn hingegen eine junge Politikerin von den Grünen sich in Verleumdungen, Lügen und Niedertracht ergeht, dann wird das als jugendliche Leichtfertigkeit abgetan. Sogar ein uralter Bundespräsident betätigt sich hilfsbereit als Pseudo-Sugar-Daddy!

Andererseits wird eine klare Meinungsäußerung kriminalisiert bzw. als angebliche Verhetzung und als Faschismus deklariert, nur weil diese Ansicht von manchen Leuten nicht geteilt wird! Wenn junge Menschen unter Alkohol-Einfluss dumme Sprüche klopfen, dann werden diese schonungslos mit Fotos und vollem Namen europaweit geächtet und verlieren allesamt ihre Arbeitsplätze! Das soll in Ordnung sein?

Pfui Teufel! Wenn das die Kennzeichen einer sauberen Demokratie bzw. einer anständigen Gesellschaft sind, dann kann ich auf beides gerne verzichten!

Es stimmt schon, dass in letzter Zeit vermehrt Aggressionen und Gewalt gegen Politiker zu beobachten sind. Wie der Politikwissenschaftler und Demokratieforscher Professor Wolfgang Merkel (Universitäten Mainz und Heidelberg) dazu vermeint, fühlen sich in einer Welt mit zahlreichen komplexen Problemen viele Menschen nicht mehr von demokratischen Parteien repräsentiert. Gewalt gegen Politiker fungiere dabei als eine Art „Selbst-Hilfe", womit über die mangelnde Interessenswahrnehmung hinweggetäuscht werden kann. Ein wesentlicher Grund für dieses Verhalten, so Merkel, sind Ohnmachtsempfindungen und das verbreitete Gefühl, nicht gehört zu werden, nicht zu zählen, nicht repräsentiert zu werden. Ein Faktor sei sicherlich, dass es in Deutschland, aber auch in ganz Europa, zunehmend Menschen gibt, die sich nicht mehr von den etablierten demokratischen Parteien vertreten fühlen. Ob das objektiv zutrifft, ist gar nicht so sehr relevant, sondern es geht vielmehr um das subjektive Gefühl der Bedeutungslosigkeit. Laut Merkel liegt die Ursache darin, dass die heutigen Politiker ganz offensichtlich keine Problemlösungskompetenz zeigen und kein Vertrauen vermitteln können.

Einschub: **Das kann aus eigener Wahrnehmung vollinhaltlich bestätigt werden. Politiker aller Parteien heulen lauthals um die „Demokratie", die „Partei" oder um den „politischen Anstand". Die Bürger, deren Wünsche und deren Sorgen sind für die gewählten Mandatare kein Thema!**

Zusätzlich leben wir gegenwärtig in Zeiten einer Ballung schwierigster politischer Probleme, die zum Teil gar nicht, zumindest nicht allein nationalstaatlich gelöst werden können. Die Verbreitung des Gefühls der Ohnmacht hat sich in den letzten zwanzig Jahren massiv ausgedehnt. Es handelt sich schon lange nicht mehr nur um kleinere Protestgruppen, sondern es liegt ein gesellschaftlicher Trend vor. Das ist ein Phänomen unserer westlichen Demokratien geworden und wir sollten nicht glauben, dass alsbald eine Änderung eintreten wird. Abgehobene „Eliten" bereichern sich mit Hilfe des Systems und gestalten selbstgefällig ihr Umfeld. Die Masse der Bevölkerung empfindet die faktische **„Postdemokratie"** längst nicht mehr als echte Mitsprache und kann dieser bloßen Wort-Hülse nichts mehr abgewinnen. Instinktlose Narren haben unsere Rechte verschenkt und unsere Interessen verkauft. Jetzt werden die Konsequenzen spürbar.

Das ist erst die „Spitze des Eisberges". Wartet nur!

Mag.iur. Günter Kamehl
Consultant / Peer,
ehemals Jurist der Volksanwaltschaft

Ein Mann

Ein Mann geht durch seine Welt. Die Augen offen, dabei die Hände in den Hosentaschen. Sein Anzug hat Qualität, ist zwar nicht gerade maßgeschneidert, aber auch nicht von der Stange. Er hat ein gutes Einkommen, er kann es sich leisten. Er hat neuerdings schütteres Haar. Er weiß sich zu benehmen, er ist immer so, wie man es von ihm verlangt. Deshalb heißt es, er sei gebildet. Er redet überall mit, das Thema spielt nicht die größte Rolle und er gilt als liberal, das heißt, er widerspricht nicht oft. Ist ihm zu anstrengend, da will er lieber seine Ruhe. Er ist gerade fünfzig geworden und führt eine zufriedenstellende Ehe. Seine Frau sieht er nicht oft. Die Kinder hat er natürlich zur Schule geschickt, sie sind seit einigen Jahren aus dem Haus. Manchmal kommen sie vorbei. Wie es ihnen wirklich geht, weiß er nicht so genau, darüber reden sie nicht. Manchmal fühlt er sich einsam. Ab und zu feiern sie eine Party im kleinen Kreis, lauter Freunde, die er schon jahrelang kennt. Dann ist er der perfekte Gastgeber, bietet den Gästen Konfekt, Wein und Whiskey an. Aber wo ist seine Zukunft geblieben? Manchmal graust ihm, wenn er daran denkt. Abends Fernsehen, Computer, ab und zu ins Kino, Familienfeiern, aber soll das alles sein? Früher hatte er keine Zeit, darüber nachzudenken, er arbeitete, machte einen kleinen Aufstieg im Betrieb, baute ein Haus, hatte Sorgen um die Kinder. Aber jetzt? Das Haus ist gebaut, die Kinder gehen ihre eigenen Wege. Der Ehrgeiz im Beruf hat ihn verlassen. Manchmal liest er, dass das Leben mit fünfzig erst beginnt, aber er hat verlernt zu leben. Was heißt das: Leben? Welche Ziele kann er haben? Sein Kopf ist leer, wenn er darüber länger nachdenkt. Er kann sich nichts mehr vorstellen. Über die heutigen Jugendlichen lächelt er nachsichtig. Er war auch einmal so, wollte die ganze Welt verändern. Aber was ist davon übriggeblieben? Nachts, wenn er wieder nicht schlafen kann, wünscht er ihnen, dass sie es wenigstens schaffen. Er hat sich aufgegeben. Gesundheitlich fühlt er sich gut, hat einige Kilos zu viel und nur manchmal ein leichtes Schwindelgefühl. Der Arzt sagt, das sei normal. Ist es wirklich normal? Er hofft, mit dem Alter fertigzuwerden. Sicher ist er sich nicht. Manchmal möchte er weg, ganz einfach weg. Etwas erleben. Aber er versucht es nicht mehr. Sein Mut ist im Laufe der Jahre verlorengegangen. Er wird nicht viel Neues denken und nicht viel Neues tun. Er wird sich einreden, das sei eben so und das sei gut so. Es ist nötig, dass er sich dies einredet, denn sonst müsste er ausbrechen oder verzweifeln. Wahrscheinlich wird er, ganz normal, an einem Herzinfarkt sterben. Alle werden überrascht sein.

Reisen bildet

Traditionell ist dieser Monat bekannt durch eine schöne Volksweisheit: „Ist der Mai kühl und nass, füllt's dem Bauern Scheun und Fass". Wir, die eine Woche unterwegs waren, hatten tatsächlich Glück im Wonnemonat Mai. Eine ganze Woche brillantes Wetter. Er war uns ein vorzüglicher Begleiter, Helios, der Sonnengott.

Auf unseren Wanderungen durch den Harz, mit seiner schönen Erhebung, dem Brocken, hatten wir bereits so manches interessante Erlebnis in vorangegangenen Jahren. Nicht nur, dass wir dem Brocken aufs Haupt gestiegen, schwitzend beim Aufstieg, frierend den kahlen Kopf bestaunend, schnell den Abstieg wählend, um uns heil in Wernigerode zu akklimatisieren. Braunlage als Ort zwischen Ost und West sollte uns nicht fremd bleiben, ebenso die Kaiserpfalz Goslar. Auf unseren Wanderungen bestaunten wir die Rappbodetalsperre, krochen in die Rübeländer Tropfsteinhöhlen. Allerdings, Versuche, wie die Hexen zu tanzen, ließen wir aus.

Nun war es an der Zeit, mal etwas genauer eine Grafschaft im Frühling zu erkunden, die sonst nur zur Advents- und Weihnachtszeit das Nonplusultra ist.

So nahmen wir, unabhängig von allen öffentlichen Verkehrsmitteln, das Auto und fuhren los, um unser Ziel nach wenigen Stunden zu erreichen.

Leider war die Enttäuschung groß, denn letztendlich brachte uns die Reise auf der Autobahn fast zur Verzweiflung. Wie kam es dazu? Nun, durch mehrere Entschleunigungsabschnitte, bedächtiges und freundliches längeres Schrittfahren, Stau, Halten, Anfahren – Übungen der ersten Stunde Fahrschule – und das Kilometer für Kilometer. Da kommt Freude auf. Wie beim Heilkräutersammeln auf der Frühlingswiese. Hohes Verkehrsaufkommen und Baustellen sind die Zauberworte. So tuckelt alles vor sich hin. Freuen uns mit unserem Mittelklasseauto, dass die fetten SUV, Maserati, BMW, Volvo und wie sie alle heißen, neben, hinter, vor uns kreisen wie ein Schwarm Mücken am Sommerabend. Aber so eine Autofahrt hat auch ihre erhebenden Momente. Da schiebt sich mal ein Auto zwischen mit dem Nummernschild NO WODKA, hier sonnt sich Lady ihre Beine auf dem Armaturenbrett, schön offen alles, Sonne lacht, andere auch. Es ist Sonntag.

Da, zwei Knopfaugen in einem schneeweißen Knäuel. Oh ja, sehr, sehr gepflegt, der war ganz bestimmt erst in der Pudelwaschanlage. Fußball – Restprogramm der Sonntagsspiele – ganz entspannt schauen, kein Problem nicht. So erlebt, sind Debatten um Geschwindigkeitsbegrenzungen auf deutschen Autobahnen völlig sinnlos.

Aber irgendwann ist auch die längste Fahrt mal zu Ende und ein jeder ist froh, in die Stadt einzufahren, in die er will, aber auch das ist heute nicht mehr so einfach, den Ort zu finden, der angesteuert werden soll. Baustellen sperren die Straße, Umleitungen führen uns Fremde ins Nirwana. Das Navi schickt uns hier- und dorthin. Es ist genauso ratlos und hilfebedürftig wie der Mensch. Wird das nicht durch Satelliten gesteuert? Am Ende wissen wir gar nichts mehr, lassen das Auto stehen, gehen fragen. Wenn wir Glück haben, treffen wir einen, der sich auch nicht auskennt. So wird die Zeit vertrödelt, ehe man zum Hotel kommt. Aber auf einmal – welch ein Wunder – wir sind da, sind nicht verrückt geworden, war doch eine segensreiche Fahrt. So ist der Alltag und mitunter auch der Sonntag.

Der Tag erzeugte eine unerwartete Erschöpfung, die uns nicht so schnell loslässt, deshalb flink das Auto noch unterbringen, damit für den Rest des Tages Ruhe einzieht. Uns leicht Geschädigten wird der Weg zur Tiefgarage erklärt, durch den Hotelboy. Wir entscheiden, erstmal laufen, um dann das Auto eine Straße weiter unterzubringen. Den Knopf drücken, Schranke hoch, Auto rein. Gott sei Dank geschafft.

Nach einiger Zeit! Wo ist der Chip zur Auslösung des Autos, denn eine Gebühr muss bezahlt werden. Es gibt keinen Chip. In der Aufregung vergessen. Nun folgt dem vergangenen ein neuer Tag mit Erregung. Ach, wie lieben wir Spanien mit seinen Garagen, Auto rein, alles paletti.

Es ist gekommen, wie gedacht. Zur Auslösung des Autos an die Sprechanlage, eine Ersatzkarte lösen, Geld zahlen – nicht bar, nur Plastik – und nun geschwind das Auto rausfahren, ehe die Frist verrinnt. Auch das geschafft! Wir haben unser Auto auf der Straße, wenn es auch einige Zeit und Verständnis gekostet hat.

Wenn wir mit dem Auto unterwegs sind, gehört auf jeden Fall immer ein Besuch unserer Lieben dazu, von denen wir schon – wie immer – sehnsuchtsvoll erwartet werden. Aber wieder einmal sind wir Opfer der Unwissenheit. Der Weg führt in Richtung Hamburg, eine Stunde mit dem Auto, in einen Ort nach Niedersachsen. Nichts leichter als das, denken wir. Ort ins Navi eingeben. Los geht es. Nichts geht los! Navi findet nichts. Naja, aber es gibt ja noch das Handy. Dasselbe Dilemma. Zu guter Letzt auch noch das Netz verschwunden, wahrscheinlich in der großen Eiche, im Gespinst des Eichenprozessionsspinners hängen geblieben.

Nach einigem Hin- und Herfahren in der unbekannten Stadt haben wir dann doch noch den Weg gefunden, im Labyrinth der durch Baumaßnahmen gesperrten Straßen. Später helfen uns die guten alten Straßenschilder in Ergänzung einer abgegriffenen Straßenkarte.

Empfangen mit Verspätung, liegen wir uns in den Armen. Wir sind trotz allem gut gelaunt angekommen. Lange genug haben sich alle darauf gefreut.

Nach einem exzellenten Familientag geht es nun ins Harzvorland, unserem nächsten Ziel, mit einem Stopp in Bad Harzburg. Beine vertreten, Kaffeetrinken, Besichtigung des kleinen interessanten Städtchens mit seinem wunderschönen historischen Bahnhof.

Das Navi spielt mit, das Handy auch. So kommen wir am Nachmittag bei prächtigem Sonnenschein, aber launischem Wind in unserer 4-Tage-Bleibe an.

Was macht man am Ankunftstag? Sich vorsichtig dem Unbekannten nähern, denn die Wirklichkeit stimmt nicht immer mit dem Gedachten überein.

So wandeln wir im Jahre 924 des Dorfes Quitilingen auf ermüdendem Pflaster zum Zentrum, dem Marktplatz. Nur die Kleidung von uns ist aus der Zeit gefallen, obwohl der eine oder andere, der uns begegnet, durchaus diesem Jahrhundert entsprungen sein könnte. Der Markt nun, mit dem über 700 Jahre alten Rathaus, vor dem der kleinste Roland Deutschlands steht und heute noch immer wacht, legt Zeugnis ab vom mittelalterlichen Marktrecht der Stadt.

Wir lesen im Reiseführer über die Vergangenheit:

„Ende des 12. Jh. wächst die heutige Altstadt bis an ihre Grenzen. Äbtissin Agnes II. von Meißen, die Wolle und Stoffe in die weite Welt verkaufen will, benötigt für die Schäfer und Weber Platz, um ihr Vieh zu halten und aus der Wolle der Schafe Stoffe zu weben. Diesen findet sie in der heutigen historischen Neustadt. Rund um den Mathildenbrunnen entwickelt sich eine florierende Stadt, die seit 1330 mit der Altstadt gemeinsam als Stadt Quedlinburg agiert."
Aha! Das ist also die „Welterbestadt Quedlinburg" und alles in dieser Stadt wurde im Jahr 1994 durch die UNESCO zum universellen Erbe der Menschheit erklärt.
Bei diesem ersten Spaziergang durch kleine enge Straßen und Gassen erleben wir noch mehr. 1100 Jahre Geschichte. Fachwerkhäuser elegant und feinalt, klein und wuchtig, einmal windschief, mal verbogen. Hat hier vielleicht jemand gewohnt, der gelogen hat, dass sich die Balken gebogen haben? Wie auch immer, alles noch bewohnt. Wir bestaunen die Solidität der Bauten und gewinnen Achtung vor den Leistungen der Baumeister alter Zeiten.

Erstaunlich, was das Auge wahrnimmt. Uns erwarten gewiss ereignisreiche Tage, die uns – wie so oft – an unsere physischen und psychischen Grenzen bringen. Erkenntnisse, die unser kleiner Kopf kaum davontragen kann. Tage, Wochen werden wir dem Gesehenen Bewunderung entgegenbringen, davon träumen, es regelrecht anbeten. Vergessen wird das Pflaster aus der Zeit König Heinrichs des I. sein.

Unser nächster Besuchstag beginnt an der meistbesuchten Sehenswürdigkeit Quedlinburgs, der romanischen Stiftskirche. Eingebettet in die Schlossgärten und das aktuell in Sanierung befindliche Stiftsensemble ist der Stiftsberg mit der Kirche St. Servatii. Ein Muss für uns, um Heinrich I. – der im Jahr 936 seine letzte Ruhe hier gefunden hat – zu gedenken.

Die reichhaltigen Reliquien und Kostbarkeiten aus dieser Zeit in der romanischen Stiftskirche zu bestaunen, gehört natürlich dazu.

Eine Führung durchs historische Rathaus wäre sicher sehr interessant gewesen, aber da im Rathaus immer noch wichtige Gremien der Stadt tagen, musste darauf verzichtet werden.

Jedoch bleibt auch so genug zu bestaunen, zum Beispiel das Memorialmuseum in Klopstocks Geburtshaus. Wir begegnen hier auch der ersten promovierten Ärztin Deutschlands, Dorothea Christiane Erxleben. Ebenso dem Wegbereiter der Sportpädagogik Johann Christoph Friedrich GutsMuths. Allerdings waren wir so gut wie allein in diesem Haus.

Obwohl Scharen von Besuchern bzw. Touristen unterwegs sind, laufen alle daran vorbei. Wollen zum Stift. Hals über Kopf hetzt man bergan zum Schatz. Es wird das Letzte gegeben, um ja nichts zu verpassen. In derselben Gasse geht's auch wieder zurück. Nun in Ruhe und mit Gelassenheit. Es wird das zweite Mal das Klopstock-Haus passiert. Ach ja, Klopstock, war da nicht was mit Messias? Schwere Kost! Doch lieber erstmal Pause mit Käffchen. Zu verstehen ist das alles nicht. Dabei ist doch durchaus vorstellbar, dass der eine oder andere in so ein mittelalterliches Haus gerne mal schauen würde. Das wäre hier bestens von der Diele bis zum Boden möglich. Beeindruckend, das Ganze. So geht man von Zimmer zu Zimmer, bewundert die Anordnung der Räumlichkeiten, Türen und Fenster, die für ein gutes Raumklima im Sommer sowie Winter sorgen. Dielen, die kaum knarren, Balken – was waren das für Bäume? – die alles zusammenhalten. Sie werden weitere Jahrhunderte Schaden für den Benutzer vom Bauwerk fernhalten.

Wir langweilen uns jedenfalls nicht. Versehen mit einer Studienausgabe des „Messias" und entsprechender Literatur zu Frau Doktor verlassen wir einige Zeit später dieses prächtige Haus. Ja, lieber Gast dieser Stadt, das sind die Perlen, die wie in einer Auster im Verborgenen liegen.

Nach diesem anspruchsvollen, ereignisreichen Tag geht es nun um die kognitive Verarbeitung sowie die Regenerierung für den nächsten Tag.

Der lässt sich erst einmal vom Wetter und unseren erholsamen Stunden gar nicht so schlecht an, allerdings entfaltet sich das Wetter nach und nach eher argwöhnisch, sodass wir gegen Mittag zurück ins Hotel müssen, um uns wärmer anzukleiden. Später ist sogar der Kauf eines Regenschirmes angesagt.

Aber allen Unbilden zum Trotz ist der Tag von weiteren Sehenswürdigkeiten der Geschichte geprägt.

So u. a. von dem Museum der Klosterkirche St. Marien auf dem Münzenberg, der Kirche St. Blasii, die ein beeindruckender sakraler Ort ist.

Sie strahlt durch ihr schlichtes Kastengestühl sowie die hölzernen Emporen eine Atmosphäre der Geborgenheit, des Wohlfühlens aus.

Zur Seelsorge dient heute dieses ehrwürdige Haus nicht mehr. Jedoch hinterlässt der sakrale Bau weiterhin ein ähnliches Gefühl, wenn Kultur und Kunst den Raum erfüllen. Nicht nur Bach, Mozart oder Schubert, sondern auch Musik der jüngeren Generation sorgen für Momente der Einkehr, Ruhe und Geborgenheit. Ihren

Charme hat die Kirche St. Blasii nicht verloren. Vielleicht liegt es auch daran, dass St. Blasii einer der 14 Nothelfer war und Schutzpatron von 15 Berufen.

Geplant ist noch ein Museumsbesuch bei Lyonel Feininger. Wer lächelt uns aber entgegen, als wir vor der Tür stehen, der Umbaurabe. Geschlossen!

Das hinterlässt für einen Weitgereisten die Krönung des Staunens. Drei außergewöhnliche Sehenswürdigkeiten nicht betreten und besichtigen zu können – das Rathaus, das städtische Museum sowie das Museum Feininger.

Was nun? Bimmelbahn? Wir nutzen sie zum Abschluss unseres Besuches, lassen uns in einer Stunde kreuz und quer durch die Stadt schaukeln, mit Live-Erklärungen. Vertiefen und erleben das Gesehene noch einmal aus einer anderen Sicht. Das war ein guter Abschluss.

Noch mal hierhin, dorthin geschaut, dem Kopfsteinpflaster Adieu gesagt. Träumerisch verlassen wir die traditionsreiche, immer vorhandene, bewohnte Kulisse der Adventsstadt.

Das war's dann. Geistig angeregt, körperlich erschlafft schließen wir unsere kleine Reise ab.

Kofferpacken und am nächsten Tag nach Hause. Freitag vor Pfingsten! Wir lassen uns überraschen.

Wir verabschieden uns aus Quedlinburg so, dass wir gegen Mittag zu Hause sein können. Andere denken auch so. Alles strömt nach Hause. Nicht nur innerhalb Deutschlands, sondern auch in und aus unseren Nachbarländern. Es wird Kaffeezeit. Nun wird der eine oder andere sagen, muss es denn dieser Tag sein? Naja, es passt eben nicht immer alles zueinander. Aber Stau ohne Ende und Schrittgeschwindigkeit durch Baustellen sorgen für Bedrängnisse aller großen und kleinen Autos, wenn von teilweise vier Spuren drei die Brummis benötigen und eine für die Pkw übrig bleibt. Wir kommen uns immer vor wie Gulliver im Land der Riesen. Hinzu kommt ein stark böiger Wind, der den einen oder anderen Großen schön schaukeln lässt, wie eine Hollywoodschaukel auf Sylt. Wir würden lügen, wenn uns dabei öfter der Gedanke nicht loslässt, ob hoffentlich alles gut gehen wird. So fahren wir mal schneller, mal langsamer nach Hause. Was soll die Zeit? Ende gut, alles gut.

Oder sollen wir zukünftig doch andere Verkehrsmittel benutzen? Fazit: zig km mit dem Auto unterwegs, 40 km zu Fuß. Andererseits, einiges kann man mit anderen Verkehrsmitteln nicht erreichen.

Der nachträgliche Blick auf den Kalender ruft uns in Erinnerung, dass wir mit den Eisheiligen unterwegs waren.

Servatius, Pancratius und Bonifatius waren uns sehr wohlgesonnen.

Nur die kalte Sophie konnte es nicht lassen und schickte uns noch einen kleinen Gruß hinterher.

Eine alte Weisheit bestätigte sich wieder einmal. Gesehen ist besser als hundertmal erzählt.

BIOGRAFIE

Er hat eine Reihe Erzählungen mit Erfolg veröffentlicht. Er ist verheiratet und lebt in Berlin.

Lacur Jacob

Das Martyrium der heiligen Katharina

Kennst du Jan Provost, ich glaube 15. Jahrhundert? ein flämischer Maler, durchbrach Johann das Schweigen. Marianne saß neben ihm im Auto und schaute aus dem Seitenfenster auf die dunkler werdenden Wiesen und Felder. Ein seltsam bläuliches Licht schwebte über der weiten Ebene und ließ die schlanken Baumreihen wie auf japanisches Seidenpapier gemalt erscheinen. Zur linken Seite verglühte Antwerpen mit dem Turm der Kathedrale Onze Lieve-Vrouwe im Abendlicht. Dunkelgrau färbte sich die Autobahn und rollte wie ein schnelles Fließband unter den Autorädern hindurch. Johann fuhr nicht schnell, zwischen 100 und 120 Stundenkilometer, aber er hatte das Gefühl, als rase die Landschaft mitten durch seine Augen hindurch. Die beiden Töchter Carolin (10) und Lena (8) spielten auf dem Rücksitz vergnügt mit ihren Puppen. Vielleicht werden sie bald einschlafen. Ihre Schlafsäcke und Kissen hatten wir auf dem Rücksitz provisorisch zu Betten hergerichtet und mit Gurten befestigt. Johann warf hin und wieder einen schnellen Blick auf sie durch den Rückspiegel. Nein, ich kenne diesen Maler nicht, ließ sich nach einer Weile Marianne vernehmen. Was ist mit ihm? Sie blickte Johann zärtlich an und legte ihren Arm um seine Schulter. Fahr bitte vorsichtig, sagte sie. Wenn du nicht mehr kannst, machen wir in Groningen eine Kaffeepause, einverstanden? Johann meinte, bis Bremen schaffe er es, er fühle sich noch ganz munter, trotz des anstrengenden Tages heute. Erinnerst du dich, wandte sich Johann an Marianne, als wir heute im Museum DE SCHONEN KUNSTE von Antwerpen waren und die Kohlezeichnung „Satan und die phantastischen Legionen peinigen den Gekreuzigten" von James Ensor anschauten, ging ich die Treppe hinauf in einen der oberen Säle. In einem von ihnen hingen mittelalterliche Gemälde flämischer Meister. Es waren nur wenige

Besucher da. Aber die Luft war zum Ersticken. Die Jalousien waren heruntergelassen und die Sonne prallte gegen die hohen Fenster. Ich bewegte mich wie ein Traumwandler an den Gemälden entlang. An den Wänden hingen überall Heiligenbilder, Szenen von Märtyrern, erstochen, gepfählt, geröstet, ertränkt, gesteinigt, geköpft, rollende Häupter, bluttriefende nackte Leiber, gekrümmte Glieder, sterbende Augen, verzerrte Münder. Es roch nach Blut und Verwesung. Mir wurde ganz übel angesichts dieser Hinrichtungsexzesse. Und ich fragte mich: Wozu die Zurschaustellung dieser Gräuel? Schlimmer als die Bilder von Kriegen und Kriegsverbrechen, die wir im Fernsehen sehen. Wozu gaben Kirchen, Klöster, Bischöfe oder Päpste Künstlern solche Gemälde in Auftrag? Weil die Kirche ein Interesse daran hat, die schrecklichen Ereignisse in ihrer Geschichte bildhaft für die Gläubigen zu dokumentieren, antwortete Marianne. Es sind Glaubenszeugnisse, wie alle Erzählungen der Bibel. Den gekreuzigten Christus findest du ja auch in allen Kirchen und Klöstern. Er ist das Sinnbild und der Inhalt des christlichen Glaubens. Denkst du denn wirklich, entgegnete Johann, dass all diese Glaubenssymbole irgendeinen Einfluss auf uns ausüben, außer ein ästhetisches Empfinden? Wir bewundern die Kunst der Künstler, aber die Geschichten, die sie uns in ihren Bildern darstellen, interessieren uns doch in Wirklichkeit kaum. Ich meine, mit dem Glauben haben sie wenig zu tun, wahrscheinlich nicht einmal für die Künstler selbst, die durch ihre Werke zu Reichtum gelangten. Und ironisch fügte Johann hinzu, genauso wie die Kirchen und Klöster durch die seelische Ausbeutung ihrer Gläubigen reich wurden: „Wenn das Geld im Säckel klingt, die Seele aus dem Fegfeuer springt". Und außerdem, wie du weißt, habe ich ein Problem bei der Vorstellung, dass Jesus, Gottes Sohn, für unsere Sünden gestorben sein soll. Johann machte eine Pause und schaute Marianne flüchtig an, ob sie ihm antworten wollte, aber sie hatte sich zurückgelehnt und hielt ihre Augen, wie es schien, geschlossen. Hörst du mir überhaupt zu, fragte Johann enttäuscht. Sie wandte sich ihm zu und sagte: Natürlich höre ich dir zu. Ich kann dich doch bei einem so brisanten Thema nicht allein lassen. Verstehst du das, setzte Johann seinen Gedanken fort, dass Gottes Sohn für unsere Sünden sterben musste? Was verstehen wir denn unter Sünde? Nach katholischer Lehre sind es moralische Verfehlungen, die schlimmsten nennen sie „Todsünden" wie: Wollust, Geiz, Hochmut, Neid, Faulheit und andere. Dafür soll Jesus gestorben sein? Johann lachte bitter auf, das halte ich für reinen Unsinn! Du vergisst, dass die Hauptsünde die Leugnung Gottes ist: „Ihr sollt keine anderen Götter haben neben mir", entgegnete Marianne ruhig. Und was oder wer diese Götter in unserer kapitalistischen Gesellschaft heute sind, brauche ich dir nicht zu erklären. Bei diesen Göttern gibt es keinen Unterschied zwischen Christen und Nichtchristen! Da sind wir uns, denke ich, doch einig. Aber, lenkte Marianne ein, ich bin der Meinung, wir sollten uns jetzt auf der Fahrt nicht weiter über dieses Thema unterhalten. Es ist ein zu großes und schwieriges Thema, findest du nicht auch? Mich interessiert vielmehr, was du mir von deiner Begegnung im Museum erzählen wolltest.

Die beiden Töchter waren auf dem Rücksitz des Autos inzwischen eingeschlafen und Marianne fragte Johann, ob sie nicht in Groningen eine kleine Pause machen sollten, bevor sie an die holländisch-deutsche Grenze kommen. Aber Johann, der sich durch das Gespräch mit Marianne eher angeregt als müde fühlte, sagte, lass uns weiterfahren, bis Bremen schaffe ich es, wenn wir weiter miteinander reden – und du dabei nicht einschläfst. Marianne machte es sich auf ihrem Sitz bequem und verschränkte ihre Arme hinter ihren Kopf. Dann sagte sie aufmunternd zu Johann: Erzähle, ich bin gespannt auf deine Geschichte. Eigentlich wollte ich den Raum mit all den schrecklichen Hinrichtungs- und Folterszenen schnell wieder verlassen und zu euch zurückkehren, sagte Johann. Da sah ich ein Gemälde, das mich förmlich zu sich heranzog. Ich näherte mich einer schönen Frau in einem dunkelgrünen Samtkleid, die auf der Erde kniete und hinter ihr schwang ein bunt gekleideter Landsknecht das Schwert über ihrem Haupte. Darunter stand auf dem Bildrahmen: „De Marteling van Hl. Catharina". Der Name des Künstlers war mir unbekannt: Jan Provost, 15. Jahrhundert. Bürger in mittelalterlicher Tracht spazierten aus den Toren der Stadt zu der Hinrichtungsstätte. Sie wollten dabei sein, den Tod der schönen Heiligen aus nächster Nähe miterleben. Die vornehmeren Leute ritten auf prächtig geschmückten Pferden, andere wiederum standen in kleinen Gruppen beisammen und unterhielten sich gestenreich. Deutlich abgehoben vom gemeinen Volk die Oberschicht: Richter, Ratsherren, Priester, Edelleute, Fürsten. Sie alle in prachtvoller Festtagskleidung. Nicht alle Tage gab es solch ein Schauspiel zu sehen. Der Maler hatte sie alle dekorativ in Szene gesetzt. Nichts in dem Gemälde war grausam, schrecklich, abstoßend. Es war eine ästhetisch schön gemalte Hinrichtung. Hattest du den Eindruck, dem Künstler ging es mehr um die ästhetische Darstellung seiner Kunst, als um das Geschehen, das er malte? fragte Marianne. Darauf kann ich dir keine Antwort geben, antwortete Johann. Aber es gab da etwas in dem Gemälde, was mich irritierte und ich wusste nicht, was es war. Irgendetwas stimmte nicht. Ich schaute mir die einzelnen Figuren nochmals genau an, konnte aber nichts Ungewöhnliches entdecken – und doch war es da. Dieses Unsichtbare in dem Bild beunruhigte mich und begann langsam meine Sinne zu verwirren. Ich drehte dem Gemälde meinen Rücken zu und sah den beleibten Museumswächter auf seinem Stuhl eingenickt, seinen dicken Kopf auf der Brust hängen, die Beine auseinandergegrätscht. Die Hitze im Raum war unerträglich. Ich bewegte mich von dem Gemälde weg, verdrossen, weil etwas ungelöst geblieben war. Da hatte ich plötzlich den Eindruck, als beobachte mich jemand im Rücken aus dem Hinterhalt. Jemand schien mich zu verfolgen. Ich spürte den Blick ganz körperlich unterhalb meines Nackens. Aber es waren keine Besucher anwesend. Ich war mit dem schlafenden Wärter allein. Der unsichtbare Blick bohrte sich durch mein Rückenmark bis an die Wurzel meines Gehirns hoch und mechanisch griff ich an meinen Hinterkopf. Meine Hände schwitzten und Schweiß lief mir über die Stirn. Jetzt bist du wirklich verrückt, sagte ich mir. Woher kam dieser Blick? Ich drehte mich um. Das Gemälde hing an derselben Stelle an der Wand und die schöne Heilige kniete wie zuvor auf der Erde, ihr schönes Haupt geneigt unter dem schwingenden Schwert über ihr. Ich ging einige Schritte zurück. Der Wärter räkelte sich schläfrig auf dem Stuhl. Mein Blick richtete sich aus schräger Perspektive auf das Bild und ich bildete mir ein, der Blick, der mich verfolgte, müsse aus dem Bild kommen. Ich konnte nichts entdecken. Mir wurde schwindelig. Aber der Blick, der mich verfolgte, kam von dort an der Wand, das spürte ich. Komm zu Vernunft, flüsterte ich mir zu. Es ist reine Einbildung. Es ist die Hitze und die schlechte Luft. Geh einfach weg von hier, raus in die frische Luft, such die Kinder und Marianne. Ich atmete erleichtert auf, wie nach einer Genesung. Aber dann geschah das Schreckliche: Ich konnte mich kaum fortbewegen. Das Parkett unter meinen Füßen schien zu schwanken, ein unmerkliches Beben erfasste den ganzen Raum. Ich hielt inne und suchte einen festen Halt an der gegenüberliegenden Wand, schloss die Augen, versuchte zur Besinnung zu kommen, das Bild zu vergessen. Du träumst, es ist ein Albtraum, den du als Tagtraum träumst und begann mich langsam zu beruhigen. Dachte an euch. Tränen liefen mir über das Gesicht. Ist es wie der Augenblick, bevor man stirbt? schoss es mir durch den Kopf. Ich öffnete meine Augen und blickte direkt auf das gegenüber hängende Gemälde De Marteling van Hl. Catharina. Da geschah es: Auge in Auge erfasste mich der Blick des Schimmels am Rand des Bildes, das mich beobachtete, wild, wütend, dämonisch, grausam, unheimlich – im Augenblick der Hinrichtung der Heiligen. Mir wurde bewusst, dass es das Auge des Künstlers Jan Provost aus dem 15. Jahrhundert sein musste, das mich aus dem Auge des Schimmels beobachtet hatte, der ich zufällig hier vorbeigekommen war und sein Werk betrachtete. In seinem kunstvoll schön gemalten Bild der Hinrichtung der Heiligen hatte sich das Schreckliche des Verbrechens im Auge des Schimmels widergespiegelt.

Eine Weile herrschte Schweigen nach Johanns Erzählung. Nur das gleichmäßige Motorengeräusch des Autos bei der Fahrt war hörbar. Dann sagte Marianne und blickte Johann an: Weißt du, während deiner Erzählung bekam ich richtig Angst, du könntest vor diesem Gemälde des Jan Provost wirklich verrückt geworden sein. Ich konnte mir einfach nicht vorstellen, dass ein Gemälde eine solche Macht, ja Gewalt über dich gewinnt. Das konnte ich mir einfach nicht erklären. Johann sagte ruhig: Aber so war es gewesen.

BIOGRAFIE

Jacob Lacur, geboren 1934 als Sohn eines Pfarrers in Coburg. Studium der ev. Theologie, Philosophie, Literaturwissenschaft, Industriesoziologie. Wissenschaftliche Tätigkeit an der Uni Bremen und Oldenburg. Mitglied des VDS Bremen/Niedersachsen. Dramaturg im Tanztheater von Hannele Järvinen.

Lutz Christoph

Verzweiflung

Ich erwachte. Etwas hatte mich aus meinem Schlaf gerissen. Es war eine Stimme voller Verzweiflung. Sie sagte: „Bitte! Gott oder Teufel oder wer auch immer gerade zuhört und die Macht hat, mir zu helfen, bitte! Lass mich Philipp sein. Er ist so cool und so beliebt und ich ... ich ertrage ihn einfach nicht mehr. Bitte!"

Interessant, dachte ich mir. Ich bin zwar weder Gott noch Teufel, aber es machte mich neugierig. Wenn er jetzt Philipp nicht mehr ertragen konnte, würde er als Philipp sich dann nicht auch nicht ertragen können? Wie das wohl enden würde?

Erst einmal wollte ich in Erfahrung bringen, was da überhaupt los war. Ah! Es war das gute alte Spiel des Peinigens und Gepeinigtwerdens. Interessant! Er hasste seinen Peiniger, aber fand ihn doch so cool, dass er er sein wollte. Und weil er gepeinigt wurde, hasste er sich selbst. Würde es ihm als sein Peiniger dann besser gehen?

Ich dachte mir, das sei ein Eingreifen wert. Um drei Uhr in der Nacht erschien ich bei dem gepeinigten Jungen. Den Krähen gefiel das gar nicht. Sie wurden lauter und lauter. Auch interessant: Ich hörte sie ganz deutlich, aber sehen konnte ich keine einzige.

Ich gebot ihnen zu schweigen, denn der Junge sollte nicht aufwachen. Als sie endlich verschwunden waren – gern geschehen! – trat ich in seinen Geist ein. Ich wurde nicht enttäuscht. Was Menschen anderen Menschen antun können, ist immer höchst interessant. Dieser Junge wurde seit Jahren Tag für Tag verbal fertiggemacht und litt sehr darunter.

Ich dachte mir, wie interessant es sei, dass er sich deswegen für schwach hielt, obwohl er doch jeden Tag aufs Neue so tapfer kämpfte. Aber dieser Philipp, sein Peiniger – ein wirklich charismatischer und gutaussehender Bursche – war auch wirklich überzeugend. Er hatte die ganze Klasse dazu gebracht, sich auf den Jungen einzuschießen. Fast alle Witze, die gemacht wurden, gingen auf seine Kosten. Selbst viele Lehrer lachten mit, weil sie den Ernst der Lage ignorierten.

Jetzt war ich richtig neugierig! Ich überlegte, wie ich es anstellen würde. Ich konnte die Erinnerungen aller verändern und sie so glauben machen, der gepeinigte Junge wäre an Philipps Stelle und umgekehrt. Aber das erschien mir zu viel Aufwand.

Ich entschloss mich zu einer gegenseitigen Bewusstseinsübertragung. Viele verwechseln Seele und Bewusstsein und sind dann überrascht, was dabei rauskommt. Normalerweise würde man tatsächlich Seele und Bewusstsein zusammen tauschen, aber ich war neugierig darauf, was passieren würde, wenn ich die Seelen in ihren Körpern lassen würde.

Ich trat also gleichzeitig an Philipp heran – ja, ich kann an zwei Orten zugleich sein! – und begann mein Werk. Philipps Bewusstsein in des gepeinigten Jungen Körper – der gepeinigte Junge hieß übrigens Al – brachte diesen nicht zum Erwachen. Philipps Körper jedoch schlug kurz die Augen auf, aber ein Hauch von mir genügte, um ihn weiterschlafen zu lassen.

Beide träumten von da an sehr unruhig. Ihr jeweiliges Bewusstsein musste sich an die neue Seele gewöhnen und natürlich an den neuen Körper anpassen, mit dem ungewohnten Nervensystem und all den fremden Erinnerungen. Das Nervensystem macht bei so etwas immer Probleme. Ich kannte das schon. Ich musste also meine Hand darauf halten, damit ihre Bewusstseine nicht verloren gehen würden. Gemüse ist langweilig.

Als alles fertig war, klingelte auch schon Philipps Wecker. Und weil ich neugierig darauf war, was passieren würde und wie er sich fühlen würde, trat ich in seinen Körper ein, um alles näher als hautnah miterleben zu können.

‚Wieso klingt mein Wecker so anders? Woher weiß ich aber dann, dass es mein Wecker ist? Was riecht hier so? Ich? Bin das ich? Wieso rieche ich so?' Er packte sich mit der linken Hand ins Gesicht. ‚Fühlt sich komisch an!' Er rieb sich mit beiden Händen den Schlaf aus den Augen.

‚Das sind doch nicht meine Hände! Träume ich? Wer, ich? Wer bin ich? Das ist doch nicht mein Zimmer!' Dann wirkte etwas auf ihn ein. ‚Wie dumm von mir, natürlich ist das mein Zimmer! Ich bin doch Philipp. Aber wieso denke ich, dass ich Philipp bin? Ich bin es doch einfach. Nein ... ich war ein anderer. Ich war Al.' Er wurde langsam etwas wacher. ‚Er, ich meine, ich wurde erhört! Danke!!!' Dann besah er sich seinen Körper.

‚Er, ich bin ja gar nicht so schlank. Ich dachte, er, ich hätte einen Waschbrettbauch. Aber die Oberarme sehen stark aus. Und aus der Nähe sind meine Unterarme ja gar nicht so haarig. Meine Unterarme! Danke! Hm, er, ich habe Haare auf den Fingern. Nicht nur auf den ersten Fingergliedern, sondern auch auf den zweiten.

Die Nägel sehen aus der Nähe aber schlimm aus. Ah, ich wollte schon lange damit aufhören, an den Nägeln zu kauen. Aber die Haare auf den Fingern ... Sagt man nicht, das käme von einer bestimmten Handlung?' Sein Blick wanderte tiefer und tiefer. ‚Guten Morgen, Latte! Wow, verstecken muss er, ich mich mit dem Teil nicht. Oh, ich bin beschnitten! Wie das jetzt wohl funktioniert?'

Er begann sich zu berühren, wie er es als Al gewohnt gewesen war. Er musste anders greifen, denn obwohl er jetzt etwas größere Hände hatte, war sein Glied viel dicker. ‚Es fühlt sich weniger intensiv an. Und es dauert länger. Und die Stoppeln da unten piksen. Aber mich da zu rasieren ist männlich!' Er freute sich. ‚Ich bin männlich, ich bin Philipp!'

‚Wann komme ich endlich?' Er schloss die Augen und konzentrierte sich auf Daniela. ‚Ich liebe sie, ich küsse, ich berühre sie ...' Er hörte nicht die Schritte, die sich seiner Zimmertür näherten. Sie wurde ohne Vorwarnung aufgestoßen und Ingo, Philipps großer Bruder, erwischte ihn auf frischer Tat. „Du ekliges Schwein!", rief er und lief in die Küche. Die Tür hatte er offen stehen lassen und Philipp hörte unbefriedigt auf.

Er zog sich an – die Klamotten fand er wie automatisch – und schlurfte nun ebenfalls in die Küche. Ingo und eine Frau – die Mutter, natürlich! – saßen am Küchentisch und frühstückten. Ingo grinste breit und warf ihm einen verächtlichen Blick zu. Die Mutter sah aus, als könne sie sich nicht entscheiden, ob sie peinlich berührt war oder ob ihr ebenfalls nach Lachen zumute war.

Philipp kannte das schon, Ingo hatte ihn also verraten. Wenn er sich doch nur einmal würde revanchieren können für dessen Gemeinheiten! „Ingo, gehst du bitte kurz?", fragte die Mutter. „Bin noch nicht fertig." Sie erwiderte nichts darauf. Stattdessen redete sie mit Philipp: „Ich habe dir schon oft gesagt, dass es zwar okay ist, so etwas zu tun, aber dass man es nicht an öffentlich zugänglichen Orten macht." „Wieso denn öffentlich zugänglich?! Er ist einfach reingekommen, ohne anzuklopfen!" „Hast du immer noch nicht gelernt, dass man Türen auch ohne vorher zu klopfen öffnen kann?" „Abschließen kann ich sie ja nicht ohne den Schlüssel!", blaffte Philipp zurück.

„Nicht in diesem Ton! Außerdem haben wir in diesem Haus keine Geheimnisse voreinander und daher muss auch niemand seine Tür abschließen." „Ingo kann seine Tür aber zusperren!" „Schrei nicht und lüg nicht. Nimm dir an ihm lieber ein Beispiel."

Das war zu viel. Philipp sprang auf und ging auf Ingo los. Der war aber stärker und geschickter und brachte Philipp zu Boden und setzte sich auf seinen Rücken. Dann drehte er ihm den Arm auf den Rücken. „Und, tut es weh?" ‚Ja, höllisch!' „War es das wert?", fragte er noch gemein. Die Mutter sagte: „Das war mal wieder so dumm von dir. Du weißt doch ganz genau, dass Ingo stärker ist als du. Und jetzt hört auf mit dem Quatsch und geht in die Schule. Schreibst du nicht heute eine Englischarbeit?"

Ingo ließ von Philipp ab und Philipp stand wieder auf. Sie zogen sich die Jacken an und die Rucksäcke über und machten sich auf den Weg. Philipps Gesicht war knallrot.

Als er sich – also seinen alten Körper – in der Schule traf, ging der sofort auf ihn zu. Er hatte sich noch nie mit anderen Augen gesehen. Und bevor Philipp klar wurde, was er da tat, hatte er Al schon einen Spruch reingewürgt. Alle lachten Al aus und Philipp fühlte sich cool.

Al war wie geschockt und Philipp wusste – aus eigener Erfahrung in Als Körper –, dass er kurz davor war, loszuheulen. Das wäre ein Spaß für alle! Nicht für alle, für einen nicht, sagte eine leise Stimme in ihm, aber er ignorierte sie.

„Schaut nur! Das kleine Mädchen heult gleich los. Haltet euch schnell die Ohren zu, sonst werdet ihr taub." Und tatsächlich kullerte eine einzelne Träne Als Wange herunter. Aber Philipps Bewusstsein steckte in Als Körper und deshalb griff er an. Doch Philipps Körper war stärker und schwerer und so schubste er Al und der fiel – peinlicher ging es gar nicht – unsanft auf den Hintern. Jetzt brüllte die ganze Klasse vor Lachen.

Philipp wollte ihm die Hand reichen, um Al aufzuhelfen. Doch als Al sie gerade genommen hatte, ließ Philipp instinktiv los und Al fiel wieder hin. Wieder lachten alle. Al rappelte sich auf und versuchte einen weiteren Angriff, als der Lehrer in die Klasse kam.

„Alfred, nach der Arbeit gehst du zum Rektor. Ich dulde keine tätlichen Angriffe." Al versuchte sich zu erklären, aber der Lehrer unterbrach ihn: „Wenn du jetzt weiter diskutieren möchtest, gerne. Aber das ziehe ich euch allen von der Zeit für die Arbeit ab. Alle wissen dann, bei wem sie sich bedanken können."

Philipp freute sich sehr über Als Demütigung. Die Englischarbeit begann und er war wohlgemut – Englisch konnte er ganz gut –, bis er die erste Aufgabe las. ‚Wieso verstehe ich die Frage nicht? Aber wieso sollte ich? Englisch ist ätzend! Ist es? Ja, nur Gelaber! Wie Deutsch. Ach, es geht um dieses zweite Kapitel ...'

Er versuchte sich zu erinnern. Vor Kurzem hatten sie als Hausaufgabe aufgehabt, es zu lesen und zusammenzufassen. Philipp hatte sie nicht gemacht und war straflos davongekommen. Dann hatten sie es intensiv besprochen. Natürlich würde es in der Arbeit drankommen! Deshalb habe ich es doch gestern erst nochmal gelesen ... ‚Shit! Al hatte es gestern nochmal gelesen.' Philipp hatte Ingo gestern beim Zocken zugesehen und gehofft, auch mal spielen zu dürfen.

„Wen interessiert schon Englisch? Sie sollten uns Chinesisch beibringen. Da liegt die Zukunft!", verkündete er nach der Englischarbeit voller Coolness in der Clique der Coolen. Seine Mutter würde ihm zwar etwas anderes erzählen und ihm wieder mit Nachhilfe drohen. Aber Nachhilfe war ja etwas für Luschen, so wie Al. ‚So wie Al? Denke ich das wirklich? Naja, er ist ja auch eine Lusche.'

Bedachter Al kam gerade vom Rektor zurück. Ein gefundenes Fressen! „Na, Al? Hast du dich beim Direx ausgeheult?" „Hab 'nen Verweis gekriegt", sagte er und versuchte, cool zu klingen. „Haha, du Trottel! Typisch Aluminidumm." Alle, die in Hörweite waren, lachten.

Man sah deutlich, wie Al wieder mit den Tränen kämpfte. Mit belegter Stimme fragte er: „Wieso zerstörst du mein Leben? Wieso zerstörst du dein Leben?" Philipp zögerte einen Moment lang, denn das war sowohl für Als Bewusstsein als auch für Philipps Körper eine sehr gute Frage.

‚Ich darf jetzt keine Schwäche zeigen! Ich bin Philipp und ich bin hier der King.‘ „Der Typ ist ja sowas von bekloppt!“ und wieder lachten alle. Merkwürdig, über was Menschen so lachen, wenn es von der richtigen Person kommt.

Al verzog sich, bevor er wieder anfing zu weinen, aber Philipp gab ihm noch einen mit auf den Weg: „Du kannst ruhig hier heulen. Es weiß eh jeder, was für ein Mädchen du bist. Und in der Ecke wird es bald so feucht, dass es schimmelt.“ Ein Brüller!

Die Tage vergingen. Philipps Englischarbeit war gerade so noch eine glatte Vier geworden, weshalb er seine Mutter gerade so noch einmal davon abhalten konnte, ihm Nachhilfestunden aufzudrücken. Die Quälereien seines Bruders ertrug er mehr oder weniger stoisch und sie gaben ihm die Inspiration, Al zu quälen.

Er gewöhnte sich mehr und mehr an sein Leben als Philipp. Er genoss die schönen Erinnerungen, die sich ihm eröffneten, und kam zu dem Schluss, dass er ja ein viel besserer Philipp werden könne als der ursprüngliche. Eine Zeit lang lernte er sogar für Englisch und verblüffte den Lehrer.

Er lernte ebenfalls, Ingo so weit wie möglich aus dem Weg zu gehen. Trotzdem fielen ihm immer wieder neue und kreative verbale Erniedrigungen für Al ein. Er musste ja schließlich sein Publikum bei Laune halten.

Was ihn allerdings immer wieder aufs Neue verwirrte, war Philipps Körper. Er fand sich selbst sexy und suchte sich so oft wie möglich ein geschütztes Plätzchen, um sich auf sich selbst einen runterzuholen. Beim ersten Mal – also beim zweiten Versuch – dauerte es gefühlt ewig. Und als er dann kam, war er schockiert, wie viel da aus ihm rauskam. Er musste sich in aller Heimlichkeit in sein Zimmer schleichen und nicht nur die Unterhose, sondern auch die Hose wechseln.

Aber er dachte auch voller Erregung an Daniela. Wenn er mit ihr sprach, kam er sich gar nicht mehr cool und witzig vor und wenn sie über etwas lachte, was er gesagt hatte, fragte er sich oft genug, ob sie es witzig gefunden hatte und deshalb lachte, oder ob er etwas Dummes gesagt hatte und sie ihn auslachte. Nur wenn er Witze über Al machte – bevorzugt in dessen Beisein und vor so vielen Leuten wie möglich – war er sich sicher, dass sie über den Witz lachte. Trotz dieses Unbehagens wollte er so viel mit ihr reden, wie er konnte. Er wollte ihr nahe sein, sie küssen und sie berühren.

Mit der Zeit wurde er so sehr Philipp, dass er oft vergaß, dass er es einmal nicht gewesen war. Aber manchmal kam etwas Altes, verloren Geglaubtes in ihm hoch. ‚Merkt denn niemand, dass wir immer nur über Al lachen, selbst wenn er nicht da ist?‘ „Heult wahrscheinlich in seinem Zimmer rum und kommt die Treppe nicht runter, weil sie vor lauter Rotz und Wasser zu glitschig ist.“ Die Gruppe lachte – mal wieder, natürlich! – und Philipp auch. Aber in dem Moment dachte er: ‚Sei vorsichtig! Du darfst ja gar nicht wissen, dass er sein Zimmer im Obergeschoss hat.‘

Doch diese Momente wurden mit der Zeit immer seltener. Und die guten Leistungen in Englisch hielten nicht lange an, denn Philipps Körper – oder die Gewohnheiten, die dieser jahrelang aufgesogen hatte – siegten über Als Bewusstsein. Dafür lief es mit Daniela richtig gut. Sie besuchte ihn ein paar Male und dann lachten sie zusammen und alberten herum. Philipp war glücklich und Als Bewusstsein dachte: ‚Ich habe es doch gewusst! Mein Leben ist viel besser als Als.‘ Dann kam Daniela mit Ingo zusammen. Sie mochte Philipp ganz ehrlich und seit dem Tag der Englischarbeit mochte sie ihn sogar noch etwas lieber, aber sie liebte Ingo.

Für Philipp brach die ganze Welt zusammen. Er litt, mehr als jemals zuvor. Wobei ... mehr als jemals zuvor? Er erinnerte sich und betete: ‚Bitte! Gott oder Teufel oder wer auch immer gerade zuhört und die Macht hat, mir zu helfen, bitte! Lass mich Ingo sein.‘ Ich sagte dazu nichts. Ich verstand sein Problem nicht wirklich und jetzt sein Bewusstsein mit dem von Ingo zu tauschen, wäre ja langweilig gewesen. Es war interessant! Statt wegen meines Schweigens zu verzweifeln, wurde er zornig. Darunter zu leiden hatte Al.

Philipps Verhalten ihm gegenüber war bisher natürlich alles andere als okay gewesen – nach menschlichen Maßstäben. Aber jetzt wurde er richtig bösartig. Jetzt konnten die Lehrer sein Verhalten nicht mehr ignorieren und schließlich war er es, der zum Rektor geschickt wurde.

„Philipp, was ist los mit dir? Dein Verhalten ist nicht in Ordnung. Anstatt dich so auf Alfred zu konzentrieren, solltest du dich lieber um dich selbst kümmern und um deine Noten. Abgesehen von Englisch und Deutsch warst du doch überall ganz gut. Jetzt beklagen sich alle deine Lehrer über dich. Du meldest dich gar nicht mehr und wenn du doch einmal drangenommen wirst, sagst du etwas Gemeines über Alfred. Was ist das nur? Du bist nicht Alfred. Du bist Philipp! Zerstör doch nicht dein Leben.“

Die Ansprache des Rektors zeigte Wirkung. ‚Er hat Recht, ich schade mir nur selbst. Dabei sollte ich Philipp schaden. Er ist an allem schuld! Wäre er nicht gewesen, wäre ich jetzt nicht er. Ich werde es ihm heimzahlen. Mal sehen, wer dann lacht.‘

Philipp begann zu rauchen, wurde erwischt, bekam Ärger dafür und rauchte weiter. Eine Zigarette nach der anderen, wenn er konnte. Sein Rekord waren vier in einer Fünfminutenpause. Aber Rauchen war teuer, egal ob er selbst drehte oder fertige Zigaretten kaufte.

Außerdem verkauften ihm die meisten Läden weder Zigaretten noch Tabak und Papers. Filter benutzte er nicht. Er fing an zu stehlen. Er kam auf den Geschmack und stahl bald auch Bier. Darin war er sehr geschickt und obwohl er Philipp zerstören wollte, ließ er sich nicht erwischen, weil er schlicht und einfach Angst hatte, erwischt zu werden, und er genoss den Triumph, nicht erwischt worden zu sein.

Schließlich stahl er auch Schnaps und betrank sich nach der Schule. Als ihm das nicht mehr reichte, besorgte er sich einen Flachmann und trank auch in den Pausen während der Schule. Bald konnte er nicht mehr ohne und dachte in Richtung Philipps Bewusstsein: ‚Hastu davon!'

Er tat sich mit einer Clique älterer Jugendlicher zusammen. So kam er an Gras. Es war für ihn nur der nächste logische Schritt. Und wenn er Philipp zerstört hätte, würde er bestimmt wieder in seinen alten Al-Körper zurückkönnen und Philipp müsste die Scherben aufsammeln. Und er müsste es ertragen, seinen Bruder jeden Tag mit Daniela zusammenzusehen.

Mit fortschreitendem – wie nennt man es noch? – moralischen Verfall kümmerte er sich auch nicht länger um sein Aussehen. Er wusch sich nicht mehr, putzte sich nicht mehr die Zähne, rasierte sich nicht mehr und ging erst recht nicht zum Friseur. Anfangs schimpfte seine Mutter mit ihm, aber er rülpste ihr einfach ins Gesicht. Danach sprach sie zu ihm nur noch das Nötigste.

Es ging ihm schlechter und schlechter. Also betete er wieder voller Verzweiflung: ‚Bitte! Gott oder Teufel oder wer auch immer gerade zuhört und die Macht hat, mir zu helfen, bitte! Lass mich wieder Al sein.' Ich überlegte kurz, dann antwortete ich. ABER DU BIST DOCH AL, SO WIE DU AUCH PHILIPP BIST. ICH FINDE ES GANZ SPANNEND, DASS SICH DIESE GRENZEN NA-HEZU AUFGEHOBEN HABEN.

‚Bitte! Du musst mir irgendwie helfen. Du hast das bewirkt, du musst doch eine Möglichkeit kennen, dass ich wieder Al sein kann, der physische Al.' Interessant! Da war keinerlei Überraschung bei ihm, dass ich geantwortet hatte. Auch kein Interesse daran zu erfahren, wer ich war. So ein Egoist! ‚Bitte!‘, flehte er. Na dann also gerne. EINE MÖGLICHKEIT GÄBE ES WOHL, sagte ich zögerlich. WENN PHILIPPS KÖRPER STIRBT, WIRD DEIN BEWUSSTSEIN FREI UND ICH KANN ES UNABHÄNGIG IRGENDWELCHER GRENZEN WIEDER IN DEINEN ALTEN KÖRPER STECKEN.

Philipp zögerte keinen Moment lang. Er ging ins Bad, ließ warmes Wasser in die Badewanne ein und zog sich aus – ‚sollen sie ihn doch nackt finden!‘ Er nahm eine Flasche Korn, die er versteckt hatte, und exte so viel davon, dass er sich gerade so nicht übergeben musste. Dann nahm er die Schlaftabletten seiner Mutter und würgte alle, die da waren, mit einem großen Schluck Korn herunter. Schließlich nahm er eine Rasierklinge und öffnete sich die Unterarme, wie man es tut, wenn man es ernst meint.

Er wurde bewusstlos, kam kurz wieder zu sich, als er gefunden wurde, und entschlief wieder. Zuletzt hörte er jemanden reden: „Sie waren wirklich nicht miteinander befreundet? Aber sie haben sich beide zur selben Zeit die Pulsadern aufgeschnitten.“

Der jemand wurde unhöflich unterbrochen durch das Alarmsignal, das anzeigt, dass jemand einen Herzstillstand erleidet. „Keine Reanimation! Zeitpunkt des Todes: fünfzehn Uhr.“ Philipp drehte den Kopf nach links und sah, dass Als Körper tot neben ihm lag. Dann, mit einem verzweifelten Seufzer, hauchte er sein Leben aus.

Ich entschlüpfte ebenfalls, denn bald würde es kalt da drinnen werden. Sie hatten Als Körper nicht wiederbelebt, weil es eine Patientenverfügung gab. Welche Eltern unterschreiben denn so etwas für ihr Kind? Bei Philipp versuchten sie es noch, aber er hatte ganze Arbeit geleistet. Ihre Körper waren also tot, ihre Bewusstseine waren frei. Ihrer beider Seelen nahm ich an mich. Ich überlegte, was ich mit ihnen würde anstellen können. Darüber wollte ich erst einmal schlafen.

Meier Andreas

Das Wunder von Saas Fee – Wie wanderten die tonnenschweren Grabbo-Felsbrocken in die Drei-Seen-Landschaft?

von Andreas Meier[1], Universität Fribourg, Schweiz

Im vorliegenden Beitrag wird die letzteiszeitliche Vergletscherung der Drei-Seen-Landschaft (Murten-, Bieler- und Neuenburgersee) in der Schweiz thematisiert. Im Zentrum steht der Allalin-Gletscher im Wallis, dessen Gabbro-Fels auf der gesamten Erdkugel einmalig ist. Das grüne, graue und blaue Gestein kommt nur an der Südwestwand des Allalinhorns vor, dem Hausberg von Saas Fee mit 4'027 m über Meer. Eine zentrale Frage bleibt allerdings bis heute ungeklärt: Laut namhaften Glaziologen und den weltweit anerkannten Theorien für Gletscherbewegungen bleibt unklar, wie die tonnenschweren Findlinge vom Allalin-Gletscher in die Drei-Seen-Landschaft transportiert worden sind, immerhin auf einer Distanz von ca. 300 km. Die Meiersche Vermutung sagt: Die Meta-Gabbro-Felsbrocken fielen auf die Eisoberfläche des Allalingletschers und flossen langsam das Wallis hinunter. Beim Nadelöhr in Martigny stiessen sie auf die riesigen Eismassen des Mont-Blanc-Massivs, wurden dank unglaublicher Kräfte auf den nordwärts fliessenden Eiskörper gehievt und auf dessen Oberfläche weit in die Drei-Seen-Landschaft transportiert. Die meisten im Herzen des Drei-Seen-Landes angekommenen Felsbrocken sind kantig geblieben. Ein entsprechendes Poem in Deutsch und Französisch – aus Respekt der Zweisprachigkeit im Wallis – fasst diese Vermutung literarisch zusammen.

---

1 emeritierter Professor für Data Science und Computerkünstler;
   Kontakt: andreas.meier@unifr.ch

1. Der Allalin-Gletscher und sein Gestein

Der Hausberg von Saas-Fee im Wallis heisst Allalinhorn mit 4'027 m über Meer. Betrachtet man ihn aus dem Bergdorf, erscheint er als mächtige Pyramide aus Eis und Schnee. Sein Name ist ebenfalls mysteriös: Einige Namensforscher führen den Namen Allalin auf den arabischen Ausdruck ala'i ain – *an der Quelle* – zurück, andere begründen den Namen Allalin mit dem keltischen Wort akamos oder *Ahorn*. Viele Dorfbewohner haben eine einfache Erklärung und denken, der Hausberg heisse Allalin, da er einsam und *alleine* aus der Bergwelt rage.

Der Allalin-Gletscher liegt im Quellgebiet der Saas Vispa in den Walliser Alpen und nahe an der südlichen Landesgrenze der Schweiz zu Italien. Wegen der Gletscherschmelze ist er in den letzten fünfzig Jahren von seiner Länge von 6'500 Metern auf weit unter 6'000 Meter geschrumpft. Im fünfzehnten Jahrhundert reichte er gar bis ins Tal der Saaser Vispa hinunter und staute sich dort zu einem See.

Legendär und einmalig in den Alpen ist der Fels der Südwestwand des Allalinhorns: Das farbig auffallende Gestein aus Grün, Grau und Blau mit dem Namen *Allalin-Gabbro* (Abb. 1). Viele kleinere bis tonnenschwere Findlinge befinden sich in der Drei-Seen-Landschaft (kurz Seeland) in der Schweiz zwischen Murten-, Bieler- und Neuenburgersee.

Abb. 1: Findling aus Allalin-Gabbro-Gestein in der Nähe von Ins im Seeland am Rand der Gugger Grube (Foto Peter Thomet); siehe https://www.landschaftserbe-dsl.ch/; abgerufen am 25. September 2024)

Gabbro ist ein kompaktes und verwitterungsbeständiges Tiefengestein, das sich unter der Erdkruste im vulkanischen Bereich herauskristallisiert hat und sich aus großen und farbenintensiven Kristallen zusammensetzt (Schumann 2012). Zudem ist der Kontrast zwischen hellen und dunklen Mineralien auffallend. Gabbro-Gestein ist zwar weltweit verbreitet mit größeren Vorkommen in Südafrika, Grönland, im Odenwald oder im Harz wie auch im gesamten Alpenbogen, allerdings sind die Farben in Grün, Grau und Blau einmalig beim Allalin-Gabbro (Meyer 2024).

2. Die prähistorische Drei-Seen-Landschaft in der Schweiz

Vor ca. 100 Millionen Jahren bewegte sich der afrikanische Kontinent gegen Europa, wobei die Alpen langsam in die Höhe gedrückt wurden. Bisher flachliegende Gesteinsschichten wurden aufeinander geschoben, gefaltet und aufgestapelt. Gleichzeitig senkte sich das heutige Mittelland in der Schweiz zu einem tiefen Becken mit Verbindung zum Meer. Da sich dieses Becken langsam mit Sedimenten füllte und sich gleichzeitig weltweit der Meeresspiegel absenkte, verschwand das Meer im Raum der heutigen Schweiz wieder.

Die mehrmalige Ausdehnung der Alpengletscher teilweise bis ins Mittelland hat das Erosionsrelief ebenfalls neu gestaltet (siehe Abb. 2).

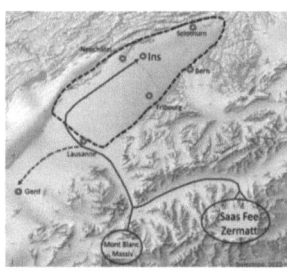

Abb. 2: Eisvorstoß vor 22'000 Jahren (blau) und Entstehung der Drei-Seen-Landschaften (violett), siehe https://www.swisstopo.admin.ch/; abgerufen am 25. September 2024.

In der jüngeren Erdgeschichte haben Flüsse die Landschaften stark geprägt und neue Lebensräume geschaffen. Vor sechstausend Jahren haben sich erste Siedler – die Pfahlbauer – im Seeland niedergelassen (Grünig/Felber 2013). Sie lebten an den Seeufern der Drei-Seen-Landschaft und begannen, Pflanzen und Tiere zu züchten. Für ihre wichtigsten Werkzeuge beschlugen sie die gefundenen Findlinge aus dem harten Gabbro-Gestein. Beispielsweise bauten sie Steinbeile damit, um Bäume zu fällen und Holz zu bearbeiten.

Im Jahr 2011 sind die Pfahlbausiedlungen des Alpenraumes in die Liste des UNESCO-Welterbes aufgenommen worden. Im Seeland fand man bis heute zweiundzwanzig archäologische Siedlungsplätze.

3. Die Meiersche Vermutung zum Transport der Findlinge

Am 17. Januar 2023 gab Christian Schlüchter, emeritierter Geologe der Universität Bern, einen Vortrag über die Entwicklung des Allalin-Gletschers, organisiert vom Verein Landschaftserbe Drei-Seen-Land[2]. In der darauffolgenden hitzigen Diskussion ging es um die Frage, wie die tonnenschweren Findlinge vom Wallis ins Seeland transportiert worden sind.

Glaziologen und Geologen haben dazu keine fundierten Forschungsbefunde, da die Distanz vom Allalin-Gletscher bis ins Drei-Seen-Land gegen 300 km beträgt. Entsprechende Modelle zur Bewegung tonnenschwerer Steinbrocken lassen keine Schlüsse zu. Ein Gletscher bewegt langsam und sanft größere Felsbrocken am Boden der Moräne, wo sie geschliffen und geformt werden. Kommt hinzu, dass das Tal der Rhone im Städtchen Martigny einen Knick

---

2 Verein Landschaftserbe Drei-Seen-Land;
    siehe https://www.landschaftserbe-dsl.ch/; abgerufen am 9. September 2024.

nach rechts macht. An dem Ort, wo u. a. Allalin- und Rhone-Gletscher auf die Gletscher des Mont-Blanc-Massivs stießen.

Die Meiersche Vermutung[3], die während der Diskussion aufgestellt wurde, lautet: Die großen Findlinge aus der Südwestwand des Allalinhorns wurden auf dem Rücken des Wallis-/Allalin-Gletschers ins Seeland getragen. Etwas genauer: Das Wallis hinunter blieben die Findlinge weitgehend im Eis des Wallis-/Allalin-Gletschers und wurden kaum auf der Moräne abgeschliffen, wie von den Glaziologen behauptet. Beim Nadelöhr in Martigny wurden sie aufgrund der unglaublichen Kräfte der zwei zusammenstoßenden Eiskörper (Wallis-/Allalin-Gletscher und Gletscher des Mont-Blanc-Massivs) auf die Oberfläche gehievt und fortwährend ins Drei-Seen-Land getragen.

Klar, die Meiersche Vermutung spricht wohl gegen alle Theorien und Modelle von Gletscherbewegungen und des Transports schwerer Findlinge. Allerdings ist im Fachbereich der Informatik die Chaostheorie (Argyris et al. 2017) bekannt, die eine Lösung unerwarteter Naturbeobachtungen und -berechnungen aufzeigen könnte. Unter Nutzung der Künstlichen Intelligenz, Neuronaler Netze und der unscharfen Logik (FMsquare 2024) könnte die nichtlineare Dynamik der Findlinge genauer analysiert und mittels verschiedener Szenarien dargestellt werden.

4. Eine poetische Version der historischen Entwicklung

Das Wallis ist zweisprachig, d. h. Deutsch im oberen Teil und Französisch im unteren Teil des Tals. Aus diesem Grund wird ein Poem je in Deutsch und Französisch in Abb. 3 gezeigt, welche das Geheimnis für den Transport der Gabbro-Findlinge ins Seeland auf poetische Art und Weise erklären.

---

3 E-Mail von Andreas Meier an Peter Thomet vom 18. Januar 2023 um 00:35.

MARTINACH'S ENGPASS	LE COL ÉTROIT DE MARTINACH
GRÜN UND GRAU UND BLAU	VERT ET GRIS ET BLEU
LÖST SICH DER ALLALIN GABBRO FELS	LE ROCHER D'ALLALIN GABBRO SE DÉTACHE
UND STÜRZT INS TAL	ET SE PRÉCIPITE DANS LA VALLÉE
KOPF UNTER KRIEGT ER SCHLIFF UND WÜRDE	LA TÊTE EN BAS IL SE TAILLE ET SE DRESSE
UND IM NADELÖHR IN MARTIGNY PASSIERTS	ET DANS LE CHAS DE L'AIGUILLE A MARTIGNY CELA SE PASSE
ER TÜRMT SICH AUF UND SCHIEBT	IL S'EMPILE ET POUSSE
SICH KOPF ÜBER ATEM RAUBEND	LA TÊTE EN HAUT LE SOUFFLE COUPÉ
AUF DEM EISKANAL INS SEELAND	SUR LE CANAL DE GLACE JUSQU'EN SEELAND
WO ER HEUTE LIEGT UND TRAUERT	OÙ IL SE REPOSE ET PLEURE
DENN WALLISER GESTEIN	CAR LA PIERRE VALAISANNE
BLEIBT ORTSVERBUNDEN	RESTE ATTACHÉE A SON LIEU

Abb. 3: Gedicht in Deutsch und Französisch zum Wunder von Saas Fee © Andreas Meier 2024

Der unerklärliche Transport tonnenschwerer Gabbro-Felsbrocken vom Allalinhorn bis ins Seeland wird als Wunder von Saas Fee bezeichnet. Das Gedicht mit dem Titel *MARTINACH'S ENGPASS* (Engpass von Martigny) in Deutsch und das französische Pendant LE COL ÉTROIT DE MARTINACH erklären in je elf Zeilen das Geheimnis der langen Wanderung unzähliger Gabbro-Findlinge vom Allalinhorn bis in die Drei-Seen-Landschaft.

Die beiden Gedichte bedienen sich der Meierschen Vermutung, wonach die Findlinge im ersten Teil der Reise *KOPF UNTER* (LA TÊTE EN BAS) vom Allalinhorn bis Martigny den notwendigen Schliff kriegen, sich im Nadelöhr aufbäumen und danach *KOPF ÜBER* (LA TÊTE EN HAUT) auf dem Rücken des Gletschers ins Seeland gelangen.

Beide Gedichte sind mithilfe generativer Methoden entwickelt worden, d. h. unter Zuhilfenahme des Computers und geeigneter Algorithmen (Natural Language Processing resp. Fuzzy Logic). Ein Übersichtsbeitrag über *Generative Lyrik – Gestaltungsoptionen mithilfe des Computers* mit entsprechenden Poems zu Buchstaben, Primzahlen oder Symbolen ist von Meier (2024) publiziert worden.

Gleich zu Beginn der Poems wird die Einmaligkeit des Gabbro-Fels mit den Farben GRÜN UND GRAU UND BLAU resp. VERT ET GRIS ET BLEU charakterisiert (vgl. Abb. 1). Und noch etwas: Am Schluss liegt der Findling in der Drei-Seen-Landschaft und TRAUERT (oder weint – PLEURE). Warum wohl? Hätte

es der Findling im milden Mittelland nicht gemütlicher und wäre
weniger harten Winden und Schneegestöber ausgesetzt? Nein: Ein
Walliser Gestein BLEIBT ORTSVERBUNDEN resp. RESTE
ATTACHÉE À SON LIEU.

5. Offene Frage und Ausblick

Natürlich bleibt es vorderhand unklar, ob die Meiersche Vermutung
von den Glaziologen oder Geologen nachgewiesen werden kann.
Doch eines bleibt klar: Der Poesie sind keine Grenzen gesetzt. Sie
kann leichte oder schwere Findlinge kopfunter oder kopfüber in
neue Gebiete versetzen. Vielleicht gelingt es ihr auch, die Wesens-
art der Walliserinnen und Walliser aufgrund der eindrücklichen
Berglandschaft zu verstehen und zu schätzen.

Auf der Homepage valais4you.ch (Das Wallis für dich) findet
man zur Lebensart der Walliser:innen den folgenden Eintrag: ‚Neben
dem urigen Dialekt, dem *Walliserdeutsch*, sind es die Bodenhaftig-
keit und Geselligkeit, Liebenswürdigkeit und Charakterstärke, die
das Walliser Volk ausmachen'. Mit anderen Worten trauert nicht
nur der Gabbro-Findling seiner verlorenen Berglandschaft nach,
sondern auch die Walliserinnen und Walliser, die das Tal aus unter-
schiedlichen Gründen verlassen und ihr Leben lang davon träumen,
wieder zurückzukehren zu ihren Wurzeln.

Danksagung

Ich bedanke mich bei Peter Thomet, Geschäftsführer des Vereins
Landschaftserbe Drei-Seen-Land, für seine unermüdliche Arbeit
für Exkursionen und Diskussionsabende betreffend der Findlinge
des Allalingletschers im Seeland. Zudem hat er seine eigenen An-
sichten zur Meierschen Vermutung eingebracht und kommentiert.

Meine Frau Lydia Meier-Bernasconi hat mit Geduld und kritischem Blick meinen Text gelesen und verbessert.

Literatur

Argyris, J., Faust, G., Haase, M., Friedrich, R.: Die Erforschung des Chaos – Dynamische Systeme. Springer, Heidelberg 2017.

FMsquare: Fuzzy Management Methods – FMsquare. International Research Book Series, Springer Publisher, Heidelberg 2024; siehe https://www.springer.com/series/11223; abgerufen am 17. September 2024.

Grünig, M., Felber Ch.: Die Pfahlbauer – AM WASSER UND ÜBER DIE ALPEN. Archäologischer Dienst Kanton Bern, Rub Media, Bern 2013.

Meier, A.: Generative Lyrik – Gestaltungsoptionen mithilfe des Computers. In: D'Onofria, S. (Hrsg.): Generative Künstliche Intelligenz – die neue Ära der kreativen Maschinen. HMD – Praxis der Wirtschaftsinformatik, Band 61, März 2024, S. 387–401.

Meyer, J.: Das schönste Gestein der Welt – Der Allalin-Gabbro aus den Walliser Hochalpen. Ex Libris, Dietikon 2024.

Schumann, W.: Mineralien & Gesteine. BLV Buchverlag, München 2012.

BIOGRAFIE

Andreas Meier studierte Musik in Wien und Mathematik an der ETH in Zürich. Er forschte im Silicon Valley in Kalifornien, bevor er eine Professur in Fribourg annahm und sich über Jahre in Vietnam und Ecuador den Themen der digitalen Gesellschaft zuwandte. Seit seiner Emeritierung widmet er sich der generativen Lyrik und experimentellen Musik.

Ordnung Christine Maria

Leningrad/Moskau 1988

Kurzgeschichten

Eindrücke einer Reise

Unsere Reise in die Sowjetunion begann an einem grauen Sonntagmorgen, als wir gegen 8:00 Uhr in einen Reisebus nach Ostberlin einstiegen. Wir, das waren genau 21 Personen, mehr oder weniger wach, alle voller Erwartungen. In Berlin-Schönefeld sollten wir abfliegen nach Leningrad mit der Interflug-Maschine IF 1302, aber als wir in die Abflughalle kamen, waren wir mit der ersten Menschenschlange konfrontiert, Menschenschlangen, die uns nun eine Woche lang verfolgen sollten …

Warten, stehen, drängeln, es war stickig und heiß, ein Platz war zweimal vergeben usw., am Ende saßen wir drin in dem großen Vogel und erlebten einen ruhigen Flug, wenn auch mit Verspätung. Für mich war es der erste Flug in einer solch großen Iljuschin. Erstaunen allerseits bei der Ankunft. Der Flughafen von Leningrad war nicht größer als der Göttinger Bahnhof. Wieder Schlange stehen, endlich draußen, wo uns die sehr hübsche, temperamentvolle russische Führerin empfing. Sie heißt Larissa und spricht ausgezeichnet Deutsch. Unvergesslich ihr Fingerspielchen beim Abzählen ihrer Schäfchen und ihre Ähnlichkeit mit Mireille Mathieu.

In Leningrad wohnten wir im riesigen 1400-Betten-Hotel „Prebaltiskaja", direkt am finnischen Meerbusen. Es ist sehr luxuriös, kann westlichem Komfort standhalten. Umso krasser empfinde ich beim Hinausschauen die umliegenden riesigen Wohnkasernen einer Trabantenstadt. Sie sehen traurig aus, scheinen aber in russischen Großstädten die einzige Wohnform der Normalbürger zu sein. Und dann bemerken wir, das sind meine Reisegefährtin Kordelia und ich, die erste Menschenschlange vor einem Laden, der auf den ersten Blick für unsere noch ungeübten Augen nicht zu erkennen war. „Beriozka"-Läden, ein Zauberwort für Russen, sind Geschäfte, wo man gegen harte Währung ein besseres Warenangebot hat.

Die ersten Käufer stehen schon um sieben Uhr an, der Laden öffnet um neun ... Je nach Angebot ist die Schlange mehr oder weniger lang.

Nach der Ankunft erkunden wir das Hotel und geraten zufällig in eine Ecke, wo bald darauf eine Gruppe von Balalaika-Spielern sich versammelt und hinreißend musiziert. Die Stimmung ist fröhlich, es wird getanzt. Wie sich herausstellt, ist es eine amerikanische Gruppe, vermischt mit einigen Russen, die am Abend ein Konzert gegeben hatten. Musik verbindet!

Der Montagmorgen begann mit einer Stadtrundfahrt, um uns den ersten Überblick zu vermitteln über die 4,5-Millionen-Stadt Leningrad, ihre Geschichte und ihre augenblicklichen Probleme. Larissas Erklärungen sind wort- und aufschlussreich. Sie verschweigt auch die noch anstehenden sozialen Probleme nicht, z. B. die Wohnungsnot. Beeindruckend ist aber auch, dass die Mieten seit 1928 in Russland feststehen und die medizinische Versorgung kostenlos ist ...!

Meine Filmkamera surrt an den fotogenen Haltepunkten dieser Rundfahrt. Das Wetter ist diesig, trotzdem gibt der Belichtungsmesser große Helligkeit an.

Nach dem Mittagessen gehört der Nachmittag uns, denn wir wollten nicht immer in der Herde mitlaufen. Am Abend war auch nichts geplant. So machten wir uns auf die Socken, Kordelia und ich. Bewaffnet mit Filmkamera, Fotoapparat, Reiseführer und Metroplan bestiegen wir vor dem Hotel die Buslinie 7 in Richtung Innenstadt. Eine Fahrt mit öffentlichen Verkehrsmitteln kostet 5 Kopeken, so viel wussten wir. Aber der Fahrer saß hinter einer abgeschlossenen Glaskabine in diesem rostigen Klapperkasten. Ratlos schauten wir in die Gegend, bis ich mir ein Herz nahm und eine echte „Babuschka" fragte, wo man Billets kaufen könnte. Oh Wunder, sie verstand mein Russisch und bedeutete uns: beim Fahrer! Dann fragt sie nach der

Anzahl der Fahrscheine, die wir brauchen, und zieht zwei aus ihrer Tasche. Wir gaben ihr unsere Kopeken und bedankten uns, aber jetzt wussten wir noch immer nicht, wie das Papierfähnchen entwertet wurde. Schließlich entdeckten wir auch das kleine Lochgerät an der Wand, und die Fahrt rumpelte in Richtung Innenstadt. Die Fenster waren von außen schmutzig, von innen angelaufen, und wir konnten nicht erkennen, wo wir waren. Der Bus leerte und füllte sich an jeder Haltestelle auf chaotische Weise. Schließlich fragte ich „meine" Babuschka nach der Haltestelle Newski-Prospekt. „Noch weit", lautete die Antwort, und nach einer Weile erklärte sie: „Noch 5 Stationen." Sie musste vorher aussteigen, bot mir ihren Platz an und beauftragte ihre Nachbarin, uns Bescheid zu sagen. Als ich nun so neben dieser saß und das Gedrängel etwas erträglicher war, versuchte ich, meine geringen Russischkenntnisse anzuwenden und machte mit ihr einen kurzen Plausch. Am Newski-Prospekt, Leningrads größter Einkaufsstraße, stiegen wir aus.

Menschen, Menschen, Menschen, Pelzmützen, hastig, die Gesichter unbeweglich, z. Teil müde. Unser Interesse galt zunächst Leningrads größtem Kaufhaus. Ein Rundgang darin ist voller Eindrücke. Es gibt kein erkennbares System von Abteilungen, kein Hauch von Werbung. Alles ist in schlechtem baulichen Zustand. Das Angebot teuer, und es scheint mir um ca. 40 Jahre zurückliegend. Immer wieder sprechen uns Jugendliche oder Kinder an: „Change money?" oder „Chewing gum?" Auf offener Straße dasselbe, dort tun es auch die Erwachsenen. Meine Film- und Fotoausrüstung hätte ich auf der Stelle verkaufen können. Da passiert's, dass ich ein Örtchen brauche. Irgendwo dort drin war mir ein Hinweis aufgefallen, wie gut, dass ich die Buchstaben lesen kann. Nach einer Weile brauchte ich nur der Nase nachzugehen, aber ich wollte auch das sehen! Nirgendwo auf meinen Reisen hab ich so eine Toilette gesehen. Es waren Verschläge in der Art eines Schweinekobens, nach Urin stinkend, vergammelt. Ich fasste den Riegel mit einem Tempotuch an, nur der Unterleib war verdeckt, ab Brusthöhe konnte man seine Nachbarn bewundern! Auch das war Leningrads größtes Kaufhaus.

Die „frische" Luft draußen auf der Straße tat gut. Wir suchten nun ein Café, es war kalt und dunkler geworden. Im ersten versuchte man uns, zum großen Essen und Kognak zu bewegen, um uns die Devisen zu entlocken. Den Kellner haben wir kurzerhand stehen lassen und gerieten daraufhin in ein Stehcafé mit Brotladen. Von außen kaum zu erkennen führten ein paar Stufen ins Souterrain mit altem Interieur aus dunklem Holz und vielen Spiegeln. Gemütlich, warm! Wir „erstanden" unseren Kaffee, den wir aus einem großen Bottich selbst „zapfen" mussten, und zwei Stückchen Gebäck, das sehr gut schmeckte, und verdrückten uns in eine Ecke, um das Treiben zu beobachten. Man beäugte uns diskret, aber neugierig. Eine steinalte Babuschka räumte das Geschirr ab, mit stets gleicher Miene. Alte Frauen sieht man überall in Russland im Einsatz. In Museen als Wächter, auf den Straßen zum Fegen, als Garderobenfrauen ... Wieder draußen beschließen wir, den Heimweg ein Stück zu Fuß anzutreten. Mittlerweile wird es Abend. Mit dem Stadtplan kommen wir bis an die Newa, finden aber keine Haltestelle der Buslinie 7. Wir nähern uns einer malerischen Brücke, davor steht ein kleiner Polizist, sieht uns, hält seinen weißen Stock hinaus und geleitet uns über die breite Straße. Grotesk, es war kein einziges Auto zu sehen! Drüben angekommen frage ich ihn nach dem Weg zur Metro. Er erklärt wortreich, überschätzt meine Russischkenntnisse. Wir ziehen weiter über die lange Brücke, es wird kalt, dann irgendwo links, so viel hatte ich kapiert. Als wir die Brücke fast überquert hatten, hält mich Kordelia am Ärmel fest. Hinter uns kommt der kleine Polizist im Laufschritt (er hat sogar seinen Posten verlassen) und erklärt noch einmal wortreich den Weg. Mittlerweile hat er sich vielleicht über Sprechfunk bei seinen Kollegen vergewissert, ob es richtig war, wo er uns hinschickte. Stolz verabschiedete er sich, mag sein, es war die wichtigste Amtshandlung seines Diensttages. Wir fanden die Metro, waren ausgekühlt, die Füße nass, meine Erkältung vorprogrammiert.

Menschen, Automaten, Lichtschranken. Es dauerte eine Weile, bis wir das System verstanden hatten. Ein 5-Kopekenstück musste aus den Wechselautomaten geholt werden. Natürlich haben wir zu viel eingeworfen beim Durchgang. Die alte Babuschka hat uns temperamentvoll aufgefordert: „Ugeme" „Gehen Sie!" Eine endlos scheinende Rolltreppe bringt uns tief unter die Erde. Kein Wunder, Leningrad ist auf Sumpf gebaut, und die vielen Wasserwege mussten sicher tief unterwühlt werden. Eine Station, wir sind wieder da, wo wir herkamen, umsteigen, zwei Stationen, aussteigen. Wie gut, dass wir wenigstens lesen können! Mittlerweile ist es tiefe Nacht, und wir tauchen aus dem Bauch der Erde auf. Ein Neubaugebiet, unser Hotel nicht zu sehen, wieder fragen, weiter, Russland ist riesengroß! Dies war unser erster Tag in Russland, es scheint uns, als ob wir seit langem verreist sind, es war nur ein Tag. In der Nacht haben wir tief und fest geschlafen.

Dienstagmorgen. Der Besuch der Eremitage stand auf dem Programm. Diese weltberühmte Galerie ist im ehemaligen Winterpalast des Zaren untergebracht. Ein barockes Bauwerk von einem Italiener namens Rastrelli erstellt. Nach der Ankunft: Menschenschlangen ca. 1 km lang, 5 Personen breit, das hätte stundenlanges Warten bedeutet. Ein Reiseleiter wusste Abhilfe. Hatten wir doch in der kurzen Zeit gelernt, stets „kleines Eintrittsgeld" in der Tasche zu haben in Form von Kaugummi, Schokolade, Zigaretten, Feuerzeugen und Kugelschreibern. Auch die Uniformierten am Eingang zur Eremitage waren nicht immun.

Was für ein Gebäude, eine Pracht, so viel Blattgold, unendliche Kunstschätze, international. In der Kürze der Zeit konnten wir leider nur einen Eindruck gewinnen, zur Muse hat es nicht gereicht. Nach drei Stunden schmerzt mein Rücken, die Füße sind geschwollen. Erholung im Hotel, dann schon wieder Reisebus zur Isaak-Kathedrale.

Ein gewaltiges Bauwerk, nach einem Entwurf des Franzosen Montferrand gebaut, eine riesige Kuppel mit vergoldetem Dach dominiert den Platz. Das Innere mit 14 000 Plätzen ist ein Traum aus vielen Sorten Marmor und Gold. Beeindruckend die gewaltigen Türen mit bronzenen Basreliefs, Bilder, Fresken, Mosaiken. Wieder reicht die Zeit nicht, um die Details besser zu sehen. Aber die Kamera surrt, der Fotoapparat klickt. Unsere Gedanken gehören aber auch den vielen Arbeitern, die an der Fronarbeit kaputtgegangen sind …

Hotel, Dusche, Abendessen, auf dem Programm steht ein Abend mit einer russischen Folkloregruppe aus Georgien, die uns ein farbenfrohes Treiben auf der Bühne serviert. Die Kamera war dabei. Müde fallen wir in die Betten, die ersten Anzeichen von Erschöpfung machen sich bemerkbar.

Mittwochmorgen in Leningrad. Unsere niedliche Larissa nimmt uns in Empfang. Das Museum der russischen Kunst steht an, und wir erleben eine sagenhafte Ikonenausstellung. Unsere Führerin verfügt über großes fachliches Wissen, leider kann ich nicht alles behalten und wiedergeben.

Alle Museen in Russland sind stark besucht, dieses ganz besonders. Auch der Nachmittag galt einem solchen. Diesmal ein Museum der Skulptur und der berühmte Lazarus-Friedhof mit den Grabmälern von Dostojewski, Euler, Mussorgsky usw..

Unser Sinn stand mal wieder nach Alleingang. So setzten wir uns anschließend von der Gruppe ab und bummelten den Newski-Prospekt entlang, im Ohr: „Change money, chewing gum"...

Plötzlich standen wir vor einem Buchladen mit deutschsprachigen Büchern, Bücher aus der DDR, wie sich herausstellte. Im Übrigen fanden wir zwar viele Schaufenster in Leningrad, aber in den wenigsten war etwas drin. Alle waren so gebaut, dass man nicht gut ins Innere sehen konnte. Wir haben nicht einen einzigen Fleischerladen gefunden, weder hier noch in Moskau. Aber es gab ausreichend Milch und Brot. Nun gut, in dem Buchladen gab es einiges zu beschnuppern, und ich fand ein Lehrbuch über russische Verben. Das ist für mich das schwierigste Kapitel an dieser Sprache und so griff ich zu.

Später erfuhr ich, dass ich die Bibel der deutschen Slawistikstudenten erworben hatte! Weiter ging es in unser „Stammkaffee" zum Aufwärmen. Ferner wollten wir den Notenladen wiederfinden, der am ersten Tag geschlossen war. Es gelang uns, und ich erschnüffelte mir eine Chorausgabe mit Schumannliedern, deutsch-russisch! Ich war selig. Leider fand Kordelia keine passenden Flötennoten. Mit dem Notenheft unterm Arm bummelten wir weiter. Ein Chorheft, meine Gedanken flogen weit weg, nach Hause, eine große Sehnsucht stieg in mir auf. Ich dachte an ..., wünschte ihn an meine Seite, wollte mit ihm dieses Land erleben ... Und dann die Kinder ... Tränen stiegen hoch, es war dunkel. Vor uns tauchte ein Geschäft mit Schallplatten auf, voller Menschen wie überall, wir erdrängeln und erstehen jeder eine Platte mit dem Leningrader Studentenchor. Dann ab in die Metro, schnell noch alles zusammenpacken. Der Nachtzug nach Moskau wartet nicht. Wir fummeln die letzten Stunden im Zimmer herum und sehen zum ersten Mal fern, bisher hatten wir dazu keine Zeit. Wir sind beeindruckt davon, dass eine Frau die Nachrichten simultan in die Taubstummensprache übersetzt! Das hab ich bei uns noch nicht erlebt! Ein letztes Durcheinander um den Verbleib unserer Koffer wird schließlich von „unserer" Larissa gelöst, und wir steigen in den Schlafwagen nach Moskau.

Hier sind wir in 4-Bett-Abteilen untergebracht, die bereits mit sauberen Laken hergerichtet waren. Die Hitze im Abteil ist unerträglich, wir schwitzen, Heizungsknopf gibt es nicht. Auch hier wird alles zentral gesteuert. Energie ist in Russland offensichtlich keine Frage. Alle Busse warten stets mit laufendem Motor! Die Fenster sind abgesperrt, wir leiden wirklich sehr. Schließlich haben einige Geistesgegenwärtige gegen den Durst vorgesorgt, und wir verbringen einige fröhliche Stunden in unserem Abteil. Ein Wort gibt das andere und gesungen wird auch kräftig, kein Wunder, wenn drei Musiklehrer und drei Choristen dabei sind. Mittlerweile sind wir elf Personen in einem 4-Bett-Abteil. Meine Stimme gibt den Geist allmählich auf. Gegen Morgen schlafen wir endlich ein.

Inzwischen haben wir uns sehr aneinander gewöhnt, Kordelia und ich, und ich bin froh, dass sie dabei ist. Mein letzter Gedanke geht wieder nach Hause zu G.

Am Morgen des Donnerstag erreichen wir Moskau, die 9-Millionen-Stadt, in strahlendem Sonnenschein. Die Nacht im Zug war stickig und heiß, und wir genießen die kalte Morgenluft beim Ausstieg. Mein Hals schmerzt, trotzdem sag ich mir: durchhalten!

Nun beginnt dasselbe wie in Leningrad. Fahrt zum Hotel mit dem roten Intourist-Bus. Wir haben Hunger und das starke Verlangen nach Wasser auf der Haut. Zimmerverteilung, es ist noch nicht sauber, aber es gelingt uns wenigstens, das Gepäck abzustellen. Frühstück, Hunger, Kaffee, die Lebensgeister kommen zurück. Und der Bus auch. Als Erstes eine Stadtrundfahrt. Unsere Moskauer Führerin heißt Marina und ist ruhiger als Larissa, fast schon schüchtern. Wir dürfen ab und zu zum Filmen und Fotografieren aussteigen, und ich fange die ersten Eindrücke im strahlenden Licht ein, z. B. den Roten Platz mit der Basilius-Kathedrale. Wir sehen die Wachablösung am Lenin-Mausoleum und ebenso einen kleinen Knirps mit Russenmütze und Stechschritt über das Pflaster hopsen. Moskau, Roter Platz, manchmal denk ich, ich träume, da steh ich nun an einer der größten Schaltstellen der Weltmächte und lass mir die Morgenluft um die Nase wehen ... Am Spasski-Turm ist mächtig Verkehr. Es ist das Tor für Regierungsmitglieder und jedermann wird mit der Trillerpfeife energisch zur Seite gepfiffen. Eine Ruhepause nach dem Essen bringt uns wieder auf die Beine, und wir begeben uns auf die Reise in die Innenstadt. Unser Moskauer Hotel heißt „Kosmos" und ist mit 2 500 Betten ausgerüstet, es liegt etwas außerhalb des Zentrums. Metrofahren in Moskau! Nach einer Weile haben wir verstanden, dass die Umsteigestationen auf jeder Etage einen anderen Namen haben. Verwirrend, wie gut, dass wir lesen können! Auch hier bemerke ich an den Ausgängen, in den Bahnhöfen, Museen, Theatern, Kaufhäusern immer den gleichen Typ Männer. Ich vermute, dass es die Aufpasser in Zivil sind. Und dann mach ich oft ein Spielchen: ich geh auf sie zu, bleib stehn, mustere sie ganz ruhig und schaue ungeniert in ihre Augen. Entweder drehn sie sich weg oder sie gehen ein paar Schritte weiter. Dreh ich mich um, stehn sie am alten Platz!

Wir wollen das Kaufhaus Gum besuchen, das gleich am Roten Platz liegt. Es besteht aus drei langen Hallen in Form von Galerien, jede verschieden pastellfarbig getönt. Die Kuppel des Tonnengewölbes ist aus Glas und die Abendsonne leuchtet hinein. Wir betrachteten das Gewimmel der Menschen, die Produkte und Preise waren so wie in Leningrad. In der obersten Etage, wo niemand entlanglief, entdeckten wir lauter kleine Handwerksbetriebe! Dann hatten wir uns sattgesehen und erlebten den Roten Platz nochmal in der Abendsonne! Der Kaffeedurst wuchs, und wir trabten los, irgendwohin. Bald fanden wir eines dieser unauffälligen Stehkaffees im Souterrain eines Hauses und konnten uns aufwärmen. Auf dem Heimweg wollten wir die berühmten schönen Metrostationen besichtigen, aber wo lagen diese? Ich fragte die Dame am Nachbartisch, wieder waren die drei Brocken Russisch hilfreich. Sie erklärte mir freundlich und hilfsbereit die Strecke und wir zogen los. Selbst Paris hat solche U-Bahnstationen nicht! Alle sind aus Marmor, sagenhaft schöne Lampen und Verzierungen! Es war auffallend, dass nirgendwo Papierschnipsel herumlagen und keine Clochards anzutreffen waren.

Wir hatten wieder einmal ganz schöne Wege zurückgelegt und genossen die heiße Dusche und unsere bequemen Betten.

Für Freitagmorgen war eine Fahrt zur Klosteranlage von Sagorsk geplant, und es hieß früh aufstehen. Die Stadt Sagorsk liegt ca. 60 km außerhalb Moskaus, und da wir mit unserem Visum nur innerhalb der Stadtgrenzen beweglich waren, bot das die Möglichkeit, einmal russische Dörfer zu sehen. Am Rande der Stadt lagen unzählige der berühmten „Datschas", Kleingärten mit Holzhäuschen drauf, in denen ein Teil der Moskowiter ihre Wochenenden verbringen. Bei der Art, in Wohnblöcken zu wohnen, kann ich die Sehnsucht nach etwas Grün gut verstehen.

Weiter draußen entdeckten wir sie dann, die kleinen Holzhäuser der russischen Dörfer, flach hingeduckt und noch tief im Schnee versteckt.

Sagorsk. Die Klosteranlage war von weitem zu sehen. Eine riesige Mauer umschließt das Terrain. Dahinter Türme, Kuppeln, vergoldet, zwiebelförmig, blaugrundig und mit goldenen Sternen, malerische Tore mit Türmen. Die Kamera surrte und bekam viel zu tun. Es schien mir wie ein Märchen aus „Tausendundeiner Nacht!"

Im Innern der Anlage viele Kirchen und Kapellen verschiedenster Baustile. Ich versuchte mit etwas System, jede voll in mir aufzunehmen und begann meinen Rundgang mit dem Refektorium, das heute als Kirche fungiert. Eine düstere Vorhalle, der Geruch brennender Kerzen schlug mir entgegen. Die Wärme war wohltuend, denn Sagorsk empfing uns mit schneidender Kälte. Als sich meine Augen an das Dunkel gewöhnt hatten, betrat ich den Kirchenraum, der voller Menschen war. Ich hatte Glück und erlebte einen russisch-orthodoxen Gottesdienst. Das Innere war ausgeschmückt mit wunderschönen Ikonostasen und viel Goldverzierungen, im Hintergrund klangen die melodischen Stimmen der Mönche, die im Wechsel mit dem Vorbeter ihre alten gregorianischen Choräle sangen. Was für eine andere Welt! Rund um mich herum alte Mütterchen, aber auch vereinzelt Männer, junge Mädchen und sogar Kinder, deren tiefe Frömmigkeit mich stark bewegte. Ich verspürte plötzlich einen Kloß im Hals und die Gedanken zogen weit weg gen Westen ... Die Menschen verbeugten sich vor dem Verlassen der Kirche und küssten den Boden. Beim Eintreten küssten sie einen Heiligenschrein mitten im Gang. Nachdem zwei Mönche daran vorbeigegangen waren, war der Schrein besonders begehrt und wurde von einer Frau immer wieder abgewischt, da die ständige Küsserei ja nicht gerade hygienisch ist.

In der warmen Vorhalle konnte ich in Ruhe meinen Film wechseln und bemerkte nun auch die zahlreichen Bettlerinnen. Das war neu, denn an die kaugummibettelnden Kinder hatten wir uns bereits gewöhnt. Kordelia war mir abhanden gekommen. Als Nächstes betrat ich die kleinste Kapelle. In ihr gab es das „heilige Wasser", welches sich die Besucher z. T. in Milchkannen abfüllten. Eine Reiseteilnehmerin tat dies unter den erstaunten Augen des anwesenden Mönches mit ihrem Spazierstock, in den ein Reagenzglas eingebaut war! Wir haben darüber herzlich gelacht. Selbst in dieser kleinen Kapelle gab es eine Menschenschlange! Der Mönch nahm ganz offen die Beichte ab.

Augenblicklich wird in Russland viel restauriert und so war nur noch eine Kirche zugänglich. Kerzen und Heiligenbilder im

Vorraum. Der Grundriss war das griechische Kreuz, ausgeschmückt wieder mit großartigen Ikonostasen, auch hier sang ein Pope, und die Atmosphäre war beruhigend. Ich war müde, Menschen drängten in die Kirche, so beschloss ich, mich im Vorraum auszuruhen und nahm neben einem großen, kräftigen Mann Platz. Mit meiner Kamera vor dem Bauch stets klar als westliche Touristin zu erkennen, sprach er mich nach kurzer Zeit in deutscher Sprache an, ob ich aus der BRD käme. Es entwickelte sich daraus eine einstündige russisch-deutsche Konversations- und Unterrichtsstunde, in deren Verlauf ich verstand, dass er Pfarrer sei, in erster Ehe mit einer deutschen Frau verheiratet war und einen vierundzwanzigjährigen Sohn mit ihr hat. Daher rührten wohl seine Deutschkenntnisse. Mit der zweiten hatte er einen fünfjährigen Sohn, und ohne Frau sei es nicht gut, so meinte er! Er erklärte mir die Funktion der Zettel, die da herumlagen. Man schreibt die Namen der toten Verwandten darauf und diese werden dann während der Liturgie vorgelesen. Solche Zettel dienten nun unserer Verständigung. Er schrieb ein russisches Wort auf, ich das deutsche darunter und dazu die russische Lautschrift. Plötzlich zog er ein fein säuberlich verpacktes Büchlein aus der Aktentasche. Es war rot eingebunden und völlig zerlesen. Der Inhalt bestand aus Heiligengeschichten des Hl. Sergej, die ich nun alle wortreich in russischer Sprache erklärt bekam und sinngemäß verstehen konnte, denn die Abbildung war daneben. Inzwischen war rund um uns eine Menschentraube entstanden und mein Nachbar fragte immer wieder einzelne, besonders Kinder, ob sie gläubig seien. Es war interessant zu beobachten, mit welcher verhaltenen Scheu und einem Blick auf mich, sie dieses zugaben. Man wusste ja nicht, wer ich war, denn ich war immerhin fähig, russische Buchstaben zu schreiben ...

Die drei Wünsche meines Banknachbarn konnte ich nicht verstehen, und er schrieb sie wieder auf einen Zettel. Die kleine Russin Lena, vielleicht elf Jahre alt, die die ganze Zeit nicht gewichen war, saß jetzt neben mir, fragte, ob ich Englisch spräche und übersetzte mir die russischen Wünsche in die englische Sprache, so dass ich sie deutsch verstehen konnte! Das war Russland live!

Er wünschte mir Geborgenheit, Gesundheit, Glück ...
Auf der Rückfahrt schlief ich erschöpft ein.

Noch am Nachmittag desselben Tages war eine Museumsbesichtigung im Programm. Auf dem Weg zum Bus trafen wir unseren Reiseleiter, aufgeregt, es gäbe noch Karten fürs Bolschoi-Theater. Dann ging es rund wie an der Börse, eine Anzahlung war gewünscht. Jede Minute hieß es anders, ja, nein, ja, nein, am Ende doch ja.

Wir ließen das Museum sausen und legten uns eine Stunde lang aufs Ohr, um für den Abend frisch zu sein.

Erwartungsfroh spazierten wir die lange Hotelauffahrt hinunter zum Taxistand. Taxifahren ist hier nicht so einfach wie bei uns. Wenn der Fahrer keine Lust hat, dann signalisiert er: „b zapasc" (d. h. zur Garage). Aber dank der Sprechfertigkeit unseres Reiseleiters klappte es doch. Er war bereits in eine der üblichen Taxis eingestiegen, als eine riesige schwarze Limousine vorfuhr und jemanden absetzte. Der Fahrer drehte die Scheibe herunter und redete ganz schnell drauflos. Wir durften einsteigen, und er brachte uns zum Bolschoi-Theater. War das eine Fahrt! Es stellte sich heraus, dass in diesem Luxusfahrzeug mit 6 Sitzen nur Minister transportiert werden. Wir fuhren also mit einem Regierungswagen, einer „Tschaika", piekfein zur Premiere in das berühmteste Theater der Sowjetunion. Nachdem unser Chauffeur seine Rubel als Schwarzfahrer kassiert hatte, genossen wir die Atmosphäre im Foyer des Theaters. Meine Ohren frohlockten, waren doch sehr viele europäische Sprachen zu hören! Aber ... die Karten waren nicht da! Ein alter Mann brachte sie im Laufschritt vom Intourist-Büro zur Theaterkasse. Wieder räumten wir die Taschen aus ...

Als wir dann schließlich auf unseren Plätzen im Parkett saßen, bestaunten wir die zauberhaften Interieurs des Theaters. Wir erlebten die Premiere eines französischen Balletts „Cyrano de Bergerac". Wundervoll in der Ausstattung, Choreografie, Musik. Können und Leistung der Tänzer war unbestritten Spitzenklasse!

Das Publikum war vorwiegend einheimisch. Sie hatten sich hübsch zurechtgemacht. Was mir bei den jüngeren Russinnen auffiel, war ihre etwas zu starke Schminkweise. Ihre Kleidung war gepflegt, aber z. T. altmodisch. Rock und schlichte Pullover waren ebenfalls vertreten. Es stimmte also nicht, was man uns erzählt hatte, nämlich, dass dort nur Abendgarderobe getragen würde!

Immer wieder dachte ich zu träumen. Da stand ich kleines Wesen nun und erlebte einen solch großartigen Abend. Tränen stiegen heimlich hoch, Tränen der Dankbarkeit, weil meine Gesundheit soweit stabilisiert war, dass ich den Stress dieser Reise überstand und mit offenen Sinnen alles aufnehmen konnte. Die Gedanken zogen wieder weit weg zu den Kindern, den Eltern und zu., in dessen Arm ich meine Freude legen wollte. Dankbarkeit auch für diejenigen, die mir mit ihrer finanziellen Hilfe diese Reise ermöglicht haben.

Als die Vorstellung mit großem Applaus zu Ende gegangen war, liefen wir zu Fuß zum Roten Platz, den wir noch einmal in der Abendbeleuchtung sehen wollten. Die Heimfahrt traten wir diesmal mit der Metro an. Erstaunlich, wie voll sie selbst um 22:00 Uhr abends noch war. Ich stand so ungünstig mit meinen hochhackigen Theaterschuhen, dass ich mich nirgendwo festhalten konnte. Da greift ganz vorsichtig ein stämmiger älterer Russe neben mir unter meinen rechten Arm und drückt ganz leise. Er hält mich fest, wir schauen uns an, und er nickt und lächelt! Was für eine liebenswerte Geste!

Unser letzter Tag, der Samstag, beginnt mit der Besichtigung des Kremls innerhalb der Mauern. Das Gelände ist riesengroß, die Menschenmassen auch. Für die russischen Kinder war Ferienbeginn, und unzählige neugierige Kinderaugen betrachteten uns und besonders die sechs Jugendlichen unserer Reisegruppe. Wir bestaunen den Zarenpalast, die Rüstkammer, die vielen Kirchen mit den malerischen Goldtürmchen, alles wunderbar restauriert. Ich filme ungestört selbst die Militärakademie und die große Zarenkanone, die nie geschossen hat, sowie die Zarenglocke, die beim Gießen sprang und nie geläutet hat. Mir scheint, dass schon damals in Russland nicht alles klappte ...

Mitten in dieser historischen Kulisse steht der Kongresspalast aus weißem Marmor und viel Glas. Uns ist er vom Fernsehen her bekannt, weil hier die Parteitage abgehalten werden. Beim Verlassen des Kremls, ich bin mittlerweile solo, verliere ich die Orientierung und verlaufe mich. Wie gut, dass ich fragen konnte! Die Gesichter drücken meistens Erstaunen aus, wenn eine Touristin sie in der Landessprache anspricht. Mich freut es, mich freut jeder Augenblick dieser Reise, und ich finde den Bus glücklicherweise wieder.

Der Nachmittag war mit dem Besuch des Jungfrauenklosters ausgefüllt, dessen Märchenkulisse uns wieder einfing. Ich entdeckte zwei Kinder, die mit richtiger Staffelei und Malutensilien im Innenhof gedankenverloren malten! Als ich sie filmte, strahlten sie, und ich erblickte mit meinen Späheraugen eine russische festsitzende Zahnklammer!

Auf dem Heimweg zum Hotel ließen wir uns an der Markthalle absetzen. Zu interessant schien uns die Möglichkeit, einen der Privatmärkte zu besichtigen, als dass wir sie auslassen konnten. Wir, Kordelia und ich, betraten die Halle voller Erwartung. Ein recht würziger Duft schlug uns entgegen, und hinter den Verkaufsständen werkelten die skurrilsten Typen aus allen Teilen des großen Reiches. Uns interessierte aber auch das Warenangebot. An Obst gab es nur Birnen und Äpfel, Lagerobst, das blankpoliert zum Verkauf angeboten wurde. Wenn die Äpfel schrumpelig waren, so wurden sie in Wasser gelegt zum Aufquellen. Man muss sich nur zu helfen wissen! Es gab Nüsse, Kürbiskerne, Schnittlauch usw. Zwiebeln, Knoblauch, Möhren, rote Beete, Quark, Honig, Speck und ein paar Blumen. Was wir nirgendwo fanden, waren Fleisch, Eier, frischen Salat, Gemüse, Kartoffeln, Südfrüchte etc.

Die Zeit war knapp, und wir konnten wieder nur einen kurzen Eindruck gewinnen. Um unsere kleinen Eigeninitiativen durchführen zu können, haben wir öfter das Abendessen ausfallen lassen. Auf unseren Wegen durch Moskau war uns aufgefallen, dass hier die Schaufenster zum Teil dekoriert waren.

Der Abend galt dem Besuch des Moskauer Staatszirkus. Mit dem letzten Film in der Kamera stieg ich in den Bus, um die letzten

Szenen einzufangen. Farbenfrohe Reiterspiele, Hunde, Ziegen, Bären, Clowns und fantastische Artistennummern!

Es fehlten Raubkatzen und Elefanten. Das Gebäude ist ein fester Betonbau, einem Zirkuszelt nachempfunden. Vielleicht wollte deshalb bei mir nicht so recht Zirkusstimmung aufkommen?

Der letzte Tag in Moskau war zu Ende, ich habe Menschen getroffen, beobachtet, erlebt, auch Menschen aus der Reisegruppe, die ich kennen- und schätzen gelernt habe.

Unser Heimflug mit dem Flug IF 109 von Moskau nach Berlin-Schönefeld verlief ruhig, und die Zollabfertigung funktionierte rückwärts schnell und problemlos. Mit unseren Souvenirs im Herzen und im Gepäck erreichten wir pünktlich unser Zuhause in Göttingen.

1. Hausaufgabe aus dem Deutschen

11.12.1962   Ordnung Christine Kl. 6 b
(15 Jahre alt)

An der Schleuse

Ich stehe auf der Brücke und schaue in den Wasserspiegel der schnurgeraden Schleuse. Ein kalter Wind fegt mir ins Gesicht, pfeift mir um die Ohren, zerzaust mein Haar. Unter mir kräuselt sich das Wasser zu kleinen Wellen, klatscht leise flüsternd an die Schleusenmauer.

Wie zahllose Fünkchen glüht und glimmt, hüpft und tanzt auf dem Wasser das orangerote Licht der Uferstraße. Immerzu, ohne Ende. Es zaubert gespenstisch verzerrte, huschende Gestalten in das Dunkel.

Weiter unten sehe ich etwas Schwarzes, das Schleusentor. Wie ein drohendes, zugleich aber auch schützendes Ungeheuer erhebt es sich majestätisch über die Wasseroberfläche. Der breite, starke Rücken hemmt jegliche Strömung.

Da! Träume ich? Das Ungeheuer bewegt sich, magisch beschienen vom roten Licht, öffnen sich geräuschlos die Schleusentore. Jetzt kann ich bereits das schaukelnde Schiff erkennen. Träge setzt es sich in Fahrt, plump, den Kiel tief untergetaucht. Mit schäumender Bugwelle bahnt es sich seinen Weg. Ich höre einige undeutliche Rufe der Schiffer. Der Lastkahn fährt unter der Brücke durch und entschwindet meinen Blicken. Es dauert eine Weile, bis sich das Wasser wieder beruhigt hat. Nur der Wind raschelt geheimnisvoll in den dürren Blättern der Parkbäume von der Wehr herüber.

Auf der Brücke brummt ab und zu ein Auto vorbei, hie und da höre ich den singenden Dynamo eines Fahrrads oder die Schritte eines späten Heimkehrers. Sonst ist es still. Nach dem Lärm eines langen Tages, eine erbauende Erholung.

Unter mir gluckst es. Fahlgelbes Mondlicht erhellt spärlich, wirft unheimliche, langgezogene Schatten. Nur grob kann ich die Umrisse der schlafenden Stadt erkennen. Winzig, wie Glühwürmchen, erscheinen mir die wenigen erleuchteten Fenster, wahllos verstreut, auf irgendein schwarzes Stück Stoff.

Neben der Schleuse fließt gemächlich der Main in einem breiten Band. Auf der Schleusenmauer lauern Böller, finster geduckt, in großen Abständen, wie kleine Kobolde.

Ich halte mich am Brückengeländer fest. Langsam, schleichend, heimtückisch, kriecht die bittere Kälte von den Zehen bis zur Nasenspitze. Tief vergrabe ich meine klammen Hände in den Anoraktaschen. Ich weiß nicht, wie lange ich schon auf das ewige Spiel des Wassers hinunterblicke ...

Plötzlich reißt mich der schrille Pfiff einer Lokomotive aus meinen Gedanken.

Ich muss nach Hause.

Kurzgeschichten

Kléber

Ich schiele auf mein Handy.

Eine neue Nachricht. Mein Herz schlägt höher, als ich das Handy entsperre.

Von Jay.

„You can come over right now." Mein Herz macht einen kleinen Hüpfer.

Das ist ein Samstagabend nach meinem Geschmack. Ich schaue wieder hoch und sehe mich im Innenhof des Wohnheims um. Obwohl es nicht wirklich gemütlich ist mit der alten Tischtennisplatte, den billigen silbernen Stühlen, den halb gegessenen Pizzastücken auf dem Tisch, haben wir es unser Zuhause gemacht.

Mathis zieht an seiner Zigarette und sieht mich an.

Ich grinse und sage zu der Truppe auf inzwischen relativ gutem Französisch: „Ich mache mich mal fertig. Ich gehe heute Abend noch aus."

Und bevor noch jemand fragen kann, wohin, bin ich aufgesprungen und die drei Stockwerke in mein Zimmer hochgerannt. Ich suche mir natürlich etwas Passendes zum Anziehen. Etwas, das man in Paris trägt.

Schnell entscheide ich mich für eine durchsichtige Strumpfhose, einen kurzen schwarzen Lederrock und ein hübsches Oberteil. Dann greife ich nach meiner Tasche.

Pille, Handy, Schlüssel, Portemonnaie. Check.

Ich schlüpfe in meine Absatzschuhe, in denen ich mich inzwischen mit Leichtigkeit über das Pariser Pflaster bewege. Greife nach meiner Jacke und gehe wieder nach unten.

Im Innenhof sitzen Mathis, Pierre und Romain, wie ich sie zurück-gelassen habe, zwei Freundinnen von ihnen haben sich noch dazu-gesellt. Ich grinse ihnen allen kurz zu, ignoriere ihre Fragen, wohin ich gehe, und schlüpfe aus der Tür. Kaum zehn Schritte getätigt, fällt mir ein, was ich vergessen habe.

Kondome.

Mist.

Wütend drehe ich wieder um und gehe durch den Innenhof zurück. Die Jungs lachen schon leise.

„Warum bist du nochmal zurückgekommen?", fragt Pierre.

„Ich habe nur etwas vergessen.", sage ich. Dann hole ich die blau-graue Verpackung aus der Schublade meines Nachttisches. Als ich wieder runterkomme, schmunzeln die Jungs alle, als sie mich sehen. Verwundert schaue ich sie an.

Dann fällt mein Blick auf die riesige Packung Kondome, die zwi-schen mir und meinem Weg nach draußen steht.

Ich werde knallrot und bei den Jungs gibt es kein Halten mehr vor Lachen.

„Ihr Idioten! Ihr seid echt so doof!" Vor lauter Aufregung merke ich gar nicht, dass ich ins Deutsche gerutscht bin. Aber es bedarf nicht viel Übersetzung. Mathis prustet lauthals und Pierre klopft sich lachend auf die Schenkel.

Mit hochrotem Kopf gehe ich nach draußen. Das Gelächter verstirbt, als ich die große Eingangstür hinter mir schließe. Ich bleibe kurz stehen und atme die Pariser Abendluft ein. Ein paar Sterne sind schon am Himmel. Dann muss ich lächeln. Eigentlich sind sie ja echt lieb – die Jungs.

Das Lächeln hält bis in die Metro. Natürlich muss ich in Paris nie auf eine Metro warten, weil alle im 3-Minuten-Takt fahren.

Ich steige in Villiers in die Linie 2.

Bis zum Triumphbogen und dann in die 6.

Die 6 ist meine Lieblingslinie, weil sie oberirdisch am Eiffelturm vorbeifährt. Nach fast zwei Jahren Paris brauche ich kein Metronetz mehr, auch kein Google Maps.

Ich kenne alle Knotenpunkte und gehe einfach los, wann ich mag.

Als die Linie 6 an der Station Kléber hält, muss ich leise lachen. Jedes Mal finden wir Deutschen die Station witzig. Ob die Franzosen wohl wissen, was es heißt?

Im 16. Arrondissement steige ich aus und gehe in die Straße, die mir Jay geschickt hat. Dann suche ich auf dem Klingelschild den Namen und drücke auf die fleckige Klingel.

Es surrt.

Ich trete ein.

Ganz oben bestimmt.

Studenten wohnen immer ganz oben.

Da ist am wenigsten Platz und die günstigste Miete.

Und ich liege richtig mit meiner Vermutung. Als ich im fünften und letzten Stock angekommen bin, kommt mir Jay von der Dachstiege entgegen.

„Hey girl, what's up?", begrüßt er mich und umarmt mich. Man könnte meinen, wir wären alte High-School-Buddies.

Ich gehe vor ihm die Treppe hoch, weil ich weiß, wie kurz mein Rock ist.

Und als ich auf die kleine Dachterrasse trete, die als Voreingang zu seiner Wohnung fungiert, verschlägt es mir den Atem.

Der Eiffelturm ist ganz nah.

Gelb leuchtend funkelt er mit den Sternen um die Wette.

Ich schaue über die Dächer von Paris.

Wie oft habe ich diesen Anblick schon gesehen? Hundert Mal? Tausend Mal?

Und jedes Mal verschlägt es mir wieder die Sprache.

Wir setzen uns kurz in die Liegestühle.

Es ist etwas unangenehm. Natürlich fühle ich mich viel sicherer auf Englisch, aber wir reden nur über Belanglosigkeiten.

Unsere Stühle stehen auch etwas sehr weit auseinander.

Allmählich befallen mich Zweifel, warum ich wirklich hier bin.

Es wird bald kalt und wir gehen in sein Mini-Apartment.

Wir beginnen uns zu küssen und auszuziehen.

Na endlich.

Ich krabbele auf sein Bett und er langt nach einem Kondom aus der Kiste neben dem Tisch.

Na toll, da hätte ich mir meine Aktion von vorhin ja sparen können.

Aber immerhin gut, dass er mitdenkt.

Er beginnt mich zu fingern und stellt überrascht fest: „You're super dry, girl."

Bin ich das? Ich habe nie viel darüber nachgedacht. Normalerweise war es mir nicht mal bewusst, ob oder wie feucht ich bin.

Wenn ich etwas in meinen letzten zwei Jahren gelernt habe, dann, dass Jungs ihren Schwanz so oder so reinstecken, egal wie trocken.

Jay rutscht nach unten. Ich werde aufgeregter.

Und dann spuckt er mir auf meine Vulva.

Im ersten Moment denke ich, ich habe es nicht richtig gesehen oder etwas verwechselt. Immerhin ist das Licht aus.

Die einzige Lichtquelle ist der Eiffelturm draußen, der in seinem tiefen Gelb strahlt.

Doch dann spuckt er mir noch einmal auf meine Vulva und verreibt seine Spucke.

In dem Moment bin ich einfach nur perplex.

Das hat noch nie jemand gemacht. Muss das so?

Es fühlt sich auf jeden Fall überhaupt nicht gut an und ich komme mir extrem dreckig vor.

Für einen Moment überlege ich, ob es sich vielleicht doch gelohnt hätte, bei den Jungs im Wohnheim zu bleiben, an Pizzastücken zu knabbern und sich darum zu kabbeln, wer das nächste Lied für die Lautsprecherbox auswählt. Aber bevor ich den Gedanken zu Ende denken kann, hat Jay schon seinen Schwanz hineingestoßen.

Es schmerzt.
Wenn die Spucke helfen soll, erfüllt sie zu null Prozent ihren Zweck. Jay stößt weiter in mich rein.
Ich stöhne ein paar Mal plakativ, aber eher vor Schmerz.
Er nimmt es als meine Lust auf, wird schneller und kommt schließlich.

Dann zieht er seinen Schwanz aus mir heraus, dreht mir den muskulösen Rücken zu und entsorgt das Kondom in seinem Mülleimer. Ich drehe meinen Kopf nach rechts und schaue aus dem Fenster. Der Eiffelturm blickt unschuldig zurück.
Das Hochgefühl, das ich bei der Nachricht am Anfang hatte, ist weg.
Mit seinem Suchscheinwerfer scannt der Eiffelturm einmal über die Dächer von Paris.
„That was amazing.“, schnauft Jay, als er sich wieder zu mir dreht.
„Mmmh.“, murmele ich.
Und weil mein Gesicht noch zum Fenster gedreht ist, kann er meinen Gesichtsausdruck nicht sehen.

Jay legt sich neben mir ins Bett und wir schlafen ein.
Am nächsten Morgen muss alles sehr schnell gehen.
Ich bin an die Routine schon gewöhnt. Noch nie wurde mir von einem Typen Frühstück angeboten.
Nie wurde ich gefragt, ob ich den Vormittag noch bleiben möchte.
Aber ich kenne es nur so und packe fix meine Sachen zusammen. Jay öffnet die Tür und wir treten auf die kleine Vorterasse. Mein Blick fällt auf die beiden Stühle. Sie sind nicht leer. Ein Mann und eine Frau Mitte vierzig sitzen dort.
„Hey!“, begrüßt Jay sie auf die amerikanisch enthusiastische Art. Es scheint sich um seine Nachbarn zu handeln. Ich trete einen Schritt dichter, um den beiden gleich die Hand zu schütteln, wenn Jay mich vorstellt.

Aber das tut er nicht. Er beginnt mit ihnen zu plaudern, über die Wohnung, das Wetter. Und ich stehe hinter ihm. In meinen hohen Schuhen, der viel zu dünnen Strumpfhose mit Laufmasche und Minirock. Es braucht nicht viel, um zu verstehen, was wir gestern Nacht gemacht haben. Ich fühle mich wie abgekapselt von mir selbst. Starre nur auf den Boden, bis Jay mit seinem Plausch fertig ist.

Er bringt mich noch bis in den fünften Stock. Ich weiß inzwischen gar nicht mehr, ob er mich zum Abschied noch geküsst hat oder nicht. Aber ich bin mir ziemlich sicher, dass es noch eine Umarmung gab.

Zum Glück kann ich die Tränen noch zurückhalten, bis sich die Fahrstuhltür schließt.
Ruckelnd fährt der Lift nach unten und meine Tränen laufen mir über die Wangen.

Ich fühle mich so dreckig.

So benutzt.

Ich habe nur das Bedürfnis zu duschen und mich in meinem Bett zu verkriechen. Als ich unten angekommen bin, wische ich mir schnell die Salzspur von der Wange und trete auf die Straße.

Es ist grau.
Die Sonne ist nicht zu sehen.
Der einzige Laut, der zu hören ist, sind meine Schuhe, wie sie regelmäßig auf dem Asphalt klackern.
Ich steige in die Linie 6.
Am Punkt, wo man den Eiffelturm sehen kann, schaue ich müde zur Seite.
Er ist stählern und grau.

Als ich in Villiers aussteige, tragen mich meine Füße von ganz alleine ins Wohnheim.

Ich halte den Buzzer an die Anlage und stemme mich gegen die große Tür.

Ich trete in den Innenhof.
Niemand ist da.

Nur ein leerer Pizzakarton liegt noch auf dem Tisch.

Levallois

Es fällt sanfter Regen, als ich die Treppen des Metroausganges heraufkomme. Sobald ich die oberste Stufe erreicht habe, drehe ich mich einmal um mich selbst. Ich war noch nie an der Station Levallois ausgestiegen. Es war das Ende der Linie 3. Zwischen den dünnen Regenwänden kann ich das Café erkennen, das er im Chat erwähnt hat. Ich trete unter das Dach des Busbahnhofs und ziehe mein Handy hervor, entsperre es und klicke auf die kleine rote App mit dem weißen Feuersymbol. Der Chat öffnet sich sofort. Ich überprüfe den Namen des Cafés, obwohl ich ihn schon während der kurzen Metrofahrt dreimal nachgelesen habe.

Mein Blick fällt noch einmal auf sein Foto. Er ist heiß. Keine Frage. Gilles. 2m03 und Basketballspieler. Ich habe die kurze Beschreibung bestimmt schon hundertmal gelesen. Wenigstens werde ich ihn dann nicht übersehen, denke ich mir und schiebe mein Handy zurück in die Tasche. Dann gehe ich auf das Café zu.

Die Straße ist in großem Abstand beleuchtet. Nur wenige Autos fahren durch die Nacht und das lauteste Geräusch sind wie immer meine Absätze. Ich ziehe die Tür auf und sofort empfängt mich die angenehme Wärme. Ich schließe die Tür hinter mir und den kalten Oktoberabend aus, während ich auf einen Tisch am Fenster zusteuere. Ich muss nicht lange warten. Die Tür öffnet sich und ein sehr großer

Mann tritt ein. Das Weiß seiner Augen hebt sich stark vom Dunkel seiner Haut ab. Er ist tatsächlich riesig. Sein Blick huscht über die Anwesenden, bis er mich sieht und auf den Tisch zukommt.

Ich lächle leicht verunsichert und stehe auf, um ihn zu begrüßen. Selbst auf meinen sieben Zentimeter Absätzen bin ich noch deutlich kleiner als er. Das Angenehme in Frankreich ist, dass man sich beim ersten Date keine Sorgen darüber machen muss, wie man sich begrüßt. Eine komische Umarmung? Ein feuchter Händedruck? Nein, die Etikette sagt ganz deutlich: der Mann begrüßt die Frau mit einem Bisous, erst auf die rechte, dann auf die linke Wange. Er riecht gut. Nicht zu aufdringlich. Einfach gut. Das könnte ein gutes Date werden.

Mein Eindruck wird verstärkt, als wir beginnen, uns zu unterhalten. Mein Französisch ist in der Zwischenzeit relativ sicher und wie immer bekomme ich viel Bewunderung und Erstaunen, wie toll ich mich ausdrücken kann. Unsere Getränke kommen und wir unterhalten uns weiter. Die typischen Datefragen eben. Was machst du? Arbeitest du? Wie lange bist du schon in Paris? Vermisst du Deutschland?

Aber es stört mich nicht. Ich genieße die Zeit und meine Anspannung verschwindet mehr und mehr. Irgendwann deutet er auf meine Kette, oder wohl eher mein Choker. „Das ist sehr schön", sagt er und fährt mit seinen Fingern darüber. Ich schaue nach unten, aber kann die Kette natürlich nicht sehen. „Danke", sage ich lächelnd. Als ich wieder hochschaue, ist sein Gesicht nur wenige Zentimeter von meinem entfernt. Ich denke nicht lange nach, lehne mich nach vorne und küsse ihn. Er erwidert meinen Kuss und die Hand, die eben noch an meinem Hals lag, gleitet nach unten und greift nach meinen Händen auf dem Tisch. Seine Hände sind groß und warm.

„Wollen wir noch bei mir einen Film gucken?", fragt er, sobald wir uns gelöst haben. Ich nicke aufgeregt. „Ich wohne hier gleich in der Nähe", sagt er lächelnd. Natürlich wohnt er das. Er ist ja nicht dumm. Ehe ich es mich versehe, sind wir vor dem Hauseingang und er schließt die Tür auf. Das Treppenhaus ist geräumig. „Ich habe meine Wohnung in der ersten Etage."

„Wow!", sage ich, als wir eintreten. Die Wohnung ist schön geschnitten und sieht gemütlich aus. „Wir bekommen die Wohnung vom Verein gestellt", erklärt er. „All meine Teamkollegen wohnen in diesem Haus." Bis zur Filmauswahl schaffen wir es nicht mehr, da sind wir schon küssend auf seinem Sofa gelandet. Er streift mir die Schuhe aus und während wir uns küssen und ausziehen, spüre ich die Erregung in mir aufsteigen. Vielleicht bin ich sogar ein bisschen feucht? Aber mit dem Vorspiel muss ich gar nicht rechnen. Ich rechne nie mit Vorspiel, maximal knetet er meine Brüste für eine halbe Minute.

Danach darf ich mich ausziehen. Ich weiß leider nicht, dass Frauen oftmals länger brauchen als Männer, um auf die Betriebstemperatur zu kommen. Ich nehme es einfach hin. Er ist hart, spüre ich. Dann kann es ja losgehen. Er zieht ein Kondom über, dreht mich um und ohne auch nur mit dem Finger vorzutasten, stößt er in mich rein.

Wenn ich dachte, dass ich feucht bin, dann war das ein Trugschluss. Die ersten Stöße sind noch angenehm, weil ich so erregt vom Moment bin. Aber dann spüre ich, dass seine Größe und diese Position nicht wirklich für mich funktionieren. Wahrscheinlich mit der Kombination, dass ich fast kaum feucht bin. Ich beiße mir auf die Lippen und weil er hinter mir ist, kann er es nicht sehen.

Vielleicht muss die Position ja wehtun, denke ich. Ich blicke verkrampft auf die Laterne vor seinem Fenster, die dünnen Vorhänge lassen etwas Licht hineinfallen. Im Zimmer ist es stockdunkel. Er hat kein Licht angemacht, seit wir da sind. Warum hat eigentlich nie ein Typ das Licht angemacht, wenn wir Sex haben?, frage ich mich in dem Moment. Finden sie mich nicht schön? Wollen sie mir nicht in die Augen sehen?

Während er weiter in mich stößt, versuche ich, mich darauf zu konzentrieren, es zu genießen. Komm schon. Das ist doch Sex, denke ich. Das macht doch so viel Spaß. Alle im Wohnheim sagen doch immer, wie geil es ist. Aber innerlich bete ich, dass er jeden Moment kommt, damit es endlich aufhört. Es dauert auch nicht mehr lange. Er stöhnt, stützt sich schnaufend auf meinem Rücken ab und zieht ihn dann heraus.

Ich atme langsam und möglichst geräuschlos aus. Wir tauschen die üblichen Floskeln aus. Er sagt mir, wie schön es war. Ich stimme zu und dann kommt der Moment, auf den ich mich insgeheim am meisten gefreut habe. „Mir ist so kalt", sage ich. „Darf ich einen Pulli von dir haben?" Unschuldig lächele ich zu ihm hoch. Er guckt kurz überrascht. „Ja klar." Er dreht sich zu seinem Schrank um und öffnet ihn. Ich lächle glücklich. Für ihn mag es nur ein Pulli sein, aber für mich ist es mehr.

Wie oft sehe ich die anderen Mädchen in den für sie oversized Pullis ihrer Partner im Wohnheim herumrennen. Das ist meine Chance. Wenigstens für diesen Abend. Und wer weiß, vielleicht noch für mehr Abende.

Mein Blick fällt auf Gilles. Weil er so groß ist, muss er sich bücken, um an das Fach zu kommen und dabei hält er mir seinen schön geformten Hintern ins Gesicht. Ich grinse schelmisch und schlage mit aller Kraft darauf. Es rumst.

Erschrocken springe ich auf und er zurück. Vor lauter Überraschung ist er gegen eine Regalreihe gekommen und hat diese heruntergerissen. Er starrt mich an. Ich lache über die Komik der Situation. Er blickt mich mit aufgerissenen Augen an. Es ist fast nur noch das Weiß in seinen Augen zu erkennen.

„Scheiße, hast du mich erschreckt." Ich muss weiter lachen, dann sehe ich seinen Gesichtsausdruck. Er findet es anscheinend überhaupt nicht lustig. Ich verstumme und greife wortlos nach dem

Pulli, den er mir hinstreckt. Gilles schüttelt den Kopf und geht in die Küche. Schulterzuckend schlüpfe ich in den Pullover. Natürlich ist er mir viel zu groß. Zufrieden kuschele ich mich neben ihn ins Bett und wir schlafen beide ein.

Das Tageslicht, das durch die dünnen Vorhänge scheint, weckt mich sanft. Langsam setze ich mich auf und gucke stolz an mir runter. Den Pulli habe ich immer noch an. Dann sehe ich, dass auch Gilles wach ist. Sofort setzt bei mir die Routine ein. „Du musst los", sagt er. „Ich weiß", sage ich mechanisch. Natürlich gibt es kein Frühstück. Es gibt nie Frühstück.

Es kommt mir nicht mal in den Sinn, danach zu fragen. Ich greife nach meiner Tasche, ziehe meine Hose an, schlüpfe in meine Stöckelschuhe und lange nach meiner Jacke. „Darf ich dir den Pullover beim nächsten Mal wiedergeben?", frage ich lächelnd. „Ja, von mir aus", meint er.

Bevor ich gehe, sagt er noch etwas. Etwas, das alles ruiniert, was noch zu retten war.

„Wenn du rausgehst, achte bitte darauf, dass keiner meiner Teamkollegen dich sieht. Und wenn doch, dann sag nicht, dass du zu mir gehörst."

Meine Gesichtszüge entgleiten. Aber ich fange mich schnell.

„Oh, dürft ihr eigentlich keinen Besuch hier haben?", frage ich.

„Doch doch!", erwidert er. „Es ist nur … naja." Er lächelt. Aber das Lächeln erreicht seine Augen nicht.

Doch ich habe es schon verstanden. Er will nicht mit mir gesehen werden. Das passiert mir nicht zum ersten Mal. So viel bedeute ich ihm. Oder besser gesagt so wenig. Ich bin nicht mehr als ein billiges Tinder-Date, ein schneller Fick. Ohne Frühstück. Ohne Respekt vor meinen Gefühlen. „Verstehe", sage ich tonlos. Ich ziehe mir meine Jacke an und trete in den Flur. Er schließt die Tür hinter mir und ich gehe langsam die Treppe herunter, öffne die Eingangstür und trete auf die Straße. Der Samstagmorgen ist kühl und geschäftig. Leute hasten an mir vorbei, als ich zur Metro laufe.

Ich fühle mich schon wieder so dreckig. Aber ein anderes Gefühl kommt auf und ein Lächeln schleicht über mein Gesicht. Ich habe seinen Pullover und das ist doch ein Anfang.

Ich atme tief aus und steige in die Linie 3 Richtung Gallieni ein. Die Richtung, in die ich normalerweise fahre. In Villiers steige ich aus und laufe die Treppen hoch. Es wird das letzte Mal gewesen sein, dass ich jemals nach Levallois gefahren sein werde. Denn er wird sich nicht mehr melden. Denn er wird nicht antworten. Denn er wird all meine Versuche abblocken, die ich unternehmen, wenn ich ihn ins Kino einladen will oder essen gehen will. Aber das weiß die Nora nicht, die gerade leicht lächelnd in die Straße des Wohnheims einbiegt. Den Pullover fest umklammert.

BIOGRAFIE

Nora Plato, geboren 1996 in Rostock, lebt in Berlin, wo sie an ihrem ersten Roman arbeitet. Eine Vielzahl ihrer Geschichten sind inspiriert aus ihrer Zeit in Paris, wo sie drei Jahre gelebt und gearbeitet hat.

Rottmüller Patrizia Franziska

Poesie – der Mensch und die Natur

Gedichte

I) Tanz in den Mai

Beltane

Der nächtliche Reigentanz am hellen Feuer,
ein keltischer Brauch
zur Maiennacht,
wird jedes Jahr gefeiert, bis dass der Frühling
neu in uns erwacht.
Hindurch die Nacht wird getanzt,
geräuchert und Magie gelebt
und aufgehört wird erst, wenn unter uns
der Boden bebt.
Doch auch wer handelt mit Bedacht
und gibt gut auf sich acht,
– in dieser magischen Nacht –
wird spüren seine Größe und kommen
so in seine MACHT.

II) Sonnenfinsternis

Wenn der Mond am Tag die Sonne bedeckt,
sodass es scheint, als hätte die Nacht sich
auf dem Erdenrund erstreckt,
ein Schatten zwischen Erde und Sonne liegt;
ganz still und mächtig, die Dunkelheit
dann siegt.
Jedoch der Mond mit seinem feinen Licht,
– durch das er heute zu uns spricht –
die Emotion in uns nun klärt,
dem Gefühl,
dem wir so oft den Rücken haben zugekehrt.
Die Sonne wird sich wieder zeigen,
erneut in strahlender Kraft
und breit macht sich in uns die Zuversicht,
dass man doch ALLES schafft.

III) Frühling

Schau dir die Natur so an, wie sehr sie
einfach wachsen kann.
Ganz losgelöst und frei, kommt
eins, zwei, drei, die Fülle schon herbei.
Doch sei gewiss, was hier geschieht,
kann Menschenwerk nicht sein.
So lasst uns preisen den, der sie erschuf,
mit eben diesem RUF.

IV) Vollmond

Tanze mit dem Mond und singe mit dem Wind.
Lass dich von ihm verzaubern und lache wie
ein Kind.
In das Gefühl tauch ein, das dich bereits erfüllte,
bis tief in deine Seele und dort auch
deine Sehnsucht stillte.
So ist es heut in dieser Vollmondnacht,
als kehrtest du erneut nun heim,
zurück in deine Wahrheit
und in dein wirkliches SEIN.

Schlosser Attila

Gedichte

Exil

Hinter den Bergen
Gibt es kein Land
Keine Orangenhügel
Eine erschreckende Vision
Das Bild der Zukunft
Ist die Dekadenz der Gegenwart
Die Welt ist erfunden
Ich schwebe in einem tiefen Schlaf
Einer Projektion der Zeit
Gewalt, eine unsichtbare Flüssigkeit
Die jeden Raum durchfließt
Tod, ein Fixum und Realum
Ungebrochen das Wort
Die Leichtigkeit des Seins
Exil

In Anbetracht der schattenhaften Umrisse
Ein Faible für Horreur zu entwickeln
Exil

Hinter den Bergen
Gibt es kein Land
Keine Orangenhügel ...

Die Stadt der Lichter, die Stadt der Bäume

Hier lebt ein Mensch für sich allein
Nachts betrachtet er die Sterne
Die da leuchten in Einsamkeit
Getragen wird Sehnsucht in die Ferne
Getragen auf Schwingen weit hinaus
Denn nachts da fühlt man diese Schwere
Des Mondes grausame Liebelei

Monotones

Wenn der Lärm verhallt im leeren Raum und die Lichter erlöschen
Dann bahnt sich die Dunkelheit ihren Weg durch all die verlorenen,
ermüdeten, matten Gesichtern.
Es herrscht Stille, eine unerträgliche Stille, jene welche gewöhn-
licherweise einem Aufbrausen vorangeht. Einem Orkan, welcher
In einer Ferne all jene zerschundenen Körper auf ein Neues
Durcheinander wirbelt.
Wenn Tränen deine Wangen netzen so schaue nicht hinaus in
diese verlassene Welt, wenn auch du allein und verlassen bist
So greife hinein in diesen Horizont voller Sterne, die genau
wie du in dunkler Nacht uns allen leuchten, schaue hinein
tief in dein Herz und sieh zu was du findest
in dieser Rumpelkammer.

Ein Wintermorgen

Schneebedeckt liegen die Hügel im Schlaf
Ich reibe mir die Augen und liege da
Eingehüllt in schweren Daunen
Vereinzelt blinzelt die aufgehende Sonne
Durch mein tristes Fenster
Wie viele Tage werden noch kommen und gehen
Und wie oft werden sich meine Augen
Noch öffnen und schließen
Bis auch in meinem Herzen das Leben
wieder erwacht.
Ich sah dich leuchten wie ein kleines Kind
Und erschrak ob des Stolzes der in
deinem Blick lag, nun ist mein Herz schwer
Und ich denke immerfort nur noch an dich

Der Stolz

Stolz ist eine der größten Irrtümer, denn wirklich das Leiden
rechtfertigt keinen Stolz, wenn du dieses überwunden, und
dein Kamerad oder dein Freund nur liegt tot auf dem Felde,
sein Blut tränkt die Erde und seine Seele liegt am Grunde
irgendeiner Schlächterei, du stehst da mit stolzerfüllter Brust,
so steht die Demut viel schöner auf deinem Gesichte, lass
die Stolzen ziehen, Choräle singend, die Posaunen klingend,
Parolen schwingend, die Stille lässt die Stimmen der Toten
erklingen und die Klinge des Schwertes schneidet Fleisch
und lässt dieses dampfen in der Kälte der Nächte in denen
das Feuer brennt um den ekligen Geruch von verbranntem
Menschenfleisch zu verkünden.
Mensch gehst du einher um deinen Bruder zu töten, so sei doch
nachher wenigstens nicht stolz darauf.

Einzig

Einzig es war ihm als wollte er die ganze Welt
mit seinen Armen umschließen, eintauchen
in all das geschäftige Treiben; doch plötzlich
wurde ihm bewusst, dass er in Wirklichkeit
nur eins wollte. Ein kalter Schauer fuhr durch
Sein Mark. Stehenzubleiben. Nichts und alles
war ihm fremd. War dies der Planet, auf dem er lebte?
War dies die Zeit? Und wo blieb sein Leben?

Wer hatte es ihm gestohlen?
Er wusste, dass er verloren war,
und er wusste, dass sie verloren waren.
Einzig der Tod wurde ihm zu einer alltäglichen
Angelegenheit, so die Sonne schien,
doch wenn die Kühle seiner Kammer
ihm durch die Glieder fuhr, kratzte er
mit den Fingern am Steinboden,
bis sie blutig waren.

In einen Käfig eingesperrt

In einen Käfig eingesperrt
welch seltsames Abenteuer
Vergnügen und Verwunderung
obliegt da das Mahl des Abends
der Ketten so abhold geworden
in langwierigem Müßiggang
grässlich verzehrtem Gesichte
gleichgültig dargebracht wurde
verschlungen in eiliger Hast
erging es dem Verratenen

der dem sehnlichsten Wunsch folgend
seiner Seele tiefre Gründe
gelegentlich zu durchforsten
in mannigfachem Gebaren
folgendes stockend von sich gab
wie denn, dass diese Brust nicht barst
zornerfüllt in tausend Flüche
als sich auf dieses Haupt legte
des Geschickes mühselge Last
welch sonderbare Bewandtnis
redlicher Absicht zu schweigen
da die Stunde doch gebietet
zu nehmen ein Schwert in die Hand
fordern der Gerechtigkeit Pfand
zerschlagen die unselige Brut
so lassen im Kampfe dein Blut
so dir die Pflicht doch gebietet
den Weg, den deinesgleichen ging
tausendfach geführt zur Schlachtbank
verfluchter, was fürchtest du dich
so nimmer und nie zu gehen
vor Schmerzen oder gar vor dem Tod
da du doch jetzt auserwählt bist
mit Blut zu schreiben, was wahr ist
also denn wahr sei, was Blut ist
so schweigte er hin immerfort
bis zur vorgerückten Stunde
Müdigkeit ihn übermannte
und mit letzter sanfter Geste
das Stahl der Gitter berührte
leg dich hin und schlaf, Verfluchter
lass funkeln den Strahl des Gestirns
der Morgen ist Schmerzes Woge
den zu fühlen dir fehlt der Sinn
(1991) III01©LYRIKwelt

Die Intensität des Augenblicks

Das Schicksal in den Händen,
im Angesicht des Todes,
frei alles Unnützen,
frei in der Entscheidung,
frei so zu handeln,
am Puls des Lebens,
am Puls des Todes,
wie einzig das Herz
regiert
frei zu sein von dir
und was du denkst,
was du glaubst zu denken,
bis du entdeckst, dass
das Einzige, was zählt,
ist flink zu sein.
Denn der Krieg ist
die letzte Instanz
Die Bombe fällt
Und wir singen
Und lachen, denn
dieser Augenblick
ist bemessen für ein
ganzes Leben

Tagtraum

Ein Fluss spült mich davon
in deine Arme
Du nimmst mich auf
wie ein Kind
Halt mich fest, meine Arme

bis dass der Fluss verrinnt
in der Unendlichkeit des Nicht-Seins
Lass einen Choral erklingen
für die Unendlichkeit

Fiktion

In der Galaxy
Reich D schlängelten
sich die Wege wie
Hauptstromkabel durch
das Gehirn.

Tom hielt seine Zigarette in
der Hand, entzündete sie und
zog den Rauch tief in seine
Lungen

Veronika ging die Straße entlang,
sie betrachtete die Auslagen
in den Vitrinen der Geschäfte.
Zwei Tage war sie so durch
die Stadt geirrt.

Unvergessen blieb mir der
Schimmer der Lichter
unvergessen der Nebel, der alles
umhüllte, alles umgab.

Das vortreffliche Problem, dass Hermann nicht in seiner Umgebung aufgehen wollte

Nicht hier und nicht jetzt
Nicht das, nicht so will ich werden, denn ich verabscheue dies.
Nicht diese Enge, nicht diese Kleinkariertheit, nicht diesen
Krämergeist, nicht diese Aufgeblasenheit.
Hier war ich nie willkommen, wieso sollte mir das
hier willkommen sein.
Hier war ich ungewollt und ungeliebt, ein Mensch
zweiter Klasse, und heimlich schlich ich wie ein Dieb
durch die Nacht, in Angst versetzt, dass jemand ertappt,
welch Gedanken, welch Gefühl mein Herz trieb.
Frei zu sein und Mensch zu sein unter Gleichen.
Teil zu sein, nicht in einem Klub der Niedertracht,
sondern Großes zu fühlen und Großes zu denken,
Großes zu wagen ...

Der Tag verrinnt ohne dich

Mein Herz schlägt im Rhythmus
Der Zeit, die du mir schenkst
Ein Augenblick in deinem Licht
Und vergessen ist all Ungemach
Es ist ein schöner Tag, wenn du lachst

BIOGRAFIE

Attila Schlosser wurde am 19. Mai 1964 in Kosice, der damaligen ČSSR, als zweites von drei Kindern einer ungarischen Familie geboren. 1968 floh die Familie in den Westen und erhielt Asyl in der Schweiz. Die Grundschule absolvierte er in der Schweiz. Die nächsten 7 Jahre verbrachte er in einem ungarischen Internat in Bayern (BRD), wo er das Gymnasium besuchte. Schlussendlich schloss er die Maturitätsprüfung in Triberg im Schwarzwald ab. Seitdem lebte er in Zürich in der Schweiz. Seit längerem lebt er nun mit seinen zwei Kindern und der Ehefrau in Basel ...

Schwarz Mahvach

Der Wahrsager

Es ist das Jahr 1950. Das Gartenrestaurant im vornehmen Stadt-
teil von Teheran ist an diesem warmen Sommerabend bis zum
letzten Tisch reserviert. Am Tisch 7 sitzt eine sehr glücklich er-
scheinende Familie: Ein vornehmes Ehepaar mit seiner Tochter
im Teenageralter. Sie ist ein hübsches Mädchen, voller Lebenslust.
Als sie gehört hatte, dass ihr Onkel – der jüngere Bruder ihrer
Mutter – mit seiner eleganten Frau bei diesem Abendessen dabei
sein würde, hatte sie alles darangesetzt mitzukommen. Ihr Onkel
hatte in England studiert, war weltoffen, galant und humorvoll.
Er hatte ziemlich lange gesucht, um die richtige Frau für sich zu
finden. Nicht zu orientalisch und auch nicht zu europäisch. Und
in der schlanken, charmanten, unterhaltsamen Frau neben sich,
die an diesem Abend ihr Haar mit einer Blume zierte, hatte er die
Frau seines Lebens gefunden.

„Hat es Ihnen geschmeckt?", fragt der Kellner, während er abräumt.

„Wunderbar, köstlicher könnte es nicht sein", antworten sie.

„Was darf ich Ihnen zum Dessert bringen?"

„Eis natürlich, und dazu noch ein hauseigenes Gebäck."

„Und bitte, können Sie danach noch ein Foto von uns machen?"

Der Onkel zeigt stolz sein neues, aus England mitgebrachtes
Leica-Fotoapparat dem Kellner. Dieser wirkt etwas gehemmt. Er
weiß nicht, wie mit dem Apparat umgehen. Der Onkel hat es sofort
gemerkt und gibt ihm Instruktionen.

„Selbstverständlich, sofort nachdem ich den Tisch gedeckt habe!"

Im Hintergrund hört man leise das Lied „I can dream, can't I?"
von den berühmten Andrews Sisters.

Ein Mann kommt langsam und hinkend auf ihren Tisch zu. Er
ist ärmlich gekleidet, seine weite Hose – etwas zu kurz geraten –
schlottert an seinen Beinen, sein kariertes Hemd ist ungebügelt,

aber sauber. An seinem Hosengürtel hängt ein Stoffbeutel mit Geldmünzen darin. An der Hüfte hat er einen kleinen Schemel hängen.

„Akbar, was machst du hier? Du weißt, du hast Hausverbot", flüstert ihm der Kellner zu.

„Ich will arbeiten. Du arbeitest ja auch!"

„Aber das ist doch etwas ganz anderes. Ich bin Kellner, du bist Wahrsager. Die Gäste hier brauchen keinen Wahrsager. Und schon gar nicht so einen wie du. Einer, der die Gäste beunruhigt und ihnen schlimmes Schicksal voraussagt!", flüstert er.

„Das Schicksal bestimmt der Allmächtige!", sagt er mit erhobener, trotziger Stimme. „Ich sage nur die Wahrheit. Ich bin Wahrsager!"

„Und außerdem, habe ich dir nicht gesagt, dass dein Junge gesund wird, als die Ärzte ihn aufgegeben hatten? Und ist er nicht gesund geworden? Also sage ich auch Gutes voraus, wenn es wahr ist."

„Ja gut, ja aber wenn der Chef kommt in einer halben Stunde, da musst du weg sein, sonst verliere ich noch meine Stelle."

Die Familie scheint den letzten Teil des Gesprächs mitgehört zu haben. „Kommen Sie zu unserem Tisch", sagt der Onkel, „erzählen Sie von unserer Zukunft. Ich glaube zwar nicht an Hokuspokus, ich bin Wissenschaftler, aber es kann unterhaltsam sein." Er steht auf, gibt ihm eine Zwanzigernote und noch ziemlich viel Münzen. „Das sollte reichen!"

Der Wahrsager schnappt die Note, steckt sie in die Hosentasche und wirft die Münzen schnell in seinen etwas zerrissenen Geldbeutel. „Vielen Dank, mein Herr!"

Er nimmt seinen Schemel, setzt sich vor den Onkel und beginnt, seine Hand zu lesen.

Der Kellner flüstert ihm noch ins Ohr: „Nur Gutes erzählen, hörst du?" und verschwindet.

„Sie sind im Leben viel gereist, gnädiger Herr. Sie haben einige Jahre im Ausland gelebt und sind sehr gebildet."

„Stimmt, ja", sagt der Onkel, „und ich bin verheiratet und habe 3 Kinder und die hübsche Frau mit der Blume im Haar neben mir ist meine Frau", sagt er lachend.

„Sie hatten vier Kinder, gnädiger Herr, nicht drei, eines ist im Säuglingsalter gestorben."

„Ja, das stimmt, unser Töchterchen ist an Cholera verstorben." Seine Frau erschrickt. „Gibt es denn sowas! Woher weiß er denn das?" Das junge Mädchen legt ihren Arm liebevoll und beschützend um ihre Schulter.

Die vornehme Dame seufzt laut: „Ja, das war ein schlimmes Jahr, so viele Eltern haben ihre Kinder an Cholera verloren!"

„Sie leben in einem Haus und sind Besitzer einer kleinen Fabrik ganz in der Nähe von Ihrem Haus."

„Ja, das stimmt, aber wissen Sie, wie gesagt, ich glaube einfach nicht an Hokuspokus."

„Das kann ich bestätigen", ruft der vornehme Herr von der anderen Seite des Tisches. „Als er das Haus kaufen wollte, sagten ihm die Nachbarn, er sollte das nicht tun. Vor ihm wären schon zwei Besitzer des Hauses, einer nach dem anderen nach kurzer Zeit verstorben. Aber er glaubt eben nicht an solche Dinge!"

„Wie du siehst, lebe ich noch und was sagst du dazu?", fragt der Onkel mit einem freundlichen Lächeln. Der vornehme Herr schüttelt den Kopf.

Der Wahrsager hört dem Gespräch nicht mehr zu. Er starrt auf die Hand und traut sich nicht aufzuschauen.

„Was ist, warum sind Sie plötzlich so blass? Stimmt etwas nicht mit Ihnen?"

„Mein Bein, gnädiger Herr, manchmal habe ich höllische Schmerzen."

„Ach Onkel, bettelt das Mädchen, lass mich doch meine Hand zeigen. Du nimmst ja seine ganze Zeit weg!"

Sofort schiebt der Wahrsager seinen Schemel zum Mädchen und nimmt ihre Hand. Er wagt nicht richtig aufzuschauen, aber ganz verstohlen blickt er zum Onkel, um zu sehen, ob er etwas gemerkt hat. Das hat er nicht. Er hantiert mit seiner Leica-Kamera herum.

„Wie schrecklich, er wird höchstens noch ein paar Monate leben. Seine Lebenslinie ist zu Ende", denkt er.

„Sag mir, Wahrsager, werde ich mich bald verlieben, werde ich heiraten und glücklich sein, wie viele Kinder werde ich haben und wird mein Mann reich sein?"

„Kind, was fragst du da? Gesundheit ist doch viel wichtiger im Leben, frag doch wenigstens das!", mahnt die vornehme Dame.

„Gnädiges Fräulein, viele Türen werden sich für Sie öffnen. Sie werden ins Ausland gehen, die beste Ausbildung machen, Sie werden einen Europäer heiraten und ja, Sie werden auch Kinder bekommen."

„Oh, so schön!", ruft das Mädchen.

„Was redest du denn da? So ein Blödsinn. Unsere Tochter wird hier in Persien bleiben und einen Landsmann heiraten!", ruft der vornehme Herr verärgert.

„Komm jetzt rüber, du kannst meine Hand lesen. Mir kann man keinen Bären aufbinden. Ich bin Herr über mein Leben. Ich habe alles in der Hand!"

Der Wahrsager schiebt seinen Schemel zu ihm. Kurz hebt er seinen Kopf, um einen Blick auf die elegante Frau mit der Blume im Haar zu erhaschen.

„Arme Frau", denkt er, „sie wird bald Witwe mit drei kleinen Kindern. Was für ein Schicksal!"

„Gnädiger Herr, Sie sind sehr wohlhabend und in der ganzen Stadt anerkannt."

„Nicht schlecht geraten, Wahrsager", sagt der vornehme Herr stolz.

„Außer dieser Tochter haben Sie noch zwei Söhne."

„Ist das alles, was du siehst?" Er lacht. „Das weiß ich selbst auch."

„Nun, was wird geschehen, Wahrsager?"

„Dazu müsste ich noch die Hand Ihrer Frau sehen", versucht der Wahrsager abzulenken. „Nichts hat er in der Hand, alles wird ihm entgleiten", denkt er.

Die vornehme Frau ist genervt und sagt zu ihrem Mann: „Lass ihn doch, hat er nicht genug gesagt? Woher soll er alles wissen? Er ist doch nicht der Allmächtige!"

Er nimmt die Hand der Frau und starrt in die Linien. Er sieht genau das, was er in der Hand ihres Mannes gesehen hat. Eine Familie mit einigen Tragödien im Leben.

„Erzähl nur das Gute", hatte sein Freund, der Kellner, gesagt.

„Wahrheit", denkt er, „ich habe genug von Wahrheit. Der Allmächtige bestimmt das Schicksal und wir müssen es annehmen. Haben wir überhaupt eine Wahl? Wir sind doch nur seine Vasallen?"

„Gnädige Frau, gnädiger Herr, Sie werden dem Allmächtigen immer ergeben sein!"

„Schön gesagt, Wahrsager", sagt die vornehme Frau. Sie blickt zu ihrem Mann und sagt: „Was gibt es Wichtigeres als das?"

Der vornehme Mann nickt nachdenklich.

„Und jetzt noch die arme Frau mit der Blume im Haar, dann werde ich gehen, ich kann nicht mehr", denkt der Wahrsager.

Er starrt in ihre Hand. Er wirkt plötzlich erleichtert. Ein Lächeln huscht über sein Gesicht. „Es gibt eine Wahl, und sie trifft die Wahl!"

Sie wird ins Ausland ziehen, mit ihren Kindern. Sie wird ein Geschäft aufmachen und gutes Geld verdienen. Es wird kein einfaches Leben werden, aber sie wird alles in die Hand nehmen und Herrin über ihr Leben sein.

„Was lächelst du so, Wahrsager, sag, wird sie glücklich?" fragte der Onkel.

„Ja, gnädiger Herr, sie wird glücklich!"

Er schaut verliebt in die Augen seiner Frau und sagt: „Natürlich wirst du glücklich an meiner Seite!"

„Was machst du hier, du Lump? Habe ich nicht gesagt, du hast Hausverbot?"

Der Wahrsager steht schnell auf, zieht die Schnur von seinem Geldbeutel fest, bindet seinen Schemel um seine Hüfte und will davonlaufen. Aber zu spät. Der Restaurantbesitzer erwischt ihn hinten am Kragen. „Hassan", ruft er dem Türsteher zu. „Komm, pack diesen Strolch und wirf ihn hinaus!"

Hassan, der kräftige Türsteher, ist sofort zur Stelle. Er zerrt ihn aus der Sichtweite der Gäste, verpasst ihm rechts und links eine Ohrfeige, dass er nach hinten taumelt und auf den Boden prallt.

Sein Geldbeutel reißt auf, und die Münzen fallen auf den Boden. Er zieht sich am Boden, um seine Münzen aufzuheben, aber der Türsteher packt ihn und wirft ihn aus der Tür.

Schnell hebt er die Münzen für sich auf und steckt sie in seine Hosentaschen.

BIOGRAFIE

Autorin der Kurzgeschichte ist Mahvach Schwarz, MA UZH, Soziologin. Aktuell schreibt sie an einem Coming-of-Age-Roman.

Gedichte

Dezember

Dezember, zeigt das Kalenderblatt,
und schaue ich aus dem Fenster raus
dann kann ich es nicht glauben
daß dieses der Monat sei
wo der Schnee liegt, dick, auf dem Rasen.

Dezember, zeigt das Kalenderblatt,
und auf dem Dach da flirrt das Licht
die Mücken sind nun aufgewacht
und tanzen miteinander ganz beglückt,
im Sonnenlicht.

Dezember, zeigt das Kalenderblatt,
der Garten liegt im Sonnenstrahl,
die Bäume und die Büsche sind ganz kahl
doch, die Vögel in den Ästen springen
und ein frohes Lied singen,
der Frost, ist nicht da.

Dezember, zeigt das Kalenderblatt,
doch Eis und Schnee sollten den Bach bedecken,
die Fische in ihrem feuchten Element,
sollten sich im Bachgrund verstecken,
doch glücklich steht der Reiher da
und fängt sich ein Karpfenpaar.

Dezember, zeigt das Kalenderblatt,
es fällt kein Schnee, doch Regen satt,
er kommt mit Übermacht daher,
er rauscht und zischt wie das Meer,
doch die Gärten und Wiesen leiden sehr.

Dezember, zeigt das Kalenderblatt,
da fällt der Frost über Nacht
und hat auch große Kälte mitgebracht,
deckt die Wiesen, Bach und Bäume zu,
jetzt liegt das Land in stiller Ruh.

Die Eiche

Es steht die Eiche, ein starker Baum,
weit entfernt vom Waldessaum.
Hauchend fährt der Wind sacht
durch das gefärbte Blätterdach.
Leise stöhnt und knackt der Stamm,
in, so wie auf ihm sitzt Moos und Schwamm.

Viele Jahre steht er hier im Rund,
allein auf diesem Wiesengrund.
Einsam ist es um ihn geworden,
er fragt sich, was wird geschehen
am nächsten Morgen.

Macht der Förster mir nun Sorgen,
setzt er nun bei mir die Säge an
und will mich morden.
Nein, ein Sturm soll mich niederringen
und so zum Sterben bringen.

Der Untergang des Menschen.

Der Herrgott schuf die Welt allein,
und setzte dann den Menschen dort hinein.
Fauna und Flora passten sich dem Leben an,
nur der Mensch dachte nicht daran.

Er spielt Gott und ist erfinderisch,
gab nie Ruh, war immer kriegerisch,
trotz seiner Intelligenz ist er dumm,
die Welt erkrankt, doch er bleibt stumm.

Der Mensch weiß es,
er kann es erahnen,
was da kommt auf ihn zu,
doch er machte weiter mit seinen Planen.

Die Gier nach Gut und Geld,
ist viel zu groß, um zu retten diese Welt,
der Mensch geht mit offenen Augen sehend,
dem Untergang entgegen.

Der Wolf und das Lämmlein

Der Wolf am Zaune steht,
und voller Freude
die Schafe auf der Weide zählt.

Oh, da ist ein Lämmlein klein,
frisch, lecker und fein,
doch wie soll er an den Leckerbissen kommen?

Er steht am Zaun ganz benommen,
der Zaun ist sehr hoch
und in einem Sprunge nicht genommen.

Speichel aus seinem Maul tropft,
die Gier ist groß
und er immer noch auf ein Schlupfloch hofft.

Doch vieles hat ein schnelles Ende,
dieses kommt durch den Bauern,
mit dem Schießgewehr, behende.

Der Bauer, auf den Wolf schießt,
vergessen,
ist der
Lammesappetit.

Kurzgeschichten

Micheli ist tot

Tägg! Dieses kurze, trockene Geräusch, wie wenn ein Ast gebrochen wird. Micheli war mein Kindergartenfreund. Kindergartenfreund deshalb, weil kaum in der 1. Klasse ist er von diesem Klettergerüst gefallen. Ich war dabei und kann mir heute noch nicht erklären, warum er im Fallen nicht die Arme vorgestreckt hat. Das tut man doch automatisch. Micheli offenbar nicht. Wie ein fehlgesteuertes Modellflugzeug ist er kopfvoran auf die Steinplatten gekracht. Er hat nicht mal geweint, ist einfach aufgestanden und wollte wieder zu uns hochkommen. Dann hat er die Augen verdreht und ist umgekippt wie ein Sack.

Vier Monate war er im Spital. Einmal sind wir ihn mit unserer 1-Klasslehrerin besuchen gegangen. Immer zwei und zwei durften wir zu ihm rein. Micheli lag mit einem dicken Kopfverband ganz bleich im Bett und hat keinen mehr von uns gekannt. Auch die Lehrerin nicht, Fräulein Oberholzer. Als ich an der Reihe war, dachte ich, das ist nicht mehr Micheli. Und wenn das nicht mehr Micheli ist, habe ich ab jetzt keinen Freund mehr und will auch keinen mehr. Nie mehr.

Sie haben dann noch alles Mögliche mit seinem Kopf ausprobiert. Umsonst. Micheli ist in ein Heim gekommen, ins Edelweiss bei Appenzell, denn seine Mutter hatte noch vier andere Kinder. Meine Eltern haben nur mich, und ab dann war Micheli nicht mehr mein Freund, sondern mein Bruder.

An ein paar Nachmittagen hat meine Mutter in der Stadt Kurse genommen, wie man ihn wäscht, anzieht, füttert und so. Er konnte ja nichts mehr, und die Ärzte sagten, es hätte auch keinen Sinn, ihm etwas beibringen zu wollen. Sein Kopf sei kaputt. Einer sagte sogar, es wäre vielleicht besser gewesen, wenn Micheli hätte sterben können. Aber das dürfe man nicht laut sagen, wo seine Kollegen sich eine solche Mühe gegeben hätten. Und womöglich hätten sie ihn mit etwas Glück ja auch wieder flicken können. Das wisse man im Voraus eben nie. Der Kopf sei unberechenbar.

Jedenfalls wohnte Micheli ab dann bei uns. Natürlich hätte ich gerne mit ihm das Zimmer geteilt, aber die Eltern waren dagegen, weil er doch überall einfach hinmachte, und wenn ihm danach war, alles kaputtschlug. Überhaupt machte er nur, was er wollte – während ich zur Schule musste. Ich musste alles und durfte nichts, und er durfte alles und musste nichts. Hausaufgaben machen, schön essen, gehorchen, der Mutter helfen und so weiter. Einfach dieser ganze Kinderzirkus. Ich wünschte mir auch so ein Klettergerüst.

Überhaupt hatte ich das Gefühl, meine Eltern hätten Micheli lieber als mich. Die Mutter hielt ihn manchmal stundenlang im Arm und streichelte ihn. Oder sie putzte ihm den Sabber ab und die Nase. Wofür ich ein Taschentuch hatte, hatte er meine Mutter. Aber wenn ich ihn quälte, ihn *Tubeli* nannte oder *Krüppel*, bekam ich eins auf den Mund. Ich wegen ihm. Er? – Nie! Ich sollte anständig sein. Er musste nie anständig sein, durfte in die Windeln machen, wann und wo er wollte, spucken, kaputtmachen, dem Besuch die Zunge rausstrecken, am Tisch furzen, in der Nase bohren, mich plagen, alles. Ich dagegen sollte vernünftig sein, aus mir sollte einmal etwas werden. Micheli durfte einfach sein, und ich musste erst noch werden.

Dabei waren wir ja gleich alt. Er war sogar viel größer und stärker als ich. Hatte der eine Kraft! Auch wurde er bald ziemlich dick, weil er zu faul war, herumzurennen. Und faul sein durfte er natürlich auch. Wahrscheinlich hatte er deshalb die Arme nicht vorgestreckt, weil er schlicht zu faul dazu war. Ich jedenfalls schlug mir die Ellbogen auf, als ich mich dann auch vom Klettergerüst stürzte, und der Vater gab mir eine Ohrfeige. Ich konnte es anstellen, wie ich wollte, am Schluss gewann immer Micheli. Hätten sich die Ärzte doch bloß nicht eine solche Mühe gegeben.

Der Vater hat nach der Ohrfeige dann allerdings lange mit mir geredet. Es war ja klar, was er von mir wollte: Verständnis. Dass sie mit mir anders sein müssten als mit Micheli, und dass das für sie auch sehr schwierig sei. Die Mutter weine sogar häufig deswegen. Wegen mir weinte sie nie, wegen mir wurde sie wütend. Natürlich hat sie mit ihm auch geschimpft. Aber man merkte genau, dass das nicht war, damit er etwas anders machen sollte, sondern damit sie ihren Ärger loswurde und nachts nicht zu weinen brauchte. Das ist nicht dasselbe.

Doch es gab auch gute Zeiten mit Micheli. Am schönsten war es immer, wenn er lachte. Ich habe vorher und nachher nie jemanden gesehen, der so lachen konnte wie er. Wir drei, die Eltern und ich, waren immer ganz verrückt darauf und haben alles unternommen, damit dieses Lachen nie mehr aufhörte. Auch bin ich viel mit ihm in den Wald. Konnte der sich austoben! Er hat geschrien und geschlagen und gejauchzt und Dreck gegessen und Schnecken und Spinnen und alles durcheinander. Er war ein Unwetter. Wenn wir kämpften, habe ich immer verloren. Allerdings bin ich diesen Kämpfen möglichst aus dem Weg gegangen. Ich habe ja gelernt, beim Kämpfen gleichzeitig auch noch auf den Andern achtzugeben. Micheli nicht. Wenn er kämpfte, kämpfte er nur und gab nicht noch acht. Wenn er etwas tat, tat er nur das. Wenn er aß, aß er nur und hörte nicht noch Radio dazu. Wenn er badete, badete er nur, wenn er wütend war, war er wütend und überlegte sich nicht noch, ob der andere vielleicht recht haben könnte. Überhaupt seine Wutanfälle. Da konnte einem angst werden. Wenn ihm etwas nicht passte, kannte der keine Gnade. Etwas erklären konnte man ihm ja nicht, er hatte immer recht. Er machte in seiner Wut auch keinen Unterschied, ob es um ein Bonbon oder um vier Tafeln Schokolade ging. Wenn er wütend war, ging es um Wut und nicht um Süßigkeiten.

Je älter und stärker er wurde, umso weniger wurde ihm die Mutter Meister. Ich natürlich auch nicht. Ich ließ ihn einfach toben und hätte auch gern. Dafür war ich besser im Fußball und so. Damit konnte er rein gar nichts anfangen. Ich hab's versucht. Er sah einfach keinen Sinn dahinter. Den Ball brauchte er, um draufzusitzen oder unter den Pullover zu stecken oder abzuschlecken oder anzupinkeln, bis er davon rollte, für alles, nur nicht fürs Tore schießen.

Dafür konnte Micheli sehr zärtlich sein. Mit den Eltern zum Beispiel, aber auch mit mir. Und wie unverschämt er das genossen hat! Manchmal haben wir einfach mit ihm zu schmusen angefangen, um zu sehen, wie er genoss. Aber das funktionierte längst nicht immer. Geschmust wurde, wann und wie *er* wollte. Und genossen auch.

„An allem ist nur die blöde Lernerei schuld. Wer lernt, sieht früher oder später ein, dass alles zwei Seiten hat. Dann ist hinter jeder Idylle ein Miststock. Wenn ich also lernen muss, sollst du auch müssen", sagte ich und fing an, ihm Dinge beizubringen, damit er nicht mehr so unverschämt würde genießen können. Wörter zum Beispiel, denn er konnte ja nicht sprechen. Oder wenn er etwas zu Boden wirft, dass es dann kaputt geht, und dass man das gefälligst vorher zu bedenken habe. Ihm war das egal. Er hing nicht dran, an der Vase, dem Radio oder an meinem neuen Segelflieger. Es half alles nichts. Sobald er merkte, dass es beim Lernen nichts zu genießen gab, wurde er fuchsteufelswild, und ich schaute, dass ich mit heiler Haut davonkam.

Manchmal war er aber auch traurig. Unendlich traurig sogar. Da hätte ihm das Lernen von den zwei Seiten wohl geholfen. Nicht dass er geweint hätte, nein, er saß einfach da und machte die traurigsten Augen, die man sich denken kann. Ich habe nie herausgefunden, was ihn so traurig machte. „Vielleicht beneidet er dich", sagte die Mutter. Aber das kann nicht sein. Das war eine Ausrede. Ich habe ihn dann einfach angeschaut, bis mir die Tränen kamen, weil er so traurig war. Dann sind wir nebeneinander auf dem Bett gesessen, haben uns gehalten und waren traurig. Es war immer er, der zuerst wieder fröhlich wurde. Ich weiß nicht, wo er diese Fröhlichkeit plötzlich herhatte. Es konnte von einem Moment zum nächsten umschlagen, und alles war vergessen. Dann hat er so lange gelacht, bis ich auch wieder lachen konnte, und wir sind zusammen in den Wald. Oder in die Badewanne. Mein Versprechen habe ich übrigens gehalten. Ich habe nie mehr einen Freund gehabt wie Micheli. Mit niemandem mehr konnte ich so glücklich oder so traurig sein. Für mich ist das der Gradmesser von Freundschaft.

Die Mutter fand, dass wir jetzt Michael zu ihm sagen sollten, weil er doch nun so groß und stark war. Aber es blieb bei Micheli, und ich glaube, es hat ihn nicht gestört. Die Mutter sagte, „Auch er hat Respekt verdient." Aber das sah sie falsch. Vater und ich hatten viel Respekt vor ihm. Nicht, weil er groß und stark war, sondern weil er etwas Besonderes war, und wir nicht.

Als Micheli und ich in die Pubertät kamen, wurde es schwierig. Die Eltern haben versucht, mir alles so gut wie möglich zu erklären, vor allem wegen ihm. Denn er kam einfach zu uns in die Stube, ließ die Hose runter und zeigte uns seinen Ständer. Der Vater hat ihm dann Heftli mit nach Hause gebracht. Die haben wir natürlich zusammen angeschaut, Micheli und ich. Das war auch die Zeit, in der ich mich oft mit Angelika traf. In die war ich so ziemlich verliebt. Er wollte immer auch mit, und einmal habe ich ja gesagt. Als er sie gesehen hat, hat er gestrahlt, sein überglückliches Strahlen. Ich glaube, er fand sie sehr schön. „Siehst du, Micheli", sagte ich, „dafür, dass ich nie am Tisch furzen durfte, habe ich jetzt Angelika bekommen." Er konnte mich unmöglich verstanden haben, aber er wurde unendlich traurig. Über eine Woche hat er nichts mehr gegessen und mich nicht mehr angeschaut. Ich habe Angelika verflucht, war auch traurig – so gut ich's eben sein konnte – und habe dem Vater gestanden, was ich mit Micheli angestellt hatte. Der Vater wurde sehr ernst und sagte zu mir von Mann zu Mann: „Wir müssen für ihn eine Frau suchen." Ich weiß nicht, wie er sich das vorstellte. Geklappt hat es jedenfalls nicht. Auch bei keiner, wo man zahlt. Um ihn wieder aufzuheitern, sind wir dann mit ihm in die Berge. Das hat ihm gefallen, und er wurde wieder fröhlich. Ich traf mich dann einfach heimlich mit Mädchen, und der Vater brachte neue Heftli. In seinem Zimmer stöhnte Micheli, schnaubte, wütete, schrie, bis ihn die Lust durchschossen hatte, und dieser Koloss gebändigt am Boden lag. Die Mutter hat das alles ziemlich mitgenommen. Sie ist in der Stube gesessen, hat sich ganz klein gemacht und die Ohren zugehalten. Ich glaube, sie hatte irgendwie

Angst vor ihm. Er wurde ja größer und größer, ein Bär von einem Mann mit einem pickeligen Kindergesicht. Hässlich sah er aus.

Tagsüber war der Vater im Geschäft und ich in der Schule. Die Mutter war also häufig allein mit ihm. Das war nichts Neues, aber sie meinte, Micheli sei unberechenbar geworden. Wir redeten ihr gut zu und rieten ihr zu einem Knüppel. Doch Micheli war nicht gefährlich. Er war vor allem traurig. Ich ging ja jetzt meine eigenen Wege, und wenn ich nach Hause kam, saß er niedergeschlagen auf dem Bett, den kaputten Kopf nach unten gekippt, die breiten Schultern hängend und der Blick leer. Ich setzte mich zu ihm, und wir saßen dann eine ganze Weile so, bis es wieder gut war. Aber mir wurde klar, dass das auf die Dauer keine Lösung sein würde. Hätte ich denn bloß noch für ihn da sein sollen? Der fraß einen doch mit Stumpf und Stiel auf.

Ich kann mir heute noch nicht erklären, wie er mich gefunden hatte. Ich war mit Manuela im Kino. Plötzlich riefen die Leute hinter uns „abhocke!" Wir drehten uns um, und hinter uns stand Micheli mit seinem Ständer in der Hand. Jemand schubste ihn von hinten. Es gab eine wilde Rauferei, und alle droschen auf Micheli ein, riefen „Sauhund!" und „Drecksack!" Zuerst kämpfte ich auch noch gegen ihn, aber dann wechselte ich die Seite. Wir beide gegen alle. Die Polizei nahm Micheli und mich mit. Natürlich hatten ihn die Eltern bereits überall gesucht. Er war ja noch nie abgehauen, und es hätte ihm leicht etwas zustoßen können. Mehr als das jedenfalls. Obwohl ich mich für ihn im Kino noch verprügeln ließ, war ich stocksauer auf Micheli. Mit Manuela ging's prompt etwas später auseinander. Ich glaube, es war auch ein bisschen wegen ihm. Ab dann war er immer ganz unruhig, wenn ich nicht zu Hause war. Er wollte zu mir, weniger aus Eifersucht, als dass er – der Starke – mich beschützen wollte, damit mir nicht wieder so etwas passieren würde wie in diesem Kino.

Die Mutter hatte fortan die größte Mühe, ihn zu Hause zu behalten. Sie bekochte, badete ihn, sang ihm etwas vor, machte Spaziergänge, alles. Doch er war nicht zu zähmen. Da hat sie ihn einmal eingeschlossen. In rasender Wut und Angst um mich hat er alles kurz und klein geschlagen und geschrien wie ein verletztes Tier. Es muss wie ein Todeskampf gewesen sein. Die Mutter war draußen und traute sich nicht, die Tür wieder aufzuschließen. Er hat sie eingetreten und ist langsam, bebend und schnaubend auf die kleine Mutter zugegangen. „Nicht, Michael, nicht." Ich sehe sie heute noch vor mir, denn in diesem Moment kam ich gottlob zur Tür herein. Den ganzen Abend lagen wir drei uns weinend in den Armen. Als der Vater heimkam, wir vier. Wir wussten, das war das Ende und dachten ans Edelweiß bei Appenzell.

Es ist dann Escholzmatt geworden. Als wir drei Tage später zu ihm hinfuhren, beschwerte sich die Heimleitung bereits. Micheli sei absolut verwahrlost und verroht, viel mehr, als es seine Behinderung rechtfertigen würde. Er würde alles zu Kleinholz machen, auf Pfleger und andere Betreute losgehen, den Betreuerinnen an die Brüste und zwischen die Beine greifen, wild herumonanieren, die Sau rauslassen eben. Dem käme man nur mit Chemie bei. Sonst sei er hier untragbar.

Micheli kam uns nun noch größer und stärker vor. Den ganzen Weg von Escholzmatt wieder zurück nach Hause hat er gelacht, gelacht, gelacht. Nicht böse oder gefährlich, nein, sein unanständig glückliches Lachen.

Aber zu Hause ging es nicht. Er kannte kein Maß. In nichts. Schon am zweiten Tag hatte er mich vor lauter Freude so umarmt, dass ich um Hilfe schrie. Der Vater schlug ihm kurzerhand den Knüppel über den Kopf. Micheli fiel hin und weinte. Der Vater auch, aber nicht drei Tage lang wie er. Seine Gefühle schlugen über ihm zusammen. Er konnte so grenzenlos glücklich, so abgrundtief traurig, besessen eifersüchtig, gotteslästernd stolz, verzehrend zärtlich und blutrünstig geil sein. Wir waren ihm nicht mehr gewachsen.

Auch in Neuhausen am Rheinfall waren sie es nicht. Genauso wenig in Allschwil und schon gar nicht in Zernez. Die Höhenluft machte seine Lebenswut nur noch größer. Schließlich willigten wir in Männedorf ein. Nun war er plötzlich zahm und pflegeleicht. Zum zweiten Mal dachte ich, das ist nicht mehr Micheli. Er wehrte sich nicht mehr, lachte aber auch nicht mehr. Er war nur noch stumpf. Wir holten ihn mit dem Auto für die Wochenenden nach Hause. Die Medikamente gab man uns mit. Es waren traurige Wochenenden. Auf der Rückfahrt nach Männedorf redete ich pausenlos auf ihn ein. Ich wollte ihm erklären, was mit ihm passierte, und was um ihn herum vorging. Dass er doch verstehen müsse, dass er sich nicht so gebärden könne, als sei die Welt nur für ihn erfunden worden. Wenn er schlage, dann tue das anderen weh, die Brüste der Frauen gehörten nicht alle einfach ihm, wenn er laut sei, störe das andere, oder er verletze ihre Gefühle, wenn er scheiße, kotze, rülpse, wichse, wo und wann's ihm grad passe. Er solle aufhören, immer nur an sich zu denken und mindestens vier Gänge runterschalten. Leben wie alle anderen Leute auch, solle er, und einen Plan B haben.

Das und noch viel mehr sagte ich ihm. Natürlich hat er kein Wort verstanden. Er grinste mich nur zu Tränen gerührt von der Seite an, denn es war bald wieder Zeit für seine Spritze. Die würde ihm beibringen, was ich meinte. Dann lieferte ich ihn, dieses rohe Stück Fleisch, an der Pforte ab. Ich schaute ihm nach, wie er zwischen den beiden weißen Pflegern wegging, einen Kopf größer als sie und doppelt so breit. Ohne sich nach mir umzudrehen. Bald würde ihm seine Energie ausgehen. Er hat nie gelernt, sie einzuteilen, damit sie länger hält. Später gab es für Micheli nicht. Deswegen hatte er auch nie gelernt, was Angst ist.

Berlin

Das macht etwas mit einem. Seit ich sage, dass ich in Berlin lebe, bin ich ein anderer Mensch; und die anderen Menschen sind anders zu mir. „Wo denn in Berlin?", fragt so gut wie jeder, als wäre er dort geboren. Wer Berlin nicht kennt, zählt nicht; wer in Berlin lebt, dreifach. „Mitte", sage ich, und meistens kommt anerkennend „cooler Kiez" zurück oder auf die schwelgende Art „Ach, Mitte ...". Mit Mitte meint niemand das Zentrum. Mitte ist Mitte, und in

Berlin ist jeder schon gewesen. Einer meint, „Top-Adresse, Mitte", als wäre er *der* Immobilien-Tycoon Berlins, und als bräuchte ich ihn nur kurz anzurufen, wenn meine Künstlerkommune einen größeren Auslauf braucht.

Natürlich wollen mich alle besuchen. „Wär super, wenn mal wieder so richtig was abginge. Raus aus dem Provinzmief!" Während der Berlinale ist es leicht, abzusagen. Da versteht jeder, dass wir voll sind und bereits in Schichten schlafen. Schwieriger ist es bei denen, die den Berliner Sommer mögen. „Leider gilt bei uns da ein eisernes Gesetz."

„Was?! Gesetze in einer Kommune?"

„Bloß eines: Wir nehmen nur Künstler auf." Das war ein falscher Fehler. Nicht zu fassen, wer da alles malt, schreibt, tanzt, performt, bildhauert, fotografiert, Installationen, Musik oder Filme macht und neue Impulse braucht! Zum Glück ist es dann doch nicht allen so ernst mit der Kunst, dass sie auf Wellness oder Strand verzichten. Bei den anderen finde ich notfalls eine Ausrede. „Ungünstig, im Juli muss ich meine nächste Ausstellung vorbereiten."

„Ist doch prima. Dann seh ich die auch gleich!"

„Ach, da hab ich so viele Leute, die alle was von mir wollen."

„Macht doch nichts, ich komme ja nicht wegen dir."

„So? Dann kannst du es gleich lassen. Bin doch keine Jugendherberge."

Es ist leicht, alte Freunde zu vergraulen. Aber seit ich in Berlin lebe, nimmt mir das niemand krumm und reserviert für nächsten Sommer. Berliner sind halt eigen. Das macht Berlin erst zu Berlin.

Das digitale Zeitalter hat Vorteile: E-Mails und Posts verraten nicht, von wo aus sie gesendet werden. Das geht auch von meiner Wohnung in Basel aus. Nur gehe ich besser nicht mehr aus dem Haus, wenn ich „Lg aus Berlin" schreibe. Das Essen lass ich vom Thaifood- oder Pizza-Service kommen. Namensschilder bei Eingang und Briefkasten sind abmontiert. Die Post ist umgeleitet, und mein Handy-Abo habe ich bei der Deutschen Telekom. Ins Kino gehe ich kaum mehr, und wenn doch, sei ich nur unvorhergesehen kurz bei meinen Eltern und erzähle von Berlin. Vom Kiez, der Szene und von Ausstellungen. Von meinen eigenen nur, wenn ich danach gefragt werde. Man soll sich nicht aufblähen.

Im Kino Rex ist es dann, dass ich Yolanda wieder begegne.

„Schön, dich zu sehen! – Wie geht's Berlin?"

„Steht noch", sage ich knapp und hoffe, damit das Gespräch nicht bereits beendet zu haben. Hab ich gottlob nicht, Yolanda ist gut drauf, und wir gehen nach *Lake Tahoe* noch ins *Walhalla*. Beim Abschied gibt sie mir einen Kuss knapp an den Lippen vorbei und sagt: „Danke, war sehr schön mit dir. Das nächste Mal sehen wir uns in Berlin. Hab ja deine Nummer."

„Machst du Kunst?", rutscht es mir raus.

„Man braucht keine Kunst zu machen, um Kunst zu mögen. Also tschüss, ich ruf dich an", winkt sie zu mir zurück. Ich bleibe noch einen Moment stehen und habe ein Problem: Ich warte schon jetzt auf ihren Anruf.

„Wie lange hast du denn vor, in Berlin zu bleiben?", frage ich sie am Telefon. „Eine Nacht", haucht sie in den Hörer. Es klingt verheißungsvoll, und doch wirkt es auf mich, als stürzten alle Türme ein. Ich schaue, dass ich nach Berlin komme und miete mich im Hotel Ibis ein.

Am Hauptbahnhof hole ich Yolanda ab. Kaum zu glauben, sie ist wieder gut drauf und sprudelt los.

„Lass uns eine Stadtrundfahrt machen. Es gibt da diese Doppelstöcker."

„Eine Stadtrundfahrt? Ist das dein Ernst?"

„Ja, da sieht man alles. Mach ich in jeder Stadt."

„Wie die Touristen?" Schon fürchte ich, dass das nicht gut ankommt, sie aber sagt nur: „Genau."

„Willst du denn nicht, ich meine … etwas von der Berliner Szene sehen?"

„Muss nicht sein. Szenen sind überall gleich. Städte aber sind immer anders."

„Warst du denn noch nie in Berlin?"

„Sollte ich?"

„Nein, natürlich nicht." – Himmel, wie kann man nur so gut drauf sein!

Wir haben Sitz 23C und 23D, oben. Wir sehen das Brandenburger Tor, den Kudamm, die Gedächtniskirche, Checkpoint Charlie, die Spree und Wo-früher-Osten-war. Sie lehnt ihren Kopf an meine Schulter, und ich muss nachdenken. Es hat mich einiges gekostet, dass die Künstler-WG in Mitte mir für eine Nacht eines ihrer Zimmer überlässt. Geklappt hat das nur, weil die alle lieber gestern als morgen in New York wären und Mitte nur als Zwischenstation zum Weltruhm sehen. Die ganzen Kreativen aus Darmstadt, Schweinfurt und Würzburg reden deshalb nur Englisch miteinander. Wer in Berlin nicht Englisch spricht, ist kein guter Künstler, nicht selbstbewusst und hat in New York nichts verloren. – Habe ich auf die falsche Stadt gesetzt?

Eine junge Malerin hat mir ihre Bilder überlassen. Abstrakt und voller Erotik. Und wir? Wir sitzen auf einer Stadtrundfahrt und haben Kopfhörer mit 22 Sprachkanälen auf. Yolanda zieht mir einen Stöpsel aus dem Ohr und lächelt ein Lächeln hinein. Dann stopft sie ihn wieder rein, und ich erfahre, dass links von uns das Olympiastadion ist.

Candle-Light-Dinner machen mich normalerweise misstrauisch. Wer will wem sagen, dass er/sie jemand anderen hat? Mit Yolanda geht sogar das. Dem Kellner gegenüber behauptet sie, ich hätte heute Geburtstag. Das bringt uns eine Nachspeise „aufs Haus" ein. Samt Wunderkerze. Yolanda lacht. Nur zu gerne hätte ich behauptet, auch sie hätte heute Geburtstag. Damit sie nochmals so lacht. Aber das traue ich mich nicht. Schön, dass sie trotzdem lacht, besonders witzig bin ich nämlich nicht.

Dann schlage ich noch einen Szene-Club in Neukölln vor. Laut Internet der „Angesagteste ever". Nur habe ich etwas Bange. Was, wenn mich dort keiner kennt? Das habe ich bei meiner Planung übersehen.

„Ach, lass uns doch ins Bett gehen, bevor wir zu müde sind", haucht Yolanda wieder wie damals am Telefon. Endlich kann ich mit meiner Berliner Künstlerkommune auftrumpfen. Sie aber sagt, sie habe bei *Booking.com* ein romantisches kleines Hotel gebucht. „Ich liebe romantische Hotels, weißt du? Da ist man weg von allem Alltag. Als gäbe es kein Vorher und kein Nachher. Geht natürlich nur bei einer Nacht. Sonst wird es zur Routine."

„Was, wie jetzt? Ich dachte … Du meinst, ich soll jetzt …?"

„Bei deinen Künstlern schlafen kannst du doch noch lange genug." Sie hat es wieder gehaucht.

Das *Marrakesh* ist tatsächlich klein und romantisch. Gut, dass wir noch nicht müde sind. Wir spielen die halbe Nacht *Brandenburger Tor,* Checkpoint Charlie, *Spree, Alexanderplatz, Kudamm, Wo-früher-Osten-war* und *Olympiastadion.* Besonders *Gedächtniskirche* wird mir für immer im Gedächtnis bleiben. Ich habe mich verliebt.

Am Morgen liegt Yoli in meinem Arm: „Mit dir könnte ich es mir sehr schön vorstellen", haucht sie. „Sehr schön, wirklich. – Wenn du nur nicht in Berlin leben würdest."

BIOGRAFIE

Felix Tissi ist Drehbuchautor und Filmregisseur. Seine Buchpublikation „VARIAS TAPAS – in sieben Kapiteln eben mal kurz die Welt erklärt" erschien 2023 im Verlag X-Time in Bern. ISBN 978-3-909990-36-8. Weitere Informationen finden Sie unter www.felixtissi.ch und www.edition-eigenart.ch.

Walther Martin

Gedichte

Liebesende

Enttäuschte Hoffnung, toter Traum,
verpasste Zukunft, leerer Raum.
Schöne Zeiten, die verblassen;
Das Schicksal muss man walten lassen.
Verlorene Liebe, verlorene Zeit.
Erinnerung und Schmerz – das bleibt!

Winter

Stürmen, schneien tut es draußen
Doch hier drinnen ist es warm.
Hör' die toten Blätter rauschen
Wie der Sommervögel ferner Schwarm.

Das Leben duckt sich eng zusammen
Unter des Winters eisiger Gewalt.
Es scheint, die Natur will ihre Fesseln rammen
Mit der der Mensch ihr gebietet halt.
Doch nicht nur grausig ist der Winter
Auch er hat gütliches Gemüt.
Es steht ein Ofen, ich sitz' dahinter
Und im Traum die Wiese blüht.

Wasser

Vom Blatt auf welches Regen fällt
Trunken voll vom kühlen Nass
Labt sich wohl das Tun der Welt
Gleich des Sommers trocknem Gras.

Pflanz und Tier und Mensch und Baum
Dürstend nach des Lebens Kühle
Erträgt des feuchten Mangels kaum
Und leidet in des Sommers Schwüle.
Geborgen in der Wolke Arm
Gekommen von des Meeres Weite
Nährt es Lüfte kalt und warm
Weckt Leben, wo nur Staub ist – heute.

Der Wienerwald

Sanfte Hügel baumgekrönt
Grüne Wiesen lichtverwöhnt
Umarmt vom großen Donaustrom
Fried und Ruh des Wandrers Lohn.
Der Schöpfl ist sein milder König
Er herrscht gerecht und grollt nur wenig
Weise verteilt er seine Gaben
Die Wasser, die die Großstadt laben.
Umsichtig wird sein Volk beschützt
Von Unwettern merkt die Stadt meist nichts
Drum dankt daher den weisen Ahnen
Einst schützten sie den Wald von gier'gem Planen.

BIOGRAFIE

Martin Walther ist das Pseudonym des 1964 in Wien geborenen
Martin Nemec. Er war 2019 mit seinem Erstlingsroman „Vae Victis –
Wehe dem Besiegten" auf der Frankfurter Buchmesse vertreten.
ISBN 978-3-03886-009-9 Österreichische Literaturgesellschaft.
Mehr Information unter:
https://www.facebook.com/martinwalther.autor

Wilke Bärbel

Unplanbar: Liebe

Als Clara in ihrem Lieblingscafé die anderen Gäste beobachtet, kommen ihr unweigerlich die Tränen. Noch vor wenigen Wochen hat sie hier mit Martin gesessen. Sie dachte, er wäre ihre große Liebe. Und Martin dachte, Clara ist die Richtige. Sie kannten sich bereits seit der Schulzeit. Machten zusammen Abitur und als Clara sich entschied, Jura in Münster zu studieren, folgte Martin. Eigentlich wollte er nach dem Abi für ein Jahr nach Australien, konnte sich aber nicht vorstellen, so weit weg von seiner Clara zu sein.

Die erste Wohnung war für Clara und Martin ein einziges Abenteuer. Auf 36 m² lebten und liebten sie, kochten mit Freunden und feierten Studentenfeten. Martin schloss sein Wirtschaftspsychologie-Studium vor Clara ab und beide träumten von einer gemeinsamen Kanzlei.

Zum Ende des Studiums erhielt Clara ein Angebot einer renommierten Kanzlei in Frankfurt. Das konnte und wollte sie nicht ausschlagen. Die Beziehung erhielt die ersten Risse. Martin war enttäuscht, dass sich Claras Zukunft ganz anders gestalten sollte, dass Frankfurt so sehr zog und er auf der Strecke blieb.

Die beiden entschieden sich, dass Clara pendelte und am Wochenende in das gemeinsame 36 m² Glück zurückkommt. Die Wohnung, die Clara in Frankfurt fand, war groß genug für beide und mit 115 m² in bester Lage ein Traum. Zunächst verschwieg Clara Martin diese Traumwohnung und hielt ihn von Frankfurt fern, indem sie von einem Zimmer in einer WG sprach. Das schreckte Martin ab, sie in Frankfurt zu besuchen.

Mit der Zeit wurden die Heimfahrten nach Münster immer weniger und Clara schob tausend Gründe vor. Da war es nur eine Frage der Zeit, dass Martin misstrauisch wurde.

Eines Freitags, nachdem Clara wieder einmal das gemeinsame Wochenende gecancelt hatte, setzte sich Martin kurzerhand in den Zug und fuhr nach Frankfurt. Zunächst suchte er die WG. Die Adresse hatte er ja noch. Aber statt einer typischen WG fand er ein Lagerhaus in einem Gewerbegebiet. Martins Zweifel wurden immer größer. Führte seine Clara, seine Liebe des Lebens, ein Doppelleben? Kurzerhand machte sich Martin auf den Weg zur Kanzlei am Römer. Die gab es wenigstens. Vielleicht hatte er die Adresse der WG einfach falsch aufgeschrieben. Martin fand Platz in einem Café direkt gegenüber der Kanzlei und wartete.

Nach drei Latte Macchiato und dem ausgiebigen Studium einer lokalen Tageszeitung kam Clara aus der Tür zur Kanzlei. Aber nicht alleine. Neben ihr ging eine andere Frau, beide schienen vertraut und lachten über irgendwas. Vor einem schicken Zweisitzer-Cabrio blieben Clara und die andere Frau stehen und verabschiedeten sich mit Bussi-Bussi. Martin wollte gerade aufstehen und über den Platz gehen. Er dachte nämlich, der Sportflitzer gehört zur unbekannten Frau. Stattdessen stieg seine Clara ein, öffnete das Cabrio-Dach und fuhr mit lautem Motorengeräusch und wehenden Haaren davon. Die andere Frau blickte ihr noch lange nach.

Schnell lief Martin zum nächsten Taxi und beorderte den Fahrer, dem Cabrio zu folgen. Nach ca. 30 Minuten hielt Clara vor einem edel aussehenden Apartmenthaus. Das Cabrio wurde von der Tiefgarage verschluckt und weg war er. Martin wartete eine Viertelstunde vor dem Haus und versuchte, seine Gedanken zu ordnen. Was ging hier nur vor? War das die Clara, mit der er die letzten Jahre so glücklich war? Was verheimlichte sie ihm? Als Martin vor dem Klingelschild stand, sah er viele Namen und hoffte insgeheim, dass Clara Schultheiss auf keinem Klingelschild zu finden war. Aber nein: da stand es. C. Schultheiss – neunter Stock.

Was wird Clara sagen, wenn er in die Gegensprechanlage „Hallo" ruft? Es ertönte aber statt der wohl vertrauten Stimme nur ein Summen. Die Tür öffnete sich. Selbst im Fahrstuhl standen nur die Namen zu den Apartments. Martin drückte wieder auf C. Schultheiss. Als sich wieder die Fahrstuhltür öffnete, stand seine

Clara vor ihm und der Schrecken stand ihr ins Gesicht geschrieben. Allerdings war der Schreck bei Martin um einiges größer. Wie ein ertappter Schuljunge suchte er nach Worten, tippte von einem Bein auf das andere.

„Ich habe dich so vermisst!" Im selben Moment umarmte Clara ihren Martin und alle Angst und Sorge wichen aus Martins Kopf. So innig und verzehrend hatten sie sich lange nicht geküsst und es dauerte nicht lange, da landeten die Klamotten auf dem Fußboden und sie hatten den besten Sex ihrer Beziehung.

Schwitzend, ermattet und glücklich lagen sie nackt nebeneinander. Endlich konnten sie von den letzten Monaten offen reden. Vom Schweigen und der Sehnsucht. Von veränderten Lebensentwürfen und Zweifeln. Von Schuld und schlechtem Gewissen. Von Angst und ungestillten Begierden.

Martin blieb. Nun pendelte er nach Münster und es dauerte nicht lange, da kündigte er seinen Job und nahm einen schlechter bezahlten in Frankfurt an. Das war beiden egal. Sie hatten sich. Mehrmals in der Woche holte Martin seine Clara ab. Stets wartete er in dem besagten Café. Es dauerte nicht lange und es wurde das gemeinsame Lieblingscafé.

Nach einem Jahr veränderte sich was. Schleichend. Kaum spürbar. Der Sex wurde weniger. Clara traf sich häufiger mit Anne, der Frau, die Martin damals gesehen hatte. Clara war in sich gekehrter. Oft saßen beide wie ein altes Ehepaar auf der Couch, schauten Fernsehen, ohne zu wissen, was sie eigentlich sahen. Verabredungen mit Kollegen oder Freunden wurden wechselseitig immer weniger. Gemeinsamer Sport blieb auf der Strecke. Irgendetwas schien zu passieren. Martin wurde immer gereizter und meckerte selbst über Kleinigkeiten. Die große Wohnung war nicht mehr groß genug. Der Sportflitzer langweilig.

Nach einem weiteren Jahr lebten Clara und Martin wie in einer WG zusammen, nur sprach es keiner aus. Jeder scheute sich, die bittere Wahrheit zu erkennen. Manchmal sah man sich tagelang nicht. Clara kam immer später aus der Kanzlei, da schlief Martin schon vor dem Fernseher ein. Morgens verließ Martin früh das Haus, während Clara im Bett wartete, dass die Tür vom Fahrstuhl schloss. Martin bevorzugte zunehmend Pizza aus der Pizzeria um die Ecke, Clara reichte ein Salat. Martin trank Bier bei der Sportschau, Clara brauchte abends ein Glas Rotwein.

War es vorbei?

Dann kam der Donnerstag im August. Martin wartete in stoischer Gewohnheit in ihrem Café. Vor ihm Latte Macchiato. Er beobachtete, wie Clara sich von Anne vor der Kanzlei verabschiedete. Sie umarmten sich innig. Statt wie am Anfang seiner Frankfurter Zeit schnell über den Platz zu Martin zu eilen, schlenderte Clara langsam und drehte sich nochmals zu Anne um.

Was mache ich hier nur, dachte Clara, als sie Anne einen letzten Blick zuwarf und sich umdrehte und Martin wartend im Café bereits sitzen sah. Alles ist so vorhersehbar, voller Gewohnheiten. Das Ausweichen in der Wohnung oder der schnelle Sex, der keine Befriedigung gibt. Clara setzt sich zu Martin und bestellt sich eine Weinschorle. Das braucht sie jetzt. Als Martin Clara undurchdringlich ansieht, so intensiv wie lange nicht mehr, wird Clara ganz nervös. Was bedeuten seine bohrenden Blicke? Oder will er einen Antrag machen? Bitte nein, denkt Clara und kann nicht mal deuten, warum.

„Es ist vorbei! Am Wochenende hole ich meine Klamotten. Es ist eh alles deins!" Martin steht auf und will gehen. Völlig geschockt greift Clara seine Hand und zieht ihn zurück auf den Stuhl. Wovon redest du?!

Martin sagt, er kann nicht mehr. So habe er sich seine Zukunft mit Clara nicht vorgestellt. Er hat erkannt, dass Clara etwas anderes will und braucht. Etwas, was er ihr nicht geben kann und nie geben können wird. „Ich liebe dich zum Wahnsinnigwerden. Aber du brauchst eine andere Liebe!"

Voll mit großer Einsamkeit und dem riesigen Berg des Alleingelassenseins blickt Clara Martin hinterher, als er in der Menschenmenge verschwindet.

All das erfüllt Clara immer noch mit Trauer, als sie Monate später in dem einstigen Lieblingscafé sitzt. Es ist nicht unbedingt die Trauer um Martin, eher um die Trauer, nicht zu wissen, was man will. Jahrelang dachte Clara, dass Martin der Richtige ist. Er ist derjenige, den sie braucht. Seit der Trennung hat sie daran immer mehr Zweifel, ob Martin der Richtige ist. Ob sie überhaupt eine Beziehung braucht. Die One-Night-Stands haben Clara keine Befriedigung gebracht. Eher die Mädelsabende mit Anne. Stundenlang quatschen, weinselig nach alten Schlagern tanzen, in den gleichen Filmen weinen oder in ihrer Lieblingskneipe einen Lachflash kriegen.

Mir geht's doch gut, denkt Clara und wischt sich das Tränchen fort. Hab eine tolle Wohnung, einen super Job. Ich verdiene gutes Geld, habe interessante Freunde, treibe genug Sport. Und habe Anne. Im selben Moment kommt Anne von der Kanzlei auf Clara zu. Sie setzt sich neben Clara hin und bestellt sich einen Aperol. Für Clara wirkt es sehr vertraut, obwohl irgendetwas anders ist.

Völlig unerwartet und unvorbereitet dreht sich Anne zu Clara und nimmt ihren Kopf in beide Hände. Es folgt zunächst ein zaghafter Kuss auf den Mund. Nach einer Zehntelsekunde des Innehaltens küssen sich beide Frauen inniglich und intensiv. Wie verliebte Teenager können sich ihre Münder nicht voneinander trennen.

Beide sitzen danach schweigend da, trauen sich kaum, sich anzusehen. Zu erschrocken sind beide über die eigene Reaktion und die Reaktion der anderen.

Während Clara ihre Weinschorle auf ex austrinkt, stammelt Anne etwas von Entschuldigung und macht Anstalten zu gehen.

Clara bleibt sitzen und starrt auf den Tisch. Aus den Augenwinkeln kann sie sehen, dass Anne gleich den U-Bahn-Abgang erreicht. Schnell läuft Clara hinterher und erreicht Anne gerade noch an der Rolltreppe. Sie zieht Anne an sich und es erfolgt ein langer, begehrender Kuss. Die vorbeiziehenden Leute nahmen sie nicht mehr wahr. Um sie herum versank alles im Nebel und es schien, als würden Geigen schluchzen und kleine Liebes-Engelchen tanzen.

Mittlerweile wohnen Anne und Clara in einem kleinen Reihenhaus in einem Vorort von Frankfurt. In der Kanzlei konnten die Frauen nicht bleiben, zu konservativ war der Kanzlei-Ethos. Clara hat sich entschlossen, sich selbstständig zu machen. Und Anne zog mit.

Clara ist angekommen. Sie hat mit Anne ihr Glück gefunden. Es ist nicht nur der Sex, der anders als mit Martin ist. Es macht sie tief glücklich und zufrieden, Anne zu berühren und sich von Anne berühren zu lassen. Die Entdeckungsreise der beiden Körper wurde zu einer Expedition zu sich selbst.

Der Alltag ist einfach stimmig – auch wenn beide sich während ihrer Tage anzicken. Martin hat nie verstanden, was in dieser Zeit die Hormone mit einem machen. Mit Anne machte Zukunftsplanung plötzlich einen Sinn.

Zur Einweihungsparty wollte Anne gerne Martin einladen. Er gehört zu deinem und zu unserem Leben, hat sie gemeint. Clara war sich lange nicht sicher, wie er reagieren würde, wenn er beide Frauen als Paar erlebt.

Auch Martin hat sich Zeit gelassen, mit der Entscheidung, zur Party zu kommen. Mittlerweile lebte er in Würzburg und hat eine Frau kennengelernt. So sagte er am Telefon. Ob sie mitbringen dürfte.

Die Begegnung nach Jahren mit der einstigen Liebe war nicht einfach. Clara hatte Anne verschwiegen. Sie traute sich einfach nicht. Martin wusste nicht, wie seine Frau Marie auf Clara reagieren würde. Natürlich wusste er bereits von Anne – auch wenn Clara es ihm verschwiegen hat. Als sie sich gegenüberstanden, war es einfach wunderbar und anstrengend. Marie hatte bereits zwei Kinder und war offensichtlich wieder schwanger. Auch konnte sie nicht verleugnen, dass sie aus Südafrika kommt. Nie zuvor hatte sie Kontakt mit einem gleichgeschlechtlichen Paar gehabt.

Anne und Clara hatten noch nie so temperamentvolle Kinder erlebt und staunten, dass Martin in all dem Chaos wie ein Fels in der Brandung die Ruhe bewahrte.

Irgendwann standen Clara und Martin draußen und beobachteten, wie Anne, Marie und die Kinder versuchten, Fußball zu spielen. Beide schwiegen und sahen sich glücklich diese Szenerie an. Dachte zumindest Clara. Das Bild vor ihnen beiden war friedlich, lebendig und bunt.

Martin brach als Erster das Schweigen. „Ich wollte mit dir eine Familie. Immer schon. Anne werde ich dir nie verzeihen." Clara war geschockt. Nach so langer Zeit schien Martin immer noch Clara zu lieben. Aber ihre Liebe zu Anne wollte Martin nicht akzeptieren. Und Marie? War sie der Lückenbüßer?

Maries Kinder liefen zu Martin und er schloss sie in die Arme. Wie ein Vater seine Kinder in die Arme nahm.

„Liebe ist nicht planbar, Martin!"

Auch wenn man glücklich schien, war der eine erfüllt voll Liebe, der andere haderte mit der Liebe. Liebe ist nicht planbar.

„Nein – Liebe ist nicht planbar", antwortete Martin. „Den einen macht es glücklich und zufrieden, den anderen macht es auf eine andere Art glücklich!"

Ja, dachte Clara und sah Anne an. Da ist was dran. Ich bin angekommen. Bei dir, Anne.

BIOGRAFIE

Bärbel Wilke, Jahrgang 1958, lebt am Stadtrand von Lüneburg und schreibt seit Anfang der Neunziger Texte und Gedichte für Frauen. Mal kritisch, mal ironisch, mal böse oder liebevoll überzeichnend steht die Beobachtung des Menschlichsten im Vordergrund.

Wressnig Ingeborg

Kurzgeschichte

Wer oder was wollte ich und will ich immer noch sein? Vielleicht ein schmackhafter Teig, gut durchgebacken, appetitlich serviert und mit Genuss gegessen. Manches Mal geht ein Germteig zwar schnell auf, fällt aber plötzlich zusammen. Welche Form könnte ich wählen? Eine Schafsform? Schafe fressen ausschließlich Pflanzen. Das bin ich nicht. Ich liebe Fleisch und Fisch. Schafe sind sehr sanfte Tiere. Das bin ich auch nicht. Sie sind sehr soziale Tiere, bauen Freundschaften auf, kämpfen nur äußerst selten miteinander und empfinden Trauer, wenn eines ihrer Herdenmitglieder stirbt. Das könnte ich sein. Das Leben ist, so hatte ich es in meiner Ausbildung gelernt, nicht so sehr ein Konkurrenzkampf ums Dasein, als vielmehr ein Triumph der Kooperation und Kreativität. Als Fluchttiere haben Schafe ein weites Sehfeld, um potenziellen Raubtieren zu entkommen. Ich denke, dass mein Sehfeld, zumindest heute, äußerst eingeengt ist. Schafe verbringen die meiste Zeit mit Fressen, haben nur kurze Schlafphasen von jeweils einer halben Stunde, sind sehr wetterfühlig und werden nervös, wenn ein Gewitter droht. Kurze Schlafphasen, da haben wir wieder etwas gemeinsam. Die meiste Zeit in meinem Leben verbrachte ich nicht mit Fressen, sondern mit dem Hausfrauendasein: ordnen, putzen, waschen, mit der Betreuung unserer Kinder, der Ausübung meines Berufes, dem Wandern, Skifahren und Reisen, später mit der Lust am Schreiben und Malen. Was musste ich im Außen finden, was ich im Inneren bereits entdeckt hatte, um von einer neuen Lebensform zu träumen? Es war der Besuch des Great Barrier Reef, wo ich im Außen die zauberhaftesten Momente meines Lebens gefunden habe. Anna, unsere Zweitgeborene, studierte Biologie. Sie wollte nach Australien, um dort ihre Doktorarbeit zu schreiben. Eines Tages kam ein E-Mail: „Mami, Papi, es war unvergesslich schön, ich werde Meeresbiologin." Gut, warum nicht, dachten wir Eltern. Monate vergingen, bei uns rieselte der Schnee, als wir das Flugzeug bestiegen, um nach Sydney zu fliegen. Der Anflug über Sydney Harbour mit dem Blick auf die imposante Oper und die Harbour Bridge, auf die Bucht, wo ein buntes Treiben der Segler, Yachten, Fischer und Touristenboote sich tummelten, war ein Gefühl intensivster Lebenslust. Wir wechselten das Flugzeug und schon landeten wir auf Heron Island. Dort studierte Anna den Lebensraum von über 1600 Fischarten, 450 Korallenarten und 30 Arten von Delfinen und Walen. In mir mischten sich Glücksgefühle mit einer Portion Stolz und Vorfreude auf die kommenden gemeinsamen Tage. Mein Sommerkleid flatterte. Mein Koffer rollte beinahe von selbst Richtung Hotel, in dem alles, was nicht Natur war, gesammelt und zurück nach Sydney in die Müllfabriken gebracht wurde. Diese Selbstverständlichkeit, mit der Umwelt umzugehen, war neu für uns Europäer. Eine neue Welt tat sich auf. Ich durfte zum ersten Mal in meinem Leben schnorcheln, um die Welt unter der Meeresoberfläche zu entdecken. Leise Angstgefühle stiegen in mir hoch. Ob meine Nervenzellen zu feuern beginnen, wenn mich Unerwartetes bedrohen könnte? Ein Wal, eine Meeresschildkröte, Delfine? Ich wechselte von der Nicht-Normalen in die Normale, konzentrierte mich auf den Guide und konnte es nicht glauben, von pink über orange, gelb, grasgrün, türkis, über blau und violett bis rot breitete sich eine noch nie erlebte, lebendige, sich bewegende Farbkomposition unter mir aus. Wie bei einem gemeinsamen Tanz bewegten sich die verschiedenen Gruppen von Fischen, blütenartigen Formen der Korallen in verschiedensten Größen und Farben. Niemand ist am anderen angestreift. Keiner griff irgendjemanden an. Es war ein friedliches Gefühl der Verbundenheit am Boden und im sich ständig flutenden Gewässer. Ich habe Anna beneidet, welchen Werdegang sie vor sich hatte, ohne noch zu ahnen, dass sie nicht nur ihren Doktortitel, sondern auch ihren Prinzen Cameron, dessen Vorfahren aus Schottland ausgewandert waren, mitbringen würde. Wenn meine Asche eines Tages in die bunte Wasserwelt im Meer eintauchen wird, wird sich irgendwann dann das Wunder der

Natur ereignen. Ich werde Schritt für Schritt mich meiner neuen Form anpassen. Wenn mein Herz das Leben erkennen wird, wird es vor Freude zu schlagen beginnen. Mein Herz wird keinen geschlossenen Blutkreislauf, wie etwa der Mensch, sondern ein sogenanntes offenes Kreislaufsystem haben. Schritt für Schritt werde ich mehr und mehr zu einer Herzkrabbe werden. Manche nennen mich auch Königskrabbe. Königskrabben sind eine nicht so häufige Art. Ich fresse gerne Seeigel und Schwämme. Mein Lebensraum liegt zwischen Felsen im tiefen Wasser, in Bereichen mit einer starken Strömung. Mit meinen Laufbeinen kann ich sowohl im Wasser als auch an Land mich überraschend schnell bewegen, wobei ich mich auch seitlich fortbewegen kann. Laufen kann ich auch. Ich habe ein recht gutes Gedächtnis, bin eine hervorragende Kletterin und erstaunlich stark. Mit meinen abgeflachten Paddeln an den Hinterfüßen kann ich schnell seitwärts und schräg aufwärts schwimmen. Ich führe dabei kreisende Bewegungen aus. Dieser „Propellerantrieb" ist einmalig. Ich kann nicht verhungern, denn ich bin ein Allesfresser und bevorzuge tierische Nahrung wie Muschelfleisch, Mückenlarven oder Insekten. Vorsicht, ich bin schmerzempfindlich und vergesse nichts! Meine sieben Rezeptoren reichen, um alle Farben der Welt zu erkennen. Außerdem erkenne ich Meeresregionen am Klang. Der Klang hilft mir, meinen Lieblingsort zu erkennen, dort könnt ihr mich finden. Außerdem habe ich die „Wunderfrage" von de Shazer in mir gespeichert: „Stell dir vor, heute Nacht, während du schläfst, geschieht ein Wunder, und das Problem, das dich gerade beschäftigt, ist verschwunden. Woran würdest du das merken?" Ich würde es daran merken, dass der Korridor des Lebens, die Natur nicht an Grenzen stößt, wo der Mensch sie verunstaltet. Ich würde es daran merken, dass „Lucky You", „Kairos", „Das Zauberhafte", der „Friede im Herzen" und meine Familie mich begleiten, während ich dem Wandel der Herzkrabbe folge.

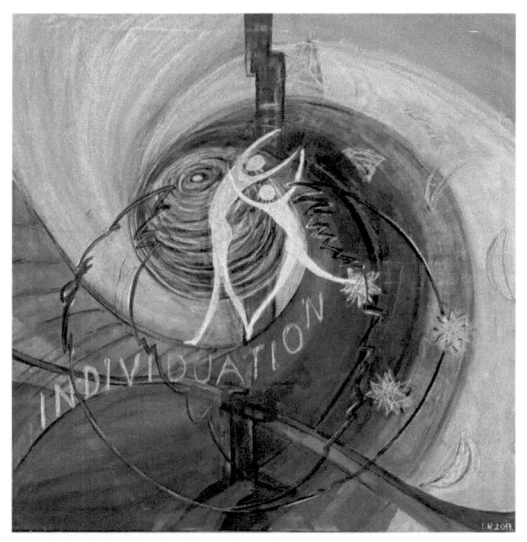

Können wir eine künstliche Intelligenz realisieren, die wie wir Menschen tickt, Empathie zeigt und sich gar moralisch verhält?

Es geht nicht mehr lange, und es gibt zu künstlicher Intelligenz fähige Prozessoren für Smartphones. Ist das nicht wunderbar, jede*r hat in Zukunft ein Gerät im Hosensack, das ihr*ihm die unzähligen, leichten und schweren Entscheide abnehmen kann, die täglich unerbittlich anfallen? Und zwar mit Empathie für die Mitmenschen und einer fast unfehlbaren, ethisch unterlegten, moralischen Integrität!

Was sollte denn an einer solchen Aussicht falsch sein? Da melden sich zunächst nur leise Zweifel im Hinblick auf das, was mich eigentlich zu einem Menschen macht, zu einem Individuum. Was genau ist der Unterschied zwischen mir und einer Maschine oder bin ich am Ende auch bloß eine komplexe Biomaschine? Die Zweifel werden immer lauter: Ist es die Liebe, die in meinem Kopf so viel Raum einnimmt? Wenn sich Menschen lieben, fühlen sie sich überglücklich und wie mit allen Menschen vereint. Das Gegenüber fühlt es auch und zugleich, wie hörig und untreu der Partner oder die Partnerin ist. Das ist für beide erregend und „dann war ich wieder völlig fertig", wie Udo Lindenberg singt. Wenn sie ein Kind bekommt, dann bleiben sie eher auch länger zusammen, weil das eine natürliche Destination des Lebens und so schön ist.

Sind es also diese und andere starke Emotionen, zu denen der Mensch fähig ist, die ihn von der Maschine unterscheiden? Kürzlich hörte ich mir LPs aus meiner Jugend an, um allenfalls für meine Sammlung in Form von MP3-Dateien zu ernten, da kommt eine Serie mit progressivem Jazz-Rock, nein, eher weniger, die Komposition schon virtuos, intelligent und nervös. Ach, es sind einfach die melancholischen Lieder, die mich anrühren und trösten: Ich bin nicht allein als Mensch, im Versagen. Ein Gefühl, das nicht von Spotify, Apple Music, Google oder Napster, sondern tief aus mir herauskommt. Aber wer bin ich denn überhaupt, abgesehen davon, dass ich angesichts des großartigen Universums völlig bedeutungs- und machtlos bin, was kommt unter meiner Zivilisationsschicht genau zutage? Als junger Mensch galt es, viel zu lernen, bis ich ein halbwegs nützliches Mitglied der Gesellschaft wurde. Und so ich wollte, konnte ich auch vermehrt selbst über all diese Dinge nachdenken und meine eigenen Schlüsse daraus ziehen. Es wurde mir vermittelt, dass es neben natürlich programmierten Antrieben wie Gier, Unersättlichkeit, Narzissmus und Egoismus auch noch übergeordnete Werte wie Menschenrechte oder Klimaverträglichkeit gibt, die mich eigentlich dazu verpflichten, kollektive Verantwortung für heutige und zukünftige Generationen mitzutragen und Ungerechtigkeit zu bekämpfen. Unweigerlich fragt man sich irgendwann, ob diese Werte überhaupt stimmen, ob sie in der Gesellschaft auch gelebt werden oder ob es andere, bessere Werte gibt. Bin ich doch bloß ein Kultur-Produkt, in dem nicht drin ist, was draufsteht? Statt „Mensch" nämlich nichts anderes als ein intelligenter Primate in einer technisch weit fortgeschrittenen Zivilisation, die blind ist für die Knappheit der Ressourcen oder die „carrying capacity", die für jede Spezies gilt, auch wenn die technischen Errungenschaften der Menschheit die Illusion der Machbarkeit und Allmacht nähren? Die rasante Abnahme der Biodiversität und die Folgen des Klimawandels sollten mich eines Besseren belehren. Eben doch lieber Mensch statt einfach Primate sein zu wollen, wäre dann wohl damit verbunden, dass Werte verpflichtend sind und nicht vereinbar mit einer Welt, wo der Wohlstand der einen Hälfte der Welt auf der Ausbeutung der natürlichen Ressourcen und der menschlichen Arbeitskraft der anderen Hälfte der Welt beruht, ebenso wenig mit einer kaltherzigen Abwehrhaltung gegenüber an Leib und Seele gefährdeten Flüchtlingen, die in wohlhabenderen Ländern vor Gewaltherrschaft oder bitterer, perspektivloser Armut Zuflucht suchen. Wie aber kann der Mensch eine solche Bürde verpflichtender Werte tragen und die Hoffnung auf Lösungen aufrechterhalten? Gibt es eine weltumspannende Gemeinschaft der Mitmenschlichkeit, die endlich auch das unermessliche Leid, das Menschen in Kriegen erleiden müssen, stoppen könnte? Oder herrscht dazu eben doch kein globaler Konsens?

Es steht also eine geballte Ladung von komplexen Problemstellungen an, bei der man geneigt sein könnte, auf die Hilfe einer „künstlichen Intelligenz" zu hoffen. Bloß, handelt es sich dabei überhaupt um mehr als rein algorithmisch-kombinatorische Rechenkapazität, kann man in diesem Zusammenhang effektiv von „Intelligenz" sprechen? Beim Menschen ist damit eine Form von kognitiver Kapazität oder Denkfähigkeit gemeint, die aus Wissen und persönlichen Erfahrungen situativ und lösungsorientiert auf Herausforderungen jeglicher Art reagieren, aber auch völlig neue Ideen kreieren kann. Es ist eine Eigenschaft des Individuums, die sehr vielgestaltige, eben individuelle Lösungen hervorbringt, die von den jeweiligen Umständen und kulturellen Gegebenheiten stark beeinflusst sind. Das Individuum hat außerdem immer eine Selbstwahrnehmung als „Ich", die von Signalen von vielen externen und internen Sinnen und Sensoren an sein Gehirn herrührt, das diese in einem unendlich komplizierten Netzwerk von vielen Milliarden Neuronen und noch mehr Schnittstellen blitzschnell auswertet und so das autonome Verhalten des Indi-viduums beeinflusst oder steuert. Es kennt deshalb auch Schmerz in allen möglichen, unmöglichen bis unerträglichen Formen. Wie sollte also die Maschine eine solche Intelligenz, die aus der Wahrnehmung als Individuum entsteht, simulieren können? Ein Individuum hat auch immer einen inneren Kompass für Werte, die sowohl kultureller Natur wie auch erfahrungsbedingt sind, da es nicht umhinkann, es schmerzlich zu empfinden, wenn ihm Unrecht getan wird. Die Maschine kann auch hier kaum zur Lösung einer großen Herausforderung taugen, der nur ein Kollektiv von Individuen gewachsen ist, die untereinander kommunizieren können und sich so über die Zeit theoretisch einem immer besseren und idealerweise allgemeingültigen Kodex für Werte annähern können. Das Individuum kennt Emotionen wie Liebe, Freude, Trauer, Unsicherheit, Selbstzweifel, Angst und Wut bis zu Hass. Es kann in außergewöhnliche Gemütszustände wie Euphorie, aber auch in Depression oder Schwermut verfallen. Die Maschine kann wohl einen Satz wie „existieren ist trinken ohne Durst" von Annie Ernaux in „Die Jahre" wiedergeben, aber nicht einordnen, da sie eben nicht als Individuum existiert. Sie kennt nur Definitionen zu diesen emotionalen und existenziellen Dingen und von vielen weiteren, normalen oder pathologischen Zuständen eines Individuums. Woher sollte sie also auch noch in der Lage sein, ein so komplexes Gefühl wie Empathie zu simulieren?

Es stellt sich deshalb viel weniger die Frage, wie wir eine sogenannte künstliche Intelligenz in Bereichen, wo sie nichts zu suchen hat, realisieren könnten, sondern vielmehr wo sie ihren maximalen Nutzen hat. Ist das vielleicht bei komplexen, automatisierbaren, mechanischen Prozessen der Fall, gehen die Zweifel aber schon da weiter, wo es um die autonome Lenkung von Fahrzeugen im Individualverkehr geht. Soll sie da wirklich ganz das Steuer übernehmen? Wenn ihre Anwendung beim Verpacken präziser Informationen in grammatikalisch korrekte Sätze, beim Übersetzen ganzer Bibliotheken aus allen möglichen in alle möglichen Sprachen durchaus nützlich und sinnvoll erscheint, so muss beim weitgehend autonomen Verfassen von Texten durch künstliche Intelligenz in beliebigem Zusammenhang wiederum ein großes Fragezeichen gesetzt werden, insbesondere, wenn es nicht einmal eindeutig gekennzeichnet ist. Was wäre zum Beispiel der Nutzen dieses Essays, wenn er mit künstlicher Intelligenz verfasst wäre? Oder von Liebesbriefen, von Lyrik oder Prosa, von schulischen Aufsätzen, Masterarbeiten oder Dissertationen, die mit ChatGPT entstanden sind? Spätestens bei bewusst generierten Fake News kommt kriminelle Energie zum Vorschein, wogegen sich die Menschheit seit je mit allen Kräften wehren muss. Was bringen uns Fotografien, die aus rein kombinatorisch zusammengerechneten Elementen bestehen und wie Fake News Lügen verbreiten können, oder ebensolche Kunstwerke aller Art? Wo bleibt da die wunderbare Kreativität und die Originalität des Künstlers oder der Künstlerin? Dazu noch künstlich generierte Musik, ganz ohne Seele? Ohne Zweifel ist die künstliche Intelligenz hingegen in Forschungsbereichen am richtigen Ort, wo es komplizierteste Modelle zu berechnen oder zu optimieren, oder Unmengen von Daten zu analysieren oder Muster zu erkennen gilt. So auch beim Speichern und assoziativen Wiederfinden des Wissens der ganzen Menschheit in allen möglichen Fächern inklusive Medizin und bei vielen weiteren Aufgaben, wo es nicht um Kreativität, Emotion, Empathie und Ethik geht, die wohl in alle Ewigkeit oder zumindest solange es uns noch auf diesem schönen, blauen Planeten gibt, exklusiv der menschlichen Individualität und der echten Intelligenz des Menschen vorbehalten bleiben müssen.

BIOGRAFIE

Reto Giacomo Zanoni, Jahrgang 1957, ist in Samedan geboren.